木馬文學 51

蘇菲的世界（下）

Sofies Verden

喬斯坦・賈德◎著
Jostein Gaarder
伍豐珍◎譯

木馬文化

木馬文學 50

蘇菲的世界（下）

Sofies Verden

作者　喬斯坦· 賈德（Jostein Gaarder）
譯者　伍豐珍
社長　陳蕙慧
副社長　陳瀅如
總編輯　戴偉傑

出版　木馬文化事業股份有限公司
發行　遠足文化事業股份有限公司（讀書共和國出版集團）
地址　231 新北市新店區民權路 108 之 4 號 8 樓
電話　02-2218-1417 傳真 02-8667-1891
email　service@bookrep.com.tw
郵撥帳號　19588272 木馬文化事業股份有限公司
客服專線　0800221029
法律顧問　華洋法律事務所　蘇文生 律師
印刷　成陽印刷股份有限公司
二版一刷　2017 年 12 月
二版 21 刷　2024 年 7 月
定價　新台幣 499 元（上下冊不分售）
ISBN　978-986-359-480-2

國家圖書館出版品預行編目資料

蘇菲的世界 / 喬斯坦 . 賈德 (Jostein Gaarder) 著 ;
伍豐珍譯 . -- 二版 . -- 新北市 : 木馬文化出版 :
遠足文化發行 , 2017.12
冊 ; 公分 . --（木馬文學 ; 50-51）
譯自 : Sifies Verden
ISBN 978-986-359-480-2(全套 : 平裝)
881.457　106022536

目次

柏克萊

……就像行星繞著燃燒的恆星打轉……

亞伯特走到面向市區的窗戶旁邊，蘇菲也跟過去。兩人站在那兒看著外面那些古老的房子。這時有架小飛機突然飛過那些老房子的屋頂上方，機尾拖曳著一條長長的布條，蘇菲猜想應該是某種商品、某項活動或某場熱門音樂會的廣告。等到飛機飛得更靠近的時候，飛機轉了個彎，蘇菲才看見布條上面寫著：「席妲，生日快樂！」

亞伯特只說了一句話：「不請自來的廣告。」

此時，從南邊山上籠罩下來的濃厚烏雲正堆聚在市區上方。那架小飛機也逐漸隱沒在灰色的雲層中。

「我擔心等下會有暴風雨。」亞伯特說。

「那我要搭巴士回家才行。」

「希望這場暴風不是少校使出的詭計之一。」

「他又不是全能的上帝。」

亞伯特沒有答腔，只是走到房間另一邊，再度坐在咖啡桌旁。

過了一會他才說：「我們來談談柏克萊。」

蘇菲也已經坐回原來的座位。她這才意識到，原來自己正在咬指甲。

「柏克萊是一位愛爾蘭的主教，在世的時間是一六八五到一七五三年。」亞伯特說完之後，好久都沒說話。

「你剛說到柏克萊是愛爾蘭的主教……」蘇菲提醒他。

「他也是哲學家……」

「是嗎？」

「他認為，當時的哲學和科學潮流，尤其是當時非常流行的唯物主義，會對基督徒的生活方式產生不好的影響。他擔心在唯物主義的思潮下，從此人們開始懷疑上帝是宇宙的創造者和保護者。」

「這樣嗎？」

「然而在所有經驗主義哲學家當中，他的理論也是最一貫的。」

「他是否也認為，我們只能藉由感官的認知，得到我們對世界的知識？」

「不只是這樣而已。柏克萊認為，世間的事物確實是如我們所感知的那般。但它們並非『事物』。」

「那還要麻煩你多解釋一下。」

「妳應該還記得洛克的說法，他說事物的『次要性質』，其實是無法陳述的。舉例來說，我們不能說某個蘋果是綠的或是酸的；我們只能說，我們感覺到那個蘋果是綠的或酸是的。但洛克同時也指出，諸如密度、比重和重量等『主要性質』，則確實是我們周遭外在真實世界的特性。而且，外在的真實世界，具有物質上的實體性質。」

「我記得這個。我也認為洛克區分事物的方式很重要。」

「沒錯，蘇菲，但事實上並不只於此。」

「繼續說吧。」

「洛克、笛卡兒、斯賓諾莎等人都認為物質世界是真實的。」

「然後呢？」

「不過柏克萊卻利用經驗主義的邏輯，對於物質世界的真實性提出了質疑。柏克萊說，世間的事物，就是我們能夠感受到的東西。但我們並未感受到『物質』或『質料』。我們並非從有形有體的物質這個角度，來感知事物。如果我們認定自己所感知的事物，在其下有一個『實質』存在，則我們就是妄下定論。因為我們並沒有任何經驗可以支援這樣的說法。」

「簡直是胡說八道！你看！」蘇菲的拳頭重擊了一下桌面，「好痛。」然後她接著說：「難道這樣還不足以證明這張桌子的確是一張桌子，它是物質，也是質料？」

「妳對這張桌子的感覺是什麼？」

「我感覺到很硬的東西。」

「妳只感覺到一個硬的東西，可是妳並沒有感覺到實際存在桌子裡面的那個物質。同理，妳或許會夢見自己正在捶一個很堅硬的東西，可是夢裡並不存在真正的堅硬物體。對不對？」

「沒錯。」

「人被催眠後，也會『感覺』冷或熱，或者感覺到被人撫摸或被揍了一拳。」

「那如果事實上桌子這東西並不硬，我為什麼又會有『硬』的感覺呢？」

「柏克萊相信『靈』。他認為在我們所有觀念的背後，都有一個我們意識不到的成因。但這個成因不是實體的，而是精神性的。」

蘇菲又開始咬指甲了。

亞伯特繼續說：「柏克萊認為，我所擁有的各種觀念，背後之成因可能就是我的靈魂——我在做夢的時候就是這種情形。但世間只有另外一個意志或靈，可能形成這個『形體』世界背後的各種概念。他說，萬物都是因為這個靈而存在，這個靈乃是『萬物中的萬物』的成因，也是『萬物所存在之處』。」

「他說的這個『靈』，到底是怎麼樣的東西？」

「柏克萊當然是指著上帝說的。他宣稱：我們可以說，上帝的存在比人的存在更能夠讓人清楚感知到。」

「難道我們連自己是否存在，都沒辦法確定嗎？」

「嗯，可以說是這樣，也可以說並不是這樣。柏克萊認為，我們所看見、所感覺到的每件事物，都是出自於『上帝的大能所產生的作用』，因為上帝『在我們的意識中，與我們非常親密地存在著，為我們成就了那些我們時時都能體會到的豐富概念及感官體驗』。我們周圍的世界與我們的生命，全都存在於上帝之內，上帝就是萬物存在的唯一成因。我們只存在於上帝的心中。」

「我只能說，我覺得太驚訝了。」

「因此，問題不單單在於『to be or not to be』而已。問題還在於我們是什麼。我們真的是有血有肉的人類嗎？我們的世界是由真實的事物所組成的嗎？還是說我們只是受到心靈的圍繞？」

蘇菲還在咬指甲。

亞伯特接著說：「除了質疑物質的真實性之外，柏克萊也對『時間』和『空間』是否絕對存在，或者是否獨立存在的問題，提出了質疑。他認為，我們對於時間與空間的認知，搞不好也只是出自我們心靈所虛構出來的。我們的一、兩個星期並不一定等於上帝的一兩個星期……」

「你剛才說，柏克萊認為，萬物都存在於一個靈當中，而這個靈就是上帝？」

「是的。我應該是有這樣說。但對我們來說……」

「我們？」

「……對於妳和我來說，這個『造成萬物中之萬物』的『意志或靈』，搞不好就是席妲的父親。」

蘇菲的兩眼因為震驚而睜得好大，但同時她也開始悟出一些道理來。

「你真的這麼認為嗎？」

「除了這樣之外，我看不出還會有別的可能性。也唯有這樣，才能解釋我們所經歷的這一切事情，包括那些到處出現的明信片和標語……漢密斯開口說人話……還有我有時脫口而出叫錯妳的名字。」

「我……」

「席妲，我居然會把妳叫成蘇菲！。我一直都知道妳的名字不叫蘇菲。」

「你到底在說些什麼啊？你是真的糊塗了。」

「沒錯，孩子，我的腦子正在那兒轉呀轉的，像一顆暈眩的星球，圍繞著燃燒的星旋轉。」

「而那個星就是席妲的父親嗎？」

「可以這樣說。」

「你的意思是，他有點像是在扮演我們上帝的角色嗎？」

「老實說，是的。但他應該覺得慚愧才對。」

「那席妲呢？」

「席妲是個天使，蘇菲。」

「天使？」

「因為她正是這個『靈』所轉而尋求的對象。」

「你的意思是，艾勃特把我們的事情都告訴了席妲？」

「說不定是用寫的。因為我們已經學過，我們無法感知到那個組成我們現實世界的物質。我們無法得知我們的外在現實世界究竟是由聲波組成的，或者是由紙以及書寫的動作所組成的。按照柏克萊的說法，我們能夠知道的唯一一件事情就是，我們是靈。」

「而席妲是個天使……」

「沒錯，席妲是個天使。我們今天就說到這裡為止吧。生日快樂，席妲！」

屋子裡突然充滿著淡藍色的光芒，幾秒鐘後他們聽見雷電的聲音，整棟房子也都搖撼起來。

「我要回家了。」蘇菲說。她站起來跑到前門。才剛走出去，在門廊上睡午覺的漢密斯就醒過來了。她似乎聽到牠說：「再見，席妲。」

蘇菲快速跑下樓梯到了街上。整條街空無一人。傾盆大雨已經開始下了。

大雨中只有一、兩輛車行經，但卻連一輛公車也沒有。蘇菲跑過大廣場，穿過市區，邊跑腦中不斷出現一個念頭。明天就是我的生日了，她心想。明天就要滿十五歲了，這時才突然領悟到生命只不過是一場夢境而已，感覺真是格外的苦澀啊！彷彿你中了一百萬大獎，獎金正要到手的時候，才從美夢中驚醒。

蘇菲啪噠啪噠跑過運動場。不久後她看見有人跑向她，原來是媽媽。憤怒的閃電再度劃破天際。

兩人接近時，蘇菲的媽媽伸出手臂摟著她。

「孩子，我們到底發生什麼事了？」

「我不知道，」蘇菲哭著說：「好像噩夢一樣。」

柏克來山莊

……曾祖母向一位吉普賽女人買的古老魔鏡……

利勒桑鎮的郊區，老船長家中的閣樓裡，席妲醒來了。她看看時鐘，才六點，但天色已經大亮，清晨的太陽已經將房間內的一整面牆都照亮了。

她下床走向窗前，經過書桌時停下來，撕下一九九〇年六月十四日星期四這張日曆，揉成一團丟進垃圾桶裡。

現在桌曆上的日期顯示著一九九〇年六月十五日星期五，十分醒目。早在今年一月的時候，她就在今天這一頁上寫下了「十五歲生日」這幾個字。她覺得能在十五日這一天度過十五歲生日實在很特別。這種機會一輩子只有一次。

十五歲了！今天是她長大成人的第一天，所以別再回去賴床了吧。而且今天是放暑假前最後一天上學，所有學生必須在下午一點鐘前往教堂集合。更何況，爸爸再過一個星期就要從黎巴嫩回來了，他答應要在仲夏節前回家。

席妲站在窗前看著外面的花園，又低頭俯視著紅色小船屋後面的碼頭。夏天使用的那艘汽艇還沒有拿出來，不過那艘舊的手划小船還繫在碼頭邊。昨晚下過一場大雨，她提醒自己今天一定要記得把小船裡的積水舀出來。

她俯視著那個小海灣，卻記起自己在六歲那年，還是個小女孩，有次曾經爬進那條小船，想要一個人划到那個小海灣，沒想到不小心卻掉進水裡，最後勉強掙扎著上岸，渾身濕淋淋的穿過矮樹籬回到家，站在花園裡抬頭仰望著她家的房子。這時媽媽朝著她跑過來了。至於那艘小船和兩支槳，就一直在海灣裡漂浮著。到現在有時她還會夢見那艘小船空無一人，在那兒漂流的情景。那真是一次令人相當難為情的經驗。

她家的花園裡，花草並非特別茂盛，維護得也並不算太好，不過面積卻相當大。這也是屬於她的花園，在寒冬風雪的考驗之下，園裡那棵飽經風霜的蘋果樹和幾株樹葉還沒長齊的低矮果木，勉強留了下來。在晨間亮麗的陽光下，有座老舊的鞦韆孤立在花崗岩與灌木叢之間的草坪上，鞦韆上的沙發墊子也已經不見了，更顯得格外寂寥。應該是昨天晚上媽媽匆匆跑出去收進來以免被雨淋濕。

這個大花園四周都種著樺樹，提供些許的保護，以免狂風吹襲。正是因為有這些樺樹，這棟房子才在一百多年前被改名為「柏客來」山莊。

這幢大房子是席妲的曾祖父於十九世紀、廿世紀之交興建的。他是一艘大帆船的船長，所以到現在還有許多人把這座大宅稱為「船長屋」。

那天早晨，花園裡仍然可以看得見昨夜暴雨的痕跡。昨天黃昏開始，突然下起這場大雨，持續到晚上席妲睡覺時，還被一陣陣的雷聲驚醒好幾次。等到天亮後，卻是萬里無雲的好天氣。

像這樣的夏日風雨過後，萬物顯得如此清新。這幾個星期以來天氣一直炎熱乾燥，使得樺樹的葉尖都已經變黃了。現在，大地有如經過一番清洗，席妲覺得自己的童年似乎也隨著這場風雨一去不返。

「春日的芽苞爆裂時，確實是痛苦的……」是不是有位瑞典（還是芬蘭？）的女詩人說過類似的話？

祖母老五斗櫃上方，懸掛著一面沉重的銅鏡。席妲站在銅鏡前。

她漂亮嗎？至少不醜。也許她既不漂亮，但也不醜……

她的長髮帶點金色，以前她老是盼望自己頭髮的顏色能夠更金黃一點，或者色澤更暗一點也好，因為像她這種有點金又不太金的髮色，看起實在不怎麼樣。幸好她有點天生的鬈髮，不必像她那些朋友一樣整天煞費苦心想讓頭髮看起來鬈一點。她想，自己另一個優點是有一雙深綠色的眼睛。以前她的叔叔嬸嬸們總是一面低下頭來看著她一面問：「真的是綠色的嗎？」

席妲站在鏡子前注視著自己的面容，不禁想：這是個小女孩的面龐嗎？還是個年輕女子？她覺得都不是。她的身體或許已有女人味了，不過她的臉龐卻還是像一顆未成熟的蘋果。

這面古老的鏡子本來是掛在「工作室」裡面。它總是會讓席妲想起父親，因為「工作室」就在船屋的上面，是她父親讀書、寫作、一個人安靜的地方。他在家的時候，席妲老是喊他「艾勃特」。他一直想寫出一些有意義的東西。有次還動手想寫一本小說，但一直沒有完成。

他寫的詩和他畫的島嶼素描有時會刊登在一家全國性的刊物上，每次席妲看到爸爸的名字「艾勃特」登出來，都覺得好驕傲。這種事在利勒桑鎮還是不太常見的。她曾祖父的名字也是叫做艾勃特。

還有這面鏡子。好多年前她爸爸曾經開玩笑說，只有看著這面銅鏡時，才能夠對著自己鏡中的倒影同時眨動雙眼，是因為這面鏡子是當年曾祖母新婚過後不久，向一個吉普賽婦人買下的古老魔鏡。

席妲試過好多次，卻發現要對著鏡子裡自己的倒影眨動雙眼，簡直就像要擺脫自己的影子一樣不可能。這件傳家寶，後來爸媽送給了她。這幾年來她還是經常練習這個不太可能達成的技巧。

她今天思緒翻騰，一直想著跟自己有關的事。這樣也很正常，她已經滿十五歲了呀……就在這時，她偶然瞥見床頭小桌子上放了一個大包裹，外面用美麗的藍紙包著，還綁著紅色的絲帶。一定是生日禮物！

這就是爸爸說過要送她的神秘大禮物嗎？爸爸從黎巴嫩寄來的明信片當中，曾經給她許多撲朔迷離的線索，然後又說他「嚴格禁止自己洩漏秘密」。

這份禮物會「越來越大」，這是他在信裡的說法。信中他還提到一位她即將見到的女孩子，爸爸說，他把寄給她的明信片，也寄了同樣的一份給那女孩。席妲曾想要從媽媽那裡探聽點消息，或許她能透露一點口風，結果媽媽也不知道爸爸到底在玩什麼把戲。

爸爸提示的各種線索裡面，最奇怪的一項是：這禮物是一個「可與別人共享」的東西。難怪席妲的爸爸是在聯合國上班！爸爸腦裡有許多執著的信念，其中之一就是聯合國應該成為一個類似世界政府的機構。他曾經在一張明信片裡說，希望聯合國有一天真的能夠使人類都團結起來。

等下她媽媽會拿著糕點和一面挪威小國旗到樓上她房裡來唱生日快樂。媽媽還沒來之前，她可以先打開這個包裹嗎？應該可以吧。否則它為什麼會出現在這兒？她輕輕上前拿起那個包裹。還很重呢！包裹上面貼著一張紙，紙上寫著：「給席妲的十五歲生日禮物，爸爸贈。」

她坐在床上，小心解開紅色的絲帶，接著打開藍色的包裝紙。

裡面是一個大大的資料夾。

這就是她的生日禮物嗎？這就是他費盡心思為她準備的十五歲生日禮物嗎？這就是那個會越來越大，可以和別人一起分享的禮物嗎？席妲發現資料夾都是打著字的紙張。這些字體她認得，就是爸爸用他帶到黎巴嫩的那台打字機所打出來的字。

難道他為她寫了一本書？

第一頁上面，用手寫出了幾個大字，是書名：蘇菲的世界

書名下面則用打字機打了兩行詩：

真正啟蒙之於人

如同陽光之於土

葛朗維格（N．F．S．Grundtvig）

席妲往下翻了一頁，翻到第一章的開始。第一章的標題叫做〈伊甸園〉。席妲爬回床上，舒服地坐好，把資料夾放在膝蓋上，開始看了起來：

蘇菲．艾孟森走在放學回家的路上。一開始她和喬安娜一起走，路上聊著有關機器人的話題。喬安娜認為，人的大腦就像先進的電腦，但蘇菲不太敢肯定這個想法，她覺得，人應該不只是一台機器吧。

席妲往下讀著，把一切事都忘記了，連今天是她的生日也忘了。她繼續讀著，腦海中不時浮現一個問號：爸爸寫了一本書嗎？他在黎巴嫩的時候，是否終於動手撰寫那部很有意義的小說，並且完成了呢？他以前時常抱怨，他在黎巴嫩的時候不知該怎麼打發時間。

蘇菲的爸爸也離家很遠。也許她就是那個席妲馬上會認識的女孩……

只有當她強烈地意識到自己有一天會死去，才能體會到活著的美好……世界是從何而來？……事物必定曾在某個時刻，歷經從無到有的過程。但是，真的可能嗎？這簡直和「世界一直存在」的看法一樣令人無法置信吧！

席妲一直往下讀著。當她讀到蘇菲收到一封黎巴嫩寄來的明信片，上面寫著：「苜蓿巷三號，蘇菲收，請代轉席妲」時，不禁困惑起來。

親愛的席妲：

十五歲生日快樂！我想送妳一份能幫助妳成長的禮物，我想妳一定瞭解吧。抱歉，我必須請蘇菲把卡片轉交給妳，因為這樣比較方便。

愛妳，老爸

真是愛開玩笑！席妲知道爸爸向來喜歡耍花樣，但今天他才真正是讓她眼界大開：他並沒有把生日賀卡附在包裹上，反而是將它寫進書裡了。

只是難為了蘇菲，她一定感到非常困惑。

這明明是別人的生日卡，為什麼這位爸爸會寄給蘇菲呢？為什麼故意把信寄到別人家，讓自己的女兒收不到生日卡？為什麼他說「這樣比較方便」？再說，蘇菲究竟要去哪裡找這個「席妲」？

對呀，她怎麼找得到呢？

席妲翻了幾頁，然後開始讀第二章〈魔術師的禮帽〉，沒多久就讀到那個神秘人士寫給蘇菲的那封長信。她不自覺地屏住了呼吸。

思考「我們為何活在這個世界上」這類問題，跟集郵等休閒嗜好不同。會問這類問題的人，要探討的是打從人類出現在地球上開始，就一直爭辯不休的問題。

「蘇菲累壞了吧。」席妲也是。爸爸為她的十五歲生日寫了一本書，而且這本書很奇怪，可是又很精彩。

簡而言之，就是「魔術師從帽子裡拉出了一隻兔子」。而且這隻兔子非常龐大，因此魔術師花了數十億年，才變出這場戲法。所有生物都出生在兔子身上的細毛末端，從那個角度看來，這場帽子戲法簡直不可置信。但是呢，當他們日漸長大，就越往兔子的毛皮深處移動，在那裡待了下來……

蘇菲並非唯一一個覺得自己正要在兔子毛皮深處找個舒服地方待下來的人。今天也是席妲的十五歲生日，她覺得此時就該決定未來人生的路該怎麼走。

她讀到了資料夾中講到的希臘自然派哲學家觀點。席妲知道爸爸本來就很喜歡哲學，也曾經在報紙上發表過一篇文章，主張哲學應該列入學校的基本課程，那篇文章的題目是：「為何哲學應該列入學校課程？」他還曾經在席妲班上的家長會中提出同樣的建議，把席妲弄得很不好意思。

席妲看了一下時鐘。七點半了。媽媽大概還要再過半小時才會端著早餐托盤上樓來。太好了，因為此刻她滿腦子所想的，都是蘇菲和那些哲學問題。她已經讀到標題為德謨克利特斯的那章，裡面寫到蘇菲在思考一個問題：為什麼積木是世間上最巧妙的玩具？不久之後，蘇菲在信箱裡發現了一個咖啡色的大信封：

先前提過的幾位哲學家的想法，德謨克利特斯也能認同。他相信，自然的變化並非因為任何事物真的產生改變了。他認為萬物都是由微小而不可見的積木組合而成，每一塊積木都是恆久不變的最小單位，叫作「原子」。

等席妲讀到蘇菲在床底下發現那條紅色絲巾的時候，不禁感到非常生氣。

原來那條紅色絲巾竟然在那裡！可是絲巾怎麼可能會跑到故事裡面呢？它應該是在別的地方吧……

至於蘇格拉底的那章，一開始就說蘇菲在報紙上看到「在黎巴嫩的挪威聯合國部隊的消息」。爸爸這人就是這樣！挪威人對聯合國和平部隊的任務沒什麼興趣，這個現象讓爸爸非常關切，所以才故意在故事裡做出這種安排，逼得蘇菲一定要去關心這件事，他也才能把這件事寫進故事裡，看這樣是否會得到一些媒體的注意。

等席妲讀到哲學家老師寫給蘇菲的信後面的附註時，不自主笑了起來。附註的內容是這樣的：

還有，如果妳在哪裡看到紅色的絲巾，請把它保管好。大家常會拿錯自己的東西，尤其在學校這種地方，而這裡又正好是一所哲學學校。

這時席妲聽到媽媽上樓的腳步聲。媽媽還沒敲門，不過席妲已經開始讀到蘇菲找到雅典錄影帶的那個部分。

「祝妳生日快樂！祝妳生日快樂……」

媽媽才走了一半的樓梯，就開始邊走邊唱了。

「親愛的席妲，生日快樂！祝妳生日快樂！」

「請進吧。」席妲說。她正讀到哲學家老師透過錄影帶，從希臘衛城向蘇菲說話。看起來他的長相和席妲的爸爸非常相像，留了一嘴「修剪整齊的黑鬍子」，頭戴藍色的貝雷帽。

「席妲，生日快樂！」

「嗯。」

「席妲？」

「放在那兒就好了。」

「難道妳不要……」

「妳沒看到我正在讀書嗎？」

「想想看，妳已經十五歲了！」

「媽，妳有沒有去過雅典？」

「沒有，問這幹嘛？」

「多麼奇妙啊，那些古老的神廟到今天依舊屹立！它們已經有兩千五百年的歷史了。還有，最大的一座神廟名叫『處女之地』。」

「爸爸送的禮物妳拆開了嗎？」

「什麼禮物？」

「席妲，把頭抬起來。妳怎麼一副心不在焉的樣子？」

席妲讓資料夾滑到腰際。

媽媽端著托盤，站在床頭俯看著她。托盤上有幾根點燃的蠟燭，奶油卷、鮮蝦沙拉和汽水。另外還有個小包裹。媽媽站在那兒，用手端著托盤，手臂下夾著國旗，顯得很笨拙的樣子。

「喔，謝謝媽媽。妳好好喔，可是我現在正忙著呢！」

「妳今天下午一點才要上學。」

這番話讓席妲想起自己身在何處。媽媽把托盤放在床邊小桌上。

「對不起，媽。我的注意力完全被這東西吸引住了。」

「席妲，他到底寫了什麼呀？我一直搞不清楚妳爸爸，想必妳也一樣吧。這幾個月來他說的話我一句也聽不懂。」

不知道為什麼，席妲覺得很不好意思。「喔，只不過是個故事而已。」

「故事？」

「對，一個故事，或一部哲學史。反正就是是這類的東西啦。」

「我送的禮物妳不想開嗎？」

席妲不想顯出偏心的樣子，只注意爸爸的禮物，所以連忙打開媽媽送的那個小包裹。裡面是一條金鏈子。

「好漂亮喔。媽！真的謝謝妳。」

席妲從床上站起來，抱了媽媽一下。

母女倆坐著聊了一會兒。然後席妲說：「我要繼續讀書了。媽，現在他正站在衛城的最頂端呢。」

「是誰呀？」

「我不知道，蘇菲也不知道。重點就在這裡。」

「我要去上班了，別忘了吃點東西。妳的衣服掛在樓下的衣架子上。」

媽媽終於踩著樓梯下去了，蘇菲的哲學老師也一樣。他從衛城順著階梯往下走，半路上在亞略巴古石臺那裡站了一會兒，不久就消失在雅典古廣場的人群當中。

席妲看到那些古老的建築突然從廢墟中再度出現的時候，不禁打了一個寒顫。她爸爸一直有個念念不忘的偉大理想，就是集合聯合國所有的會員國一起重建雅典廣場，讓這個廣場成為進行哲學討論與裁軍會談的場所。他認為這種大規模的計畫可使全世界各國團結起來。他說：「畢竟我們在興建油井和登月火箭方面已經成功了。」

接著席妲讀到了柏拉圖的學說。「靈魂渴望乘著愛的翅膀回到概念的世界裡，渴望脫離肉身的鎖鍊……」

蘇菲跟在漢密斯後面爬過籬笆，但後來就找不到牠了。讀完柏拉圖之後，她繼續深入樹林，看見了小湖邊的紅色小木屋，裡面掛著一幅「柏客來」的畫。依照書中的描述看來，畫中的房子應該就是席妲家「柏客來山莊」。可是另有一幅畫，畫裡的男人名叫「柏克萊」。

「好奇怪呀！」席妲把那本厚重的資料夾放在床邊，走到自己的書架旁找出三冊百科全書，開始查「柏克萊」。這三冊百科全書這是她十四歲時的生日禮物。找到了！

柏克萊：George Berkeley，一六八五至一七五三，英國哲學家，克羅尼地區主教。他不相信在人類的心靈之外另存在著一個物質世界，認為我們的感官認知都是從上帝來的。主要著作是《人類知識原理》。

真的有點奇怪。席妲站在那兒想了幾秒鐘，才回到床上的資料夾旁。

在某方面來看，應該是爸爸故意把那兩幅畫掛在牆上。但是「柏克萊」和「柏客來」這兩個相似的名字之間，到底還有什麼關聯呢？

哲學家柏克萊認為，在人類心靈之外，並不另存有物質世界。我們必須承認，這種看法非常奇特，可是也不容易反駁，對蘇菲來說尤其適用，因為她所有的「感官認知」都是由席妲的父親所撰寫出來的。

只要繼續讀下去，應該可以知道更多的詳情。她讀到蘇菲發現鏡子裡有一個女孩向她眨著雙眼的那個段落，忍不住抬起頭來微笑。「那個女孩向蘇菲眨眼，好像是要對她說：蘇菲，我可以看見妳，我就在這兒，在另外一邊。」

蘇菲也在小屋裡找到了那個綠色的皮夾，裡面有錢，還有其他的東西。皮夾怎樣會跑到那兒去呢？

真是鬼扯！一時之間席妲相信蘇菲真的找到了皮夾。然後她想像著蘇菲對這整件事的感受：蘇菲一定覺得很難理解、很不可思議吧。

席妲首度感到一股強烈的欲望，很想要和蘇菲見面。她想要告訴她整件事情的始末。現在蘇菲必須快點離開小屋，免得被人逮到她偷偷跑來這裡，但這時那艘小船卻漂浮在湖面上。（席妲的爸爸只要一有機會，就會把小船的事情拿出來重新說一遍。）

席妲正讀到那封提到「嚴謹」的亞里斯多德的信，於是先喝一口汽水，咬了一口奶油捲，然後看見亞里斯多德對柏拉圖的學說提出了抨擊。

亞里斯多德指出，我們不會意識到自己感官不曾經驗過的事物；而柏拉圖說，事物必然先存在於理型世界，才可能出現在大自然中。亞里斯多德認為，照柏拉圖的說法，事物的數量恐怕會倍增。

原來就是亞里斯多德發明了「動物、植物、礦物」這個遊戲。這點席妲從來不知道。

亞里斯多德想把大自然這個「房間」裡的東西徹底整理、分類。他想表達自然萬物都各有其所屬的類目或次類目。

她讀到亞里斯多德對女人的看法時，覺得既生氣又失望。這麼聰明的哲學家竟然也是個大笨蛋，真令人難以想像。

蘇菲一面讀著亞里斯多德，生出一股衝動要清理自己的房間。她在一堆雜物中找到了那雙一個月前從席妲的衣櫃裡消失的白色長襪！蘇菲把亞伯特寫給她的信，全都放在一個資料夾裡。「總共有五十多頁。」可是席妲卻拿到了一百二十四頁，包含亞伯特寫的信，以及蘇菲的故事。

接下來的章名是〈希臘文化〉。一開始，蘇菲看見一張明信片，上面是聯合國吉普車的照片。明信片加蓋了「六月十五日聯合國部隊」的戳記。這又是一張爸爸要寫給席妲的明信片，不過不是用寄的，反而把它寫進故事裡。

親愛的席妲：

我猜妳收到這張卡片的時候，可能還在慶祝十五歲生日吧。搞不好這是妳生日的隔天早上？反正妳早晚會收到我的禮物，就某種意義來說，這份禮物可以用一輩子。但我仍想再跟妳說一聲生日快樂。我為什麼把明信片寄給蘇菲呢？妳現在大概已經瞭解了。我相信她一定會把信轉交給妳。

PS：媽媽說妳的錢包不見了。我答應妳，我會給妳一百五十塊做為彌補，妳可能要在暑假開始之前趕緊重辦學生證。

愛妳的爸爸

不錯嘛！她又多賺了一百五十塊錢。說不定爸爸認為只送她一份自己親手做的禮物，這樣還不太夠。

從故事裡看來，蘇菲的生日也是六月十五日，可是對蘇菲來說，現在還是五月中旬。爸爸應該是在五月中旬寫到這一章的，只不過他把寫給席妲的「生日卡」上面註明了六月十五日。可憐的蘇菲，跑到超級市場去和喬安娜會面的時候，心裡老是想不透這是怎麼回事。

席妲到底是誰？她爸爸如何肯定蘇菲會找到她？他到底為什麼要把明信片寄給蘇菲，而不直接寄給他女兒？不管怎麼想，這都完全沒道理呀。

席妲讀到普羅汀的理論時，也和蘇菲一樣，都覺得彷彿已經上了天堂似的。

我的意思是，世界上既存的萬物都帶有神秘的神聖之光。我們會看見這道光在向日葵或罌粟花中閃爍，感覺到神秘的氛圍包圍了一隻飛離枝頭的蝴蝶，或是在水缸裡悠游的金魚。但最靠近上帝的仍是我們的靈魂。唯有在靈魂之中，我們得以和生命裡奧妙的神秘合而為一。事實上，在極為偶然的時刻，我們會體驗到「自我就是那神聖的神秘之光」。

到目前為止，這是席妲所讀過最令人迷惑的訊息了，可是它的內容卻又是這麼簡單：萬物都是一體的，而這個「一體」也是萬物所共享的神聖奧秘。

這樣的訊息，實在很難讓人立即相信。席妲想，事實或許應該就是這樣。每個人可以依照自己的意念，對「神聖」這個詞做出不同的解讀。

她翻到下一章。蘇菲和喬安娜在國定假日五月十七日之前的那天晚上外出露營，兩人走到了少校的小木屋……

席妲讀了幾頁，便生氣地把被子掀開，起身在房裡走來走去，手中還緊緊抓住那個資料夾。

這真是一件最沒禮貌的事情了！她爸爸安排這兩個女孩，在林間的小木屋裡發現了他在五月頭兩個星期寄給席妲的所有明信片的副本。這些都是她曾經一再閱讀、每個字都記得清清楚楚的信函，是她爸爸寫給她的。

親愛的席妲：

我現在內心滿滿都是妳的生日秘密，每天都要忍耐好幾次，別打電話回家，免得把驚喜給搞砸。這個禮物會越長越大。妳也知道吧，當一個東西越長越大，就越來越藏不住了。

亞伯特又給蘇菲上了一堂新課，讓蘇菲瞭解了猶太、希臘兩個民族及他們偉大的文化。席妲很高興能對歷史做個概略的瀏覽，因為學校裡的老師好像都在講些無關緊要的東西，她在學校裡從未學過這些知識。讀完這一課後，她對耶穌與基督教有了新的認識。

她喜歡那段歌德說的話：「不能從三千年歷史中汲取經驗的人，沒有未來可言。」

下一章的一開始，有張卡片貼在蘇菲家廚房的窗戶上。當然，那又是一封寄給席妲的生日卡：

親愛的席妲：

不曉得妳看到這張明信片時，生日是不是已經過了？希望還沒，至少不要過太久才收到。蘇菲生活中的一兩個星期，對我們來說可能沒那麼長。我應該會回家過仲夏節，席德，到時候我們可以一起坐在鞦韆上，看著海洋，就這樣度過好幾個小時。我們要好好聊聊天……

然後亞伯特打了個電話給蘇菲。這是她第一次聽到他的聲音。

「你講得好像在打仗。」

「我倒覺得這比較像是一場意志之戰。必須先讓席妲注意到我們，並趁她爸爸回到利勒桑鎮之前，讓她加入我們的陣營。」

於是，蘇菲在一座十二世紀的古老石砌教堂內，與假扮成中世紀僧侶的亞伯特見面了。

不會吧！那座教堂！席妲看了看時間。一點十五分……她完全忘記了時間。

今天她生日，不去上學也許沒有什麼關係，可是這樣一來她就沒辦法跟同學一起慶祝了。但反正已經有很多人祝她生日快樂了。

沒多久她就讀到亞伯特長篇大論那一段。這個人扮起中世紀僧侶的角色，可真是一點也不費力。

等她讀到蘇菲亞在夢中向席妲佳顯現那一段，便再度起身查閱她的百科全書。兩個人都沒查到。每次都這樣！只要是女性的問題或者關於女人的事，百科全書就像月球表面一樣荒涼貧乏。難道這整套百科全書的內容都經過「保護男人學會」審查過了嗎？

來自賓根地區的席妲佳，是中世紀日耳曼傳教士、作家、醫生、植物學家兼生物學家。通常中世紀的婦女要比男人實際，甚至可能更懂科學，在這方面席妲佳也許是個不錯的例證。

但是席妲手上的百科全書，卻完全沒有記載席妲佳的詞條。真是糟呀！

席妲從沒聽說過上帝也有「女性化的一面」或「母性」。顯然她的名字是蘇菲亞，但那些出版者好像覺得不值得浪費油墨把她的事蹟印出來。

百科全書中，所能找到最近似的詞條是君士坦丁堡（現在叫伊斯坦堡）的聖蘇菲亞教堂，名字是Hagia Sophia，意思是「神聖的智慧」。但卻沒有提到蘇菲亞是女性。這不是言論審查是什麼？

此外，席妲認為蘇菲真的曾經向她「顯現」過，因為她一直都在想像這個有一頭直髮的女孩會是什麼模樣……

蘇菲幾乎整個早上都待在聖瑪莉教堂。回到家後，她站在她從林間小木屋裡拿回來的銅鏡前面。

她仔細研究自己輪廓分明的蒼白臉龐，和臉的周圍簡直無法整理的頭髮。但在那張臉的後頭，卻浮現另一個女孩的幽靈。那個女孩忽然瘋狂地眨動雙眼，彷彿在跟蘇菲打暗號，說她真的在鏡子另一邊。幽靈只出現了幾秒就消失了。

席妲也曾經無數次像那樣站在鏡子前面，彷彿想從鏡子裡面找到另外一個人。不過，爸爸怎麼會知道這件事？蘇菲也是一直在尋找一個深色頭髮的女人嗎。這面鏡子，就是曾祖母向一個吉普賽女人買的。席妲發現自己捧著故事的雙手正在發抖。她覺得蘇菲確實存在於「另外一邊」的某個地方。

席妲接下來讀到蘇菲夢見了席妲和柏客來山莊。在蘇菲的夢中，席妲既看不見她，也聽不見她。後來蘇菲在碼頭上撿到了席妲的那條金十字架鏈子，等到她醒來時，那條刻有席妲姓名縮寫的十字架鏈子卻躺在她的床上！席妲強迫自己努力回想，難道她把那條祖母送給她當受洗禮物的金鏈子也弄丟嗎？席妲起身走到櫃子旁拿出珠寶盒。怪了，鏈子居然不見了！

所以，她真的把它搞丟了！可是連她自己也不曉得金鏈子不見了，爸爸又是如何知道的呢？

還有一件事，蘇菲顯然曾經夢到席妲的父親從黎巴嫩回來了。但爸爸還要再等一個星期才會回來呀！難道蘇菲的夢就是一種預兆嗎？難道爸爸的意思是，當他回家時，蘇菲也會在場嗎？他在信上曾說過席妲會有個新朋友……

這一刻她的思路變得非常清晰，她感覺到蘇菲並不只是書中的人物而已。蘇菲乃是確實存在的。

啓蒙

……從製針到鑄造大砲的技術……

席妲聽見媽媽從前門進來的聲音，這時她才剛要開始閱讀「文藝復興」那一章時。她看看時鐘，已經下午四點了。

媽媽上樓打開席妲房間的門。

「妳沒去教堂嗎？」

「有啊。」

「可是……妳穿什麼衣服去的？」

「就我現在身上穿的呀！」

「妳穿睡衣啊？」

「那是一座古老的中世紀石砌教堂。」

「席妲！」

她讓資料夾夾滑到腰際，抬起頭來看著媽媽。

「對不起，媽，我忘了注意時間，可是我正在讀一些很有趣的東西。」

媽媽不禁微笑起來。

「這本書很奇妙喔。」席妲說。

「好吧，席妲，讓我再說一次生日快樂！」

「嘿，夠了夠了，說太多次了。」

「可是我還沒有……好，我要先去休息一下，然後弄一頓豐盛的晚餐。好不容易才買到草莓呢。」

「好。那我就繼續看書囉。」

媽媽離開了，席妲繼續往下讀。

蘇菲跟著漢密斯到了鎮上，然後在亞伯特家的門廊上看到一張黎巴嫩寄來的明信片。明信片上的日期也是六月十五日。

這些日期出現的模式，席妲已經漸漸搞懂了。那些日期在六月十五日以前的明信片，是席妲已經收到的明信片的副本；而上面寫著六月十五日的明信片，則是她今天才首度在資料夾裡看到的。

親愛的席妲：

蘇菲正前往哲學家的家。她快要十五歲了，但妳昨天就滿十五了。還是今天？如果是今天，那就表示明信片太晚寄到了。但我們的時間不一定一致……

接下來的段落中，席妲讀到了亞伯特和蘇菲談論文藝復興運動與新科學，以及十七世紀的理性主義與英國的經驗主義。

每次只要席妲看到爸爸故意藏在故事中的明信片和生日賀詞時，都會嚇一跳。爸爸有時安排這些東西夾在蘇菲的作業簿裡，或者在剝開的香蕉裡面出現，再不然就是隱藏在電腦軟體內。他不費吹灰之力就讓亞伯特不小心把蘇菲的名字叫成席妲。在這些事情之外，他竟然還讓漢密斯這隻小狗開口說人話：「席妲，生日快樂！」

亞伯特認為爸爸實在是太過分了，竟然自擬為上帝和天意。這種觀點，席妲十分贊同。可是話又說回來，她到底是贊同了誰呀？一開始豈不就是爸爸讓亞伯特能夠說話，亞伯特才能對爸爸提出這樣的非議？或者說，這些其實是爸爸的自我批評？她思考了之後認為，爸爸自比為上帝，其實也不算太超過，因為在蘇菲的世界裡，爸爸就像是無所不能的上帝。

亞伯特談到柏克萊的時候，蘇菲顯得十分迷惑。而席妲也一樣，完全被迷惑了。現在會發生什麼事呢？因為先前已經有多次暗示，等他們談到這位哲學家的時候（這位哲學家否認在人的意識之外還存在著物質世界），就會發生很特別的事。

這章的開頭是亞伯特和蘇菲兩人站在窗戶前，看著那架拖曳著長長的「生日快樂」廣告布條的小飛機。就在這個時候，烏雲開始在市區上方聚集。

因此，問題不單單在於『to be or not to be』而已。問題還在於我們是什麼。我們真的是有血有肉的人類嗎？我們的世界是由真實的事物所組成的嗎？還是說我們只是受到心靈的圍繞？

聽了這番話，難怪蘇菲要咬指甲。以前席妲從來沒有咬指甲的壞習慣，不過現在她的看法不同了。到最後，所有事情都弄清楚了：「……對於妳我來說，這個『造成萬物中之萬物』的『意志』或『靈』，搞不好就是席妲的父親。」

「你的意思是，他有點像是在扮演我們上帝的角色嗎？」

「老實說，是的。但他應該覺得慚愧才對。」

「那席妲呢？」

「席妲是個天使，蘇菲。」

「天使？」

「因為她正是這個『靈』所轉而尋求的對象。」

亞伯特說到這裡，蘇菲就衝出去了，跑進風雨之中。這裡所寫的風雨，會是昨天晚上（就在蘇菲跑過鎮上幾個小時之後）吹襲柏客來山莊的那場暴風雨嗎？

蘇菲快速跑下樓梯到了街上。整條街空無一人。傾盆大雨已經開始下了。大雨中只有一、兩輛車行經，但卻連一輛公車也沒有。蘇菲跑過大廣場，穿過市區，邊跑腦中不斷出現一個念頭。明天就是我的生日了，她心想。明天就要滿十五歲了，這時才突然領悟到生命只不過是一場夢境而已，感覺真是格外的苦澀啊！彷彿你中了一百萬大獎，獎金正要到手的時候，才從美夢中驚醒。

蘇菲啪噠啪噠跑過運動場。不久後她看見有人跑向她，原來是媽媽。憤怒的閃電再度劃破天際。

兩人接近時，蘇菲的媽媽伸出手臂摟著她。

「孩子，我們到底發生什麼事了？」

「我不知道，」蘇菲哭著說：「好像噩夢一樣。」

「存在或不存在，這才是問題之所在。」席妲覺得自己的眼淚快要掉下來了，她把資料夾扔到床尾，自己站了起來，在地板上來回踱步，最後在那面銅鏡前面停了下來，就這樣一直站著，直到媽媽上來告訴她說晚餐已經準備好了。媽媽敲門時，席妲甚至不曉得自己已經站了多久了。

但她有一點倒是相當的確定：她的鏡中倒影，是兩眼同時眨動的。

和媽媽吃晚飯時，她從頭到尾都很努力表現出一種知足惜福的模樣，今天她是壽星呀。只不過她的思緒不斷飄回到蘇菲和亞伯特的身邊。

現在既然現在他們都知道一切事情全是席妲的父親安排的，接下來情勢又會如何發展呢？其實，或許也不能說他們「真的知道」什麼事情；就算他們認為自己「真的知道」什麼事情，那麼這種想法也沒有意義，因為只有席妲的爸爸才有權力讓他們知道任何事情啊。

這個問題不管怎麼看，結果都是一樣的：只要蘇菲和亞伯特兩人「知道」了事情背後的真相，他們也就等於走入死胡同裡了。

席妲這時猛然想到：同樣的情況，可能也存在於她自己的真實世界裡面。想到這裡，她差點沒嚏到。人類對於自然法則的理解不斷進步，等到最後一塊哲學與科學的拼圖也放到正確的位置上了之後，歷史是否還會持續發展到永恆嗎？一方面人類不斷在觀念與科學上持續發展，另一方面溫室效應與濫砍森林又不斷惡化，難道這兩方面之間沒有某種牽連關係存在嗎？或許，可以把「人類對於知識的饑渴追求」這種現象，描述成是「人類失去了上帝的恩典」。

這個問題太大了，也太可怕了，席妲只好努力把它忘掉。如果她多讀一點爸爸給她的生日書，說不定她會瞭解得更多一點。

「……祝妳生日快樂……」母女倆吃完冰淇淋和義大利草莓後，媽媽又開始唱了。「現在呢，妳想做什麼？」

「媽，這樣講有點瘋狂，可是我現在最想做的事，就是繼續讀爸爸送我的那本書。」

「好吧，別被他那本書弄得妳自己瘋瘋癲顛的。」

「不會啦！」

「等下收看懸疑電視劇的時候，我們再一起吃比薩吧。」

「好啊，如果妳想的話。」

席妲突然想到蘇菲對她媽媽說話的方式。真希望爸爸在寫蘇菲的母親的角色時，沒有以媽媽為藍本。為了安全起見，席妲決定先不要提任何有關白兔被魔術師從禮帽裡面拉出來的事。至少今天先不要提。

「還有一件事，」在離開餐桌時她突然想到。

「什麼事？」

「我怎麼找都找不到我的那個金十字架。」

媽媽看著她，臉上出現了一種難以置信的表情。

「幾個星期之前，我才在碼頭那兒撿到它；一定是妳不小心弄丟了，妳這個漫不經心的小鬼頭。」

「妳有跟爸爸講這件事嗎？」

「我想想……應該有吧。」

「那條鏈子現在在哪裡？」

媽媽到樓上去拿她的珠寶盒。席妲聽到臥室裡傳來一小聲驚訝的叫聲。媽媽馬上就回到客廳來了。

「我好像又找不到了。」

「嗯，我想也是。」

她抱了媽媽一下，就上樓進房間裡去了。現在她終於又可以讀著蘇菲和亞伯特的故事了。她像以前那樣坐在床上，膝蓋上放著那本沉重的資料夾，開始讀下一章。

第二天早上蘇菲醒來的時候，看見媽媽端著一個托盤走進她房間，托盤上裝滿了她的生日禮物。媽媽還拿了一面小國旗，插在一個空汽水瓶裡面。

「蘇菲，生日快樂！」

蘇菲揉揉惺忪的雙眼，努力回想昨晚到底發生什麼事，但回憶中一切事情就像一堆混雜在一起的拼圖。一片拼圖是亞伯特，另一片是席妲和少校，第三片是柏克萊，第四片則是柏客來。最黑的一片，是昨晚的那場狂風暴雨，真的把她嚇壞了。媽媽拿了一條大毛巾擦乾她的全身，又給她喝了一杯熱的蜂蜜牛奶，然後要她上床。才剛上床她就睡著了。

「我應該還活著吧。」她虛弱地說。

「當然啦，而且今天是妳十五歲的生日呢！」

「真的嗎？」

「當然啦，妳是我的獨生女，我這做媽媽的怎可能會忘妳出生的日子呢？一九七五年六月十五日……下午一點半的時候。蘇菲呀，那也是我一生中最快樂的時刻。」

「妳確定我的出生不是一場夢嗎？」

「就算是夢的話，也應該算是一場好夢吧。妳看看，一醒來就有麵包、汽水和生日禮物。」

媽媽把放禮物的托盤放在一張椅子上，然後走出房間。不久後她又回來了，端著另一個托盤，上面有麵包和汽水。她把這個托盤放在床尾。

兩個托盤到齊，她們家傳統的生日清晨儀式也即將開始。先是拆禮物，然後媽媽就會滿懷著感情，回想起十五年前她第一次陣痛的情景。媽媽送了一支網球拍給蘇菲。蘇菲沒打過網球，不過離苜蓿巷不遠的地方就有幾座露天網球場。爸爸送給她的禮物是一台迷你電視兼調頻收音機，銀幕比普通的一張照片大不了多少。此外，還有年長的阿姨們和家族的老朋友們送的禮物。

媽媽問道：「要不要我今天請假在家陪妳呀？」

「不用了。妳幹嘛要這樣？」

「妳昨天的心情好像很差。再這樣下去，我們就要去看心理醫生了。」

「不用啦！」

「是因為暴風雨的緣故嗎？還是亞伯特？」

「那妳好嗎？妳昨天好像說：『孩子，我們到底發生什麼事了？』」

「我只是一直掛念著妳跑到鎮上去見一個神秘的人物……那也許是我的錯。」

「我利用閒暇的時間去上哲學課，這怎麼會是任何人的『錯』呢？妳去上班吧！今天學校十點才有課，我們只是去拿成績單，然後跟同學閒聊而已。」

「妳知道自己的成績了嗎？」

「反正會比上學期好就對了。」

媽媽才剛走，電話就響了。

「喂，我是蘇菲。」

「我是亞伯特。」

「啊。」

「少校昨天晚上也沒閒著。」

「你什麼意思呀？」

「妳想想，就是那場暴風雨呀，蘇菲。」

「我連該想什麼都不知道了。」

「這才是一個真正的哲學家最崇高的美德。妳在這麼短的時間裡就學到了這麼多，我真是覺得好驕傲。」

「我好擔心，我怕所有事情都是虛無的。」

「這種感覺，就叫做『存在的焦慮』，或者恐懼。這只是妳在邁向新意識的過程中，必經的一個階段而已。」

「我認為最好休息一陣子不要上課。」

「難道花園裡出現了那麼多青蛙嗎？」

蘇菲笑了。亞伯特接著說：「堅持一下好嗎？我們把這門課繼續下去吧。對了，順便說一聲：生日快樂。我們必須在仲夏節之前上完這門課。這是我們最後的機會。」

「什麼事情的最後機會？」

「妳現在坐得舒服嗎？我們要花點時間來研究這個，妳知道的。」

「好，我坐定了。」

「妳記得笛卡兒嗎？」

「『我思故我在』的那個人？」

「沒錯。我們現在從頭來談談我們心中不斷出現的疑問。首先，我們甚至連自己是否有能力思考，都還不確定。也許到頭來我們會發現，自己竟然只是別人腦裡的『想法』而已。如果是這樣的話，那就和思考是很不一樣的。我們有充分的理由相信，我們只不過是席妲的父親創造出來的人物，好讓他住在利勒桑的女兒生日時，拿來當成休閒的讀物。妳瞭解嗎？」

「嗯嗯……」

「可是這件事情本身就有一種天生的矛盾。假如我們是虛構出來的人物，那我們就連去『相信』任何事情的權利都沒有。如果是這樣的話，那麼連這次的電話對談純粹都是想像出來的。」

「而且我們完全沒有任何自由意志，因為我們的言語、行為都是少校在背後所策劃出來的。我看我們不如把電話掛斷算了。」

「不要這樣，妳這樣的話，又把事情看得太簡單了。」

「請說明。」

「難道妳會說：人們夢見的事情，也都是他們自己事前計畫好的嗎？席妲的爸爸確實知道我們做的每一件事，我們無法逃脫他的監視，正如我們無法擺脫自己的影子一樣。不過——這也是我想要擬出一個計畫的原因——我們也並不因此而確定，未來會發生的每一件事，少校是否早就已經決定妥當了。說不定少校會等到最後一刻，也就是他即將出手創造的那一剎那，才做出最後的決定。而在這個創造的時間點上，說不定我們可以自己決定要說什麼、做什麼。少校的『創造之力』可以算是重武器，比起他的重武器，我們這麼一丁點的自主能力，只能算是非常微薄的力量。對於那些外界的入侵力量，例如會說話的狗、香蕉裡包藏的訊息、事先預定的暴風雨等等，我們或許無法抵擋，但我們仍然擁有自己一點點的能力來負隅頑抗，不管這種能力多麼微弱。」

「這怎麼可能呢？」

「我們這個小世界裡發生的每一件事，少校固然全都知道，但這也不表示他是無所不能的。無論如何，為了繼續過我們的日子，我們得假裝他不是全知全能的。」

「我覺得我大概知道你在講什麼了。」

「其中的關鍵就在於，我們是否能單單倚賴自己的力量做出一些事情——做一些少校不會發現的事情。」

「如果我們不存在的話，又要怎樣才能做出這些事呢？」

「誰說我們不存在？問題不在於我們是否存在，而在於我們到底是誰。我們是誰？就算最後證明我們只不過是少校雙重人格裡面的一些想像，不過這樣也不能否認我們這麼微小的存在事實啊。」

「同理，這樣也不能否認我們的自由意志存在。這樣想對嗎？」

「嗯，蘇菲，這一點我正在想辦法。」

「可是席妲的爸爸一定能充分掌握你的想法啊。」

「絕對是這樣的。可是他並不知道我計畫的詳細內容。我正在想要找出一個『阿基米德支點』。」

「這又是什麼？」

「阿基米德是希臘的科學家。他有句名言是這樣的：『給我一個穩固的支點讓我站在上面，我就能舉起地球。』我們要找的就是那個支點，才能把我們脫離少校的內心宇宙。」

「不容易喔！」

「但是，只要這門哲學課還在進行，我們就無法溜走。在課程進行期間，他會牢牢掌握住我們。顯然他的意思是安排我來引導妳瞭解最近幾個世紀以來的哲學思想，一直到當代為止。可是再過幾天之後，他就要從中東某個地方登機出發了。如果在他抵達柏客來之前，我們還無法脫離他種像強力膠一樣的想像力，我們就玩完了。」

「你這樣講得好恐怖喔。」

「現在我先把法國啟蒙運動時期最重要的幾件事情告訴妳，然後會大概介紹一下康德的哲學重點，這樣才能接著談浪漫主義。同時，黑格爾會是一個重點人物。談他的時候，我們也一定會談到祁克果和黑格爾兩人之間的尖銳對立。然後我們會扼要地談一下馬克思、達爾文和佛洛伊德等人。如果我們能用沙特和存在主義當結論，那麼我們的計畫就可以付諸行動了。」

「一個星期內要談這麼多啊！」

「所以我們必須馬上開始講課。妳現在可以過來嗎？」

「今天要上學。我們要開同學會，拿成績單。」

「幹嘛還要去學校呢？如果我們只是虛構的人物，那麼連糖果和汽水的滋味也是我們想像出來的。」

「可是我要去拿成績單……」

「蘇菲呀，萬千個銀河系當中有個美妙的宇宙，宇宙裡有個美麗的星球，而妳就生活在這個星球上。當然，妳也可能只不過是少校心靈裡的一些電磁脈衝而已。而妳現在卻滿口成績單什麼的，妳真應該覺得不好意思才對。」

「抱歉。」

「我們見面之前，我看妳還是先去學校好了。如果妳在學期最後一天缺席，說不定會帶壞席妲。她連自己生日那天都會去上學呢！她真是個天使，妳知道嗎？」

「那我放學後就直接去找你。」

「我們可以在少校的小木屋見面。」

「少校的小木屋？」

只聽見電話掛斷的「喀嚓」聲。

資料夾向下滑到席妲的懷中。爸爸在故事裡面講的話，害得她有點心虛——今天是學期最後一天，她竟然蹺課了。爸爸真是的！怎麼猜得到！

她坐了一會，心裡一面在想，不知道亞伯特到底是想出了什麼樣的脫逃計畫。要不要先翻到最後一頁去偷看呢？不行，這樣是作弊。她還是加快速度把它讀完才對。

但她相信亞伯特在一件很重要的事情上說對了：她爸爸固然能夠全面掌握蘇菲和亞伯特會經歷的事，可是爸爸在寫作的當下，可能也無法完全知道接下來會發生的事。他可能在匆忙之間寫下一些東西，然後過了很久以後才注意到。這樣的話，蘇菲和亞伯特就有相當的空間可以發揮了。

席妲再度感覺到，蘇菲和亞伯特這兩個人確實存在。她堅決的相信這一點。她想起一句俗話：大內高手，深藏不露。

為什麼她心裡會有這個念頭呢？

這當然不是一個膚淺的想法。

這天是蘇菲的生日，所以在學校裡大家都來向她道賀。而且今天是放暑假的前一天，全班都沈浸在暑假前的氣氛、成績單和汽水等等，蘇菲自己也很高興能夠受到同學的注目。

老師祝福大家暑假愉快，然後宣布下課。蘇菲立刻就往家裡跑。喬安娜本來要叫住她，但她轉頭喊說她必須去辦一件事。

她在信箱裡看見兩張黎巴嫩寄來的明信片，兩張都是生日賀卡，上面有「祝十五歲生日快樂」等字樣。其中一張上面寫著「請蘇菲代轉席妲」，另外一張則是直接寫給蘇菲的。兩張明信片上的郵戳日期和地點都是「六月十五日聯合國部隊」。

蘇菲先讀那張寫給她的明信片。

親愛的蘇菲：

今天妳也會收到一張生日卡，祝福妳生日快樂。蘇菲，謝謝妳為席妲做了這麼多事。

祝好。

艾勃特少校

蘇菲有點不知所措，因為席妲的爸爸也終於寫明信片給她了。

至於給席妲的明信片，內容是這樣的：

親愛的席妲：

我不知道此刻在利勒桑到底是何年何日。但是，就像我說過的，這樣其實也沒什麼差別。我的賀詞，雖然是最後才抵達的生日賀詞（或倒數第二的吧），可是應該也還沒有太遲。請妳注意，不要熬夜熬得大晚喔。亞伯特很快就會告訴妳有關法國的啟蒙運動。他會把重心放在以下七個重點之上：

1. 反抗權威
2. 理性主義
3. 啟蒙運動
4. 文化上的樂觀態度
5. 回歸自然
6. 自然宗教
7. 人權

顯然，少校還在監視著他們。

蘇菲進了家門，把全都是A的成績單放在廚房的桌子上，然後鑽過樹籬，跑進樹林中。

不久，她再次划船渡過這個小湖。

她抵達小屋時，亞伯特正坐在門前的台階上等她了。他邀請她坐在他身旁。今天天氣不錯，湖面上飄著一陣薄薄的水氣往上升，看起來好像湖水還沒完全從那場暴風雨中復原似的。

「我們還是打開天窗說亮話吧。」亞伯特說。

「休姆之後出現的另一位大哲學家是德國人，名叫康德。不過十八世紀的法國也出現了許多重要的思想家。我們可以說，十八世紀前半的時候，歐洲的哲學中心是在英國，十八世紀中期則移到了在法國，十八世紀末期則是在德國。」

「換句話說，從西邊一直往東移。」

「沒錯。啟蒙時期最重要的幾個人物，包含孟德斯鳩、伏爾泰和盧梭。當然，除此之外還有很多哲學家。我首先大略描述一下法國啟蒙時期哲學家的一些共同點，把重心放在七個特點上。」

「謝謝了，我剛才已經非常痛苦地知道了！」

蘇菲一面說這句話，一面把席妲父親寄來的明信片遞給亞伯特。亞伯特長長嘆了一口氣：

「他其實不必這麼麻煩的……好，第一個關鍵詞彙是『反抗權威』。許多法國啟蒙時期哲學家都曾經前往英國，受到英國自然科學的啟發，尤其是牛頓和他的宇宙物理。當時的英國，在很多方面都比法國開明，而法國哲學家們也受到了英國哲學的啟發，尤其是洛克的政治哲學。等他們回到法國後，對於傳統的權威越來越不能認同；他們認為，人應該對於既有的真理抱持懷疑的態度，每個人都應該自己尋找問題的答案，這樣非常重要。在這方面，確實可以看見笛卡兒的影響。」

「因為他的哲學體系，是從無到有慢慢建立的。」

「沒錯。當時主要反抗的對象，是針對宗教高層、國王和貴族等等族群。在十八世紀時，這幾種人在法國的權勢比在英國要大得多。」

「後來就發生了法國大革命。」

「是的，革命的理念很早就已經出現了，直到一七八九年，法國大革命終於爆發。接下來的關鍵詞是理性主義。」

「我還以為休姆死後，理性主義也隨著消失了。」

「休姆去世的年代是一七七六年，此時孟德斯鳩已經死了約有二十年；而兩年後，也就是一七七八年，伏爾泰和盧梭才去世。可是這三人都去過英國，也都熟知洛克的哲學。妳或許還記得，洛克的經驗主義理論，前後並非完全一致，例如他認為在人類理性當中，本來就存在著對上帝的信仰，以及其他一些道德規範。這樣的想法也是法國啟蒙運動的核心。」

「你說過法國人比英國人理性。」

「是的。這個差異可以回溯到中世紀。英國人有句話說『這是常識』，法國人的說法則是

『這很明顯』。換句話說，英國人想要指稱的是『大家都知道的』事，但法國人的說法卻是『對人的理性來說，這是很明顯的』。」

「我懂了。」

「大部分的啟蒙時期哲學家都堅決相信人的理性，這點和蘇格拉底及斯多葛學派學者等古典的人文主義者一樣，所以法國啟蒙運動時期時又被稱為『理性時代』。當時，新的自然科學已經證明了自然是受到理性的管轄；哲學家們認為自己有責任去鞏固道德、宗教、倫理的基礎，以符合人類不變的理性。」

「這是第三個重點。」

「當時正是個啟發群眾的大好時機，啟蒙後的人民也就是大好社會的基礎。當時的人們認為，會有這麼多人生活在貧窮與壓迫之下，是因為他們受到了無知和迷信的影響。因此，當時大家都強調，教育應該普及於兒童及一般人。從這樣來看，教育學這個領域，出現於啟蒙時代並非偶然。」

「所以學校制度源於中世紀，而教育學則出現於啟蒙時代。」

「妳可以這樣說。啟蒙運動的最大成就，就是一套百科全書，真的是那個時代的代表作品。這套叢書共計二十八冊，於一七五一年到一七七二年間出版。當時所有知名的哲學家與知識份子都為這套百科全書貢獻過心力。『所有知識都包融在這套叢書當中，』當時是這樣說的：『從磨針的方式，到鑄造大炮的技巧都有。』」

「下一個要談的重點，就是文化樂觀主義了。」蘇菲說。

「拜託妳一下，我說話的時候妳可不可以先別看著那張明信片？」

「抱歉。」

「啟蒙時期的哲學家認為，只要理性和知識傳遍天下，人性就會有長足的進步，一切非理性的行為與愚昧的做法遲早會被『已經啟蒙』的人性取代；這種想法後來變成西部歐洲的主要思潮，一直到最近幾十年為止，情況才稍有變化。但今天我們已經不再相信『一切的發展都是好的』了。」

亞伯特又說：「可是這種對於『文明』的批評，早就已經由法國啟蒙運動時期的哲學家們提出了。」

「也許我們早該聽聽他們的話。」

「當時有個口號叫做『回歸自然』。但是『自然』這個東西對於啟蒙時期的哲學家來說，幾乎就等於『理性』，因為人的理性乃是自然所賜予的，而不是宗教或文明的結果。很顯然地，所謂的『原始』民族經常比歐洲人更健康、更快樂，當時的人認為原因就在於所謂的原始民族還沒有受到『文明』的影響。『回歸自然』這個口號是盧梭提出來的，因為自然是美好的，而人類的自然天性也是美好的，可惜人性後來才被文明給毀了。因此，『童年時期的寶貴價值』這個觀念，是從啟蒙時代才出現的。在啟蒙時代之前，大家認為童年是個準備時期，為了日後的成年生活作準備。但我們身為人，不管是兒童還是大人，都是生活在這個地球上的人。」

「跟我的想法不謀而合呢！」

「他們也認為宗教必須加以自然化。」

「這到底是什麼意思呢？」

「意思是，宗教也必須與『自然』的理性和諧共存。當時有許多人努力提倡所謂的『自然宗教』，這也是我們的第六個重點。在那個時候很多堅定的唯物論者不相信上帝存在，他們都是無神論者。但是大多數啟蒙時期的哲學家認為，這個世界實在是太有條理了，所以如果要說這個世界沒有上帝，那就很難符合理性了。牛頓就抱持著這樣的看法。當時的哲學家也和笛卡兒一樣，認為靈魂不滅這個信念也是符合理性的。他們普遍認為『人的靈魂是否不朽』是個理性的問題，而非宗教信仰上的問題。」

「我倒覺得這種說法很奇怪。我認為，這個問題的關鍵在於『你相不相信』，而不是『你知不知道』。」

「那是因為妳並不是生長在十八世紀。據啟蒙時期哲學家的看法，最初耶穌給人的教導很簡單，可是在傳教的歷史進程上，這些簡單的教訓被添加了許多不合理的教條或教義，因此我們必須把信仰上的這些教條、教義都去除。」

「是這樣啊？」

「所以後來許多人都轉而相信『自然神論』。」

「這又是什麼？」

「『自然神論』相信上帝在萬古之先就創造了世界，但從此以後就沒有將祂自己顯明給這個世界看。所以上帝的角色退化成一個『至高的存在』，上帝只透過大自然與自然法則，將自己表明給人類，但絕不會透過任何超自然的方式來表明自己。在亞里斯多德的著作中，也可以發現類似這種『哲學上帝』的觀點。對他而言，上帝乃是一個『目的因』或『最初的推動者』。」

「還剩下一個重點，人權。」

「人權這也許是最重要的一點。普遍來說，法國啟蒙運動時期的哲學家比英國哲學家更注重實踐。」

「你是說他們依照自己的哲學生活？」

「對。法國啟蒙運動時期的哲學家，並不會因為理論上人在社會裡的地位而感到滿意，他們更積極爭取人民的『自然權利』。他們一開始是發動了一項反對言論箝制、爭取新聞自由的運動。當然，他們也努力為人們爭取宗教、道德與政治等領域上的思想與表達自由。他們還致力於廢除奴隸制度，並以更人道的方式對待罪犯。」

「我認為我會贊同這些意見。」

「『個人的權利不容侵犯』這個原則，到了一七八九年出現了最高體現，當時的法國國民議會通過了『人權與民權宣言』。一八一四年挪威制訂憲法時，就是以這份人權宣言為基礎。」

「但現在還是有很多人正在努力爭取這些基本權利！」

「是的，實在很遺憾。不過啟蒙運動時期的哲學家想要確立一些每個人生來就具有的基本權利，這也是他們所謂『自然權利』的意思。今天我們說到『自然權利』的時候，依舊表示著這種權利可能和國家的法律相衝突。還有，到今天仍然有人——甚至是整個國家——必須拿出自然權利的口號來反抗專制、奴役和壓迫。」

「那女性的權利呢？」

「一七八七年，法國大革命確立了某些權利是所有『公民』都能享有的。問題在於，『公民』這個詞在當時就是男人。不過法國大革命倒是為我們帶來了最初步的女權運動。」

「也該是時候了。」

「早在一七八七五年間，啟蒙運動的哲學家康道塞就發表了一篇有關女權的宣言，主張女性和男人一樣，也享有『自然權利』。一七八九年法國大革命期間，女性也積極參與了反抗舊封建政權的行動。舉例來說，當時就是由女性出面領導示威遊行，迫使國王離開凡爾賽宮。後來婦女團體陸續在巴黎成立，女性除了爭取和男人一樣的平等參政權之外，也要求修改婚姻法律，並提高婦女的社會地位。」

「結果女性有爭取到和男人相同的權利嗎？」

「沒有。就和日後許多歷史轉捩點一樣，此時的女權問題只是拿來當成鬥爭中的利用工具而已。等到秩序恢復了，新的政權出現了，整個社會又回復到傳統的男性為上情況。」

「每次都這樣！」

「法國大革命期間，最努力爭取女權的人士之一，就是奧蘭普．德古熱。革命結束兩年之後，也就是一七九一年，她出版了一篇女權的宣言。先前有關公民權利的宣言中，從來沒有提到婦女的自然權利，而德古熱在她的宣言中卻要求女性應該和男性平權。」

「後來呢？」

「一七九三年她慘遭砍頭，女性參政的活動也從此被禁。」

「真可恥呀！」

「女權運動一直到了十九世紀才真正在法國和歐洲各地展開。女性的努力，慢慢地有了成果，但是以挪威為例，女性直到一九一三年才享有投票權。而目前世界上仍有許多地區的女性，尚須要為自己的權利奮戰。」

「我一定和她們站在同一條陣線上。」

亞伯特坐著望向湖面，不久後他說：「啟蒙運動時期我大致上就講到這兒了。」

「你說大致上是什麼意思？」

「我感覺以後不會再有了。」

才說完這話，湖心就起了變化，從湖底最深處開始冒泡，然後湖面上出現了一個巨大、恐怖的生物。

「大水怪！」蘇菲喊道。

黑色的怪物扭動了幾下身子之後，又潛回湖中不見了。湖水平靜如昔。

亞伯特轉了個身。

「我們進去吧！」他說。

兩人便起身走進小木屋。

蘇菲站在那兒凝視著「柏克萊」和「柏客來」那兩幅畫，又指著「柏客來」那幅說：「我猜席妲大概住在裡面的某個地方。」

不過，今天在那兩幅畫中間，多了一幅刺繡作品掛著。刺繡作品上面繡著：「自由，平等，博愛。」

蘇菲轉身問亞伯特：「是你掛的嗎？」

亞伯特搖搖頭，臉上卻有一種憂傷的表情。

接著蘇菲在壁爐架上發現一個小小的信封，上面寫著：「致席妲與蘇菲」。蘇菲馬上就知道這是誰寫的。他居然開始直接跟她說話了。

這倒是新鮮事。

她拆開信，大聲朗讀。

親愛的兩位：

蘇菲的哲學老師應該強調一下啟蒙運動時期的意義：啟蒙時期所出現的理念和原則，後來成為創立聯合國的基礎。兩百年前，「自由、平等、博愛」這個口號將法國人民團結起來，今天，全世界也應該團結在這個口號之下。全體人類應該團結成為一個大家庭，而且此刻這個目標之有待達成，比以往更迫切了。我們到底會把什麼樣的一個世界，傳承給我們的子子孫孫呢？

席妲的媽媽在樓下喊著說，電視裡的懸疑影集再十分鐘就要開始了，她也已經把比薩放進了烤箱。席妲那天早上六點就起床了，現在又讀了這麼多東西後，覺得真的好累。

她決定今晚要和媽媽一起慶祝自己的生日。但現在她必須先在百科全書裡查閱一些資料。

古熱……不，是德古日嗎？還是不對。是奧蘭普．德古熱嗎？還是查不到。這部百科全書通篇上下沒有一個字提到那位為了自己的政治理念而慘遭砍頭的女性。真是太糟糕了。

難道說，連這個奧蘭普．德古熱也是她爸爸捏造出來的人物吧？

席妲跑到樓下，找一部比較大的百科全書。

媽媽看到她的動作，不禁滿臉訝異，「我要查一些資料。」她對媽媽說。

她在那套家庭百科全書中，按著字母順序找出了那一冊，然後跑回樓上她房間。

有了！

德古熱（Gouges, Marie Olympe，一七四八—一七九三年），法國作家，在法國大革命期間扮演中要的角色，曾撰寫過大量的社會議題論述作品，還有幾部劇本。她也是大革命期間，少數主張女性平權觀念的人士之一。一七九一年間，她出版了《女權宣言》。一七九三年時她為了路易十六直言辯護，得罪了羅伯斯比，慘遭砍頭。（參照一九〇〇年所出版的《當代女權運動的起源》）

康德

……我頭頂上的星空和心中的道德規範……

當天快到午夜，少校才打電話回家祝席妲生日快樂。席妲的媽媽接了電話。

「席妲，找妳的。」

「喂？」

「我是爸爸。」

「你神經病啊！現在快要半夜了。」

「我只想跟妳說生日快樂……」

「你一整天不都是在祝福我生日快樂嗎？。」

「……不過在今天還沒過完前，我不想打電話給妳。」

「為什麼？」

「妳沒收到我的禮物嗎？」

「有收到啊，很謝謝你。」

「我好想聽聽妳覺得那份禮物怎樣？」

「好棒喔！我今天一整天幾乎都沒吃東西。」

「妳現在讀到哪裡了？」

「他們進去少校的小木屋了，因為你安排了一隻水怪來捉弄他們。」

「嗯，讀到啟蒙時期了。」

「還有德古熱。」

「好，那我沒有弄錯。」

「你弄錯什麼？」

「妳應該還會再聽到一次生日快樂。不過那次有配樂。」

「那我在睡覺前再多讀一點好了。」

「妳還沒有放棄啊？」

「我今天學到的比以前還多。我實在不敢相信，從蘇菲蘇菲放學回家發現第一封信到現在，還不到二十四小時。」

「真奇怪，竟然只花了這麼一點時間。」

「可是我還是忍不住替她難過。」

「為媽媽難過嗎？」

「不是啦，當然是為蘇菲難過。」

「為什麼？」

「這可憐的女孩，完全被搞糊塗了。」

「可是她只是……」

「你是不是想說，她只是一個虛構的人物？」

「沒錯，我想說的就是這樣。」

「我倒認為蘇菲和亞伯特真有其人。」

「那就等我回家後再談好了。」

「好吧！」

「祝妳有個美好的一天。」

「你說什麼？」

「我的意思是晚安。」

「晚安。」

半小時候，席妲上床的時候，天色仍然很亮，她可以看見外面的花園和更遠處的小海灣。每年這個季節，天色從來不會變暗。

她想像著自己身在林間小木屋牆上那幅畫的裡面。她有點好奇，不知道人是否可以從畫作中伸出頭來，向四周張望。

她睡覺前，又讀了幾頁資料夾裡的故事。

蘇菲把席妲父親寫來的信，放回了壁爐架上。

「他說的那些聯合國的事，其實也是很重要啦，」亞伯特說：「只不過我討厭他干擾我的演講。」

「我看你就不要太擔心了吧。」

「不管怎樣，從今天起，我再也不想管那些水怪啦等等的外來干擾了。我們來坐在窗邊，談談康德的哲學吧！」

蘇菲注意到，在兩張扶手椅中間的小茶几上放著一副眼鏡。她還發現鏡片是紅色的。也許是用來遮擋強烈陽光的太陽眼鏡吧。

「快兩點了。」她說：「媽媽可能已經替我安排了生日慶祝，我必須在五點前回家。」

「那我們還有三小時。」

「開始吧！」

「康德於一七二四年誕生於普魯士東部的哥尼斯堡，父親是一位馬鞍匠。康德在這個小鎮裡住了一輩子，直到他八十歲過世為止。他們一家人都是非常虔誠的基督教徒，他的宗教信仰也成為他的哲學的重要根基。他和柏克萊一樣，都覺得有必要保存基督信仰的基礎。」

「謝了！柏克萊的事我已經聽太多了。」

「到目前為止，我們談過的哲學家中，康德是第一位在大學裡講授哲學的人。他是一位哲學教授。」

「教授？」

「世上有兩種哲學家。一種人面對哲學問題時，不斷追尋自己的答案。另一種人或許沒有建立自己的哲學思想，可是卻精通哲學史。」

「康德就是後面那種嗎？」

「他應該說是兩者兼備。假如他只是一個優秀的哲學教授，精通其他哲學家的理念，那麼他就永遠不會在哲學史上爭取到一席之地。但有一點很重要，那就是康德對於過去的哲學傳統，掌握得非常紮實；他也精通笛卡兒和斯賓諾莎的理性主義，還有洛克、柏克萊和休姆等人的經驗主義。」

「我不是說過了嗎？請你別再提柏克萊了。」

「請記住，理性主義者認為，人類知識的一切基礎，就是人類的心靈。經驗主義者則認為，世上一切的知識，都是從感官而來的。此外，休姆指出，我們的感官認知所能夠獲得的結論，都有明確的限制。」

「康德認同哪個人的說法？」

「他認為兩派的說法都有一部分正確，也有一部分是錯誤的。每個人所關心的問題都是：我們能夠學到這個世界的什麼知識？自從笛卡兒以來，每個哲學家心裡所想的，都是這個問題。哲學家們提出了兩種可能性：這個世界與我們感官所認知的相同；或者這世界乃是與我們理性的體會相同。」

「康德怎麼想呢？」

「康德認為，『感官』和『理性』都是我們理解這個世界的方法。但他覺得理性主義者把理性的重要性說得太過頭了，而經驗主義者則過分強調感官的經驗。」

「請你快舉個例子吧，否則這些話我聽不懂。」

「首先，康德同意休姆和其他經驗主義者的看法，認為我們透過感官而瞭解這個世界。但他認為，在我們的理性中有一些決定性的因素，可以左右我們對世界的體會。在這一點上，康德就贊成了理性主義者的說法。換句話說，在人類心靈中有某些狀況，是會決定我們對於世界的認知。」

「這算是舉例嗎？」

「那我們來做一個小實驗好了。請妳把茶几上的那副眼鏡拿來好嗎？對，謝謝妳。現在請妳把眼鏡戴起來。」

蘇菲戴上眼鏡，眼前一切事物都變紅了。原本比較淡的顏色現在變成了粉紅色，原本深色的東西則變成深紅色。

「妳看到什麼？」

「每件東西都跟以前一樣，只不過都變紅了。」

「這是因為眼鏡限制了妳感知現實的方式。妳看到的任何事物都是周遭世界的一部分，但妳戴上了眼鏡之後，就決定了妳怎麼看待這些周圍的事物。所以，縱使妳看見的一切事物都是紅色的，這樣也不代表這個世界是紅色的。」

「當然啊。」

「如果妳戴著這副眼鏡到樹林裡散步，或回到船長彎那邊，那麼妳會發現，平常妳看到的一切東西也都變紅了。」

「沒錯，只要我一直戴著這副眼鏡，就會這樣。」

「蘇菲，康德所說的就是這個意思。他說，心智的活動會受到某些情況的影響，從而決定了我們對這個世界的體會。」

「那麼他說的『某些情況』指的又是什麼呢？」

「我們所見到的事物，首先會被視為是時間與空間裡的一個現象。康德把『時間』與『空間』稱為我們的兩種『直觀形式』。他強調，我們心裡面的這兩種直觀形式，比我們的經驗出現得還早。換句話說，我們還沒有經驗事物之前，就可以知道我們感知到的會是一個發生在時間與空間裡的現象。原因在於，我們無法擺脫理性這副『眼鏡』。」

「所以他認為，人天生下來就能夠在時間與空間裡感知事物？」

「是的，可以這麼說。雖然我們能夠看見什麼事物，與我們生長的地點有關，例如印度或格陵蘭的人所看見的事物不同。但不管我們在何方，我們體驗到的世界就是一連串時間與空間裡的過程。這是我們可以預知的。」

「可是，時間和空間本來不就是存在於我們之外的事物嗎？」

「不是這樣。康德認為時間與空間都屬於人類的條件。時間、空間是人類第一個、也是最重要的感知方式，而非實體世界裡的特質。」

「這倒是一種新奇的看事情方式。」

「因為人類的心靈不是被動的，不只是單純接收外界感官刺激而已。我們理解外界世界的過程中，心靈也會留下它的印記。妳可以把這個情況比擬為將水倒入水瓶裡，水會按照水瓶的形狀而變化。同樣的道理，我們的感官認知也會按照我們的『直觀形式』而變化。」

「我想，我懂你的意思了。」

「康德說，不僅僅是心靈會順應事物的形狀，事物也會順應心靈。這個現象，他把它稱為是人類認知問題上的『哥白尼革命』，也就是說這種看法迥異於以前的觀念，正如同當年的哥白尼直言地球繞著太陽轉，而不是太陽繞著地球轉一樣。」

「我瞭解為什麼他認為理性主義者與經驗主義者都只對了一半。理性主義者差點忘了經驗的重要性，經驗主義者則忽略了我們心靈對我們觀看世界的方式所造成的影響。」

「依據康德的說法，就連因果律也是屬於心靈層次的。雖然休姆認為人可以經驗到因果律。」

「請稍加解釋。」

「妳還記得休姆說過，我們受到習慣的驅使，才會以為各種自然現象之間存在著關聯？依照休姆的說法，我們沒辦法感知到白色撞球移動的原因，是受到了黑色撞球的撞擊，因此我們無法證明黑球一定會造成白球的移動。」

「對呀，我記得。」

「但是休姆所說的『我們無法證明』的事物，在康德眼中卻成為了人類理性的特質。正因為人類的理性可以感知每件事的前因和後果，所以因果律是絕對的，而且不會改變的。」

「我還是認為，因果律存在於物質世界的法則，而非存在於我們的心靈。」

「康德的哲學認為因果律存在於我們的內心。他同意休姆的說法，認為我們無法確知這個世界它本來的真正樣貌，我們只能根據自己的理解，來瞭解這個世界。康德對哲學最大的貢獻，在於他將『事物的本身』（這也就是所謂的das Ding an sich）和『我們眼中所體會的事物』這兩者之間，做出了區別。」

「我的德文不太好耶。」

「康德將『事物的本身』和『我眼中所體會的事物』兩者之間，做出了重大的區別。我們永遠無法得知事物『本來』的一些面貌，我們所知道的只是我們眼中『看到』的事物。換句話說，在任何一次的體驗之前，我們都可以先知道人類的心靈會如何認知事物。」

「我們真的可以這樣嗎？」

「妳每天早上出門前，不可能知道今天會看到什麼事情，或體驗到什麼樣的經驗，但妳卻可以知道，妳看見、體驗到的一切事物，都是發生在時間和空間裡的。此外，妳也可以確定因果律在這些事物上可以適用，因為在妳的意識當中就存在著因果律。」

「難道你的意思是說，我們人類的構造可能會不同？」

「是啊，我們的感官結構或許可以不同，對於時間和空間也會有不同的感覺。甚至還有一種可能，那就是我們可能被創造成一種『不會去四處求問各種事物的前因後果』的這種動物。這也說不定啊。」

「你是什麼意思？」

「舉例來說，一隻貓躺在客廳地板上，此時有顆球滾進來。妳認為那隻小貓會有什麼反應？」

「這個我試過好多次了。貓咪一定會去追球。」

「那現在再假設，妳坐在客廳裡，看到一顆球滾進來，妳會不會跑去追球？」

「我會先轉身看看球是從哪裡來的。」

「對了，妳是人，妳一定會探究事物背後的原因，因為因果律就是妳的一部分。」

「康德就是這樣說的。」

「休姆認為人類無法感知自然法則，也不能證明自然法則為真。康德反對這種說法，且認為他可以證明自然法則的絕對真實性——只要證明事實上所謂的自然法則乃是人類認知的法則。」

「一個小孩子會不會轉身看看球從哪裡來的？」

「可能不會。但康德說，小孩子的理性要搭配一些感官上的素材，才會充分發展。光談論一個空白的心靈，這樣一點意義也沒有。」

「空白的心靈會是一種很奇怪的心靈。」

「所以，現在我們來做個結論。康德的見解是，人類對於世界的觀念，受到兩種因素的影響。一個因素是外在的情況，也就是我們必須先透過感官對外在情況加以感知後，才能理解這些外在情況；我們也可以將這個過程稱為知識的原料。另一個因素就是人類內在的情況，例如我們所感知的事物都是發生在時間和空間之內，而且符合不改變的因果律。我們可以稱之為知識的形式。」

亞伯特和蘇菲繼續坐了一會兒，看著窗外。突然間，蘇菲看見湖對岸的樹叢裡有個小女孩。

「你看！」蘇菲說。「那是誰？」

「我不知道。」

小女孩只出現了幾秒鐘就不見了。蘇菲注意到她似乎戴了一頂紅帽子。

「我們不可以分心。」

「那就繼續說吧。」

「康德相信，我們能夠感知的事物，有很明確的侷限。或許妳可以說那是因為心靈的『眼鏡』給我們加上了這種限制。」

「怎麼說呢？」

「妳記得康德之前有些哲學家討論過一些很『大』的問題，例如人的靈魂是否不滅、上帝是否存在、大自然是否由很多看不見的分子所組成，以及宇宙是有限還是無限的等等。」

「對。」

「這些問題這麼大，康德認為我們根本無法得到確切的答案。其實他並不排斥去討論這些問題。假如他對這些問題不屑一顧，那他就不能稱得上是個哲學家了。」

「那他怎麼辦呢？」

「慢慢來。在這些大問題上，康德認為理性的運作已經超越了人類能夠理解的程度。但在同時，我們的天性中又有一種基本的欲望，要討論這些問題。可是，舉例來說，當我們問出『宇宙是有限還是無限？』的這個問題時，我們討論的是一個『整體』，而我們只是這個整體裡面的一小部分。因此，我們永遠無法充分理解這個『整體』。」

「為什麼不能呢？」

「我們已經說過，妳戴著那副紅色的眼鏡時，根據康德的看法，此時有兩種因素影響我們對這個世界的瞭解。」

「感官認知和理性。」

「是的。我們的知識原料是透過感官而來，可是這些原料必須符合理性的特性。例如，理性有個特性，就是會探究事件背後的原因。」

「看到球滾過地板的時候，會問說這個球是哪裡來的。」

「沒錯。但是若我們想知道這個世界是怎麼來的，並且討論這個問題可能的答案時，在某方面來講我們的理性可以說是『暫停使用』。因為此刻的理性缺乏感官的素材來處理，也沒有相關的經驗可以利用，因為我們太微小了，從來沒有完全經驗過我們所屬的這整個『整體』。」

「我們也很像那個滾過地板的球上面的一小部分，所以我們也不知道這整個球到底是哪裡來的。」

「但是人類的理性有個特點，就是非要問這個球是哪裡來的不可。所以我們不斷的問，不斷的問，窮盡全力去找尋這些艱深問題的答案。可是我們無法得到確定的素材，所以我們永遠無法得到滿意的答案，因為我們的理性沒有充分發揮作用。」

「謝謝你，這種感覺我很清楚。」

「康德說，有關現實世界的本質這種超級大問題，人會拿出兩種完全相反、但是都具有高度可能性的看法。完全看我們的理性怎麼說。」

「請舉例。」

「舉例來說，我們可以說世界一定是從某一個時刻開始的，我們也可以說世界的起點並沒有一個確切的時間。這兩種說法都很有道理，而且對於人的理性來說，這兩種說法同樣都是無法想像的。我們可以說世界一直都存在，但如果世界從來未曾開始的話，那又要如何一直存在呢？所以我們必須採取另一種不同的觀點，轉而宣稱世界一定是在某一個時刻開始的，而且一定是從無到有。可是一件事物可能會無中生有嗎？」

「不會。這兩種可能性都一樣難以想像。但是這兩者之中，一定有一個是正確的，有一個是錯誤的。」

「妳或許還記得德謨克利特斯和那些唯物論者說過，自然界的萬物一定包含著最小的分子，而一切事物都是由這些最微小的單位所組成的。笛卡兒等其他人則認為，在一個擴延的真實世界裡，必然可以將這些最微小的單位進一步分解成更小的單位。兩種說法，到底誰對呢？」

「都對，也都不對。」

「還有，許多哲學家認為人類最珍貴的價值之一，就是自由。同時我們又看到像斯多葛學派和斯賓諾莎等哲學家，卻相信萬物是透過自然法則的需要而發生的。康德認為，在這個問題上人類的理性也一樣無法做出合理的判斷。」

「兩種見解都很有道理，也都很沒道理。」

「最後，如果我們想透過理性來證明上帝的存在，那也一定注定要失敗的。笛卡兒等理性主義者曾想要證明上帝的存在，理由是，我們人心裡都有一種『最高存在』的概念。而亞里斯多德和聖多瑪斯等人則說，萬物一定有一個最初的原因，由此就可以證明上帝存在。」

「康德怎麼看呢？」

「這兩種上帝存在的理由，他都不接受。他認為無論理性或經驗都無法確切證明上帝的存在。對於理性而言，上帝很有可能存在，也很有可能不存在。」

「可是你剛開始時說過，康德想要維護基督信仰的基礎。」

「是的，他開創出一個宗教的空間。在這個空間裡，理性和經驗都不夠用了，就會出現一種真空，必須由信仰加以填補。」

「他就是這樣挽救了基督宗教？」

「妳也可以這麼說。值得一提的是，康德本身是一個新教徒，基督徒。自從宗教改革以來，基督徒的特點就是強調信仰的重要。在另一方面，天主教會自從中世紀初期，就比較強調理性是信仰的支柱。康德除了確認這些大問題應該由個人的信仰來決定之外，他還更進 步認為，為了道德的緣故，人該假設人的靈魂是不朽的，而且上帝確實存在，以及人有自由意志。」

「所以他首先對於我們能夠理解的一切事物都抱持懷疑，然後把上帝從後門偷渡進來。他這樣做，其實和笛卡兒是相同的。」

「不過他和笛卡兒不同的是，他特別強調，是信仰讓他產生這樣的想法，而非理性。他把這種對於靈魂不朽、上帝存在以及自由意志的信仰，稱之為『實踐的設准』。」

「設准是什麼意思？」

「『設准』這個詞，就是某個無法證實的假設。康德所謂『實踐的設准』則是為了實踐的緣故而必須先假設為真的說法。而實踐也就是人類的道德。康德說：『為了道德的緣故，我們有必要假定上帝存在。』」

突然門上響起了敲門聲。蘇菲起身想開門，但亞伯特好像完全沒有要站起來的意思。蘇菲問說：「難道我們不該去看看是誰敲門嗎？」

亞伯特聳聳肩，不甘不願地站起來。他們打開門，看見一個穿著白色夏日洋裝、戴著紅帽的小女孩，正是剛才湖對岸的那個女孩。她一隻手臂上挽著一個裝滿食物的籃子。

「嗨！」蘇菲說，「妳是誰？」

「難道妳還看不出我就是小紅帽嗎？」

蘇菲抬頭看著亞伯特，亞伯特點點頭。

「妳也聽到她說的話了。」

「我在找我奶奶的家，」小女孩說：「她年紀很大，身體又不好，所以我帶了點東西給她吃。」

「妳奶奶家不在這裡，」亞伯特說：「妳還是快點上路吧。」

他把手一揮，蘇菲覺得他好像是在趕蒼蠅似的。

戴紅帽的小女孩繼續說：「有人要我轉交一封信。」

說完，她拿出一個小信封遞給蘇菲，然後就蹦蹦跳跳地走開了。

「要小心大野狼啊！」蘇菲在她身後大喊。

亞伯特已經轉身朝客廳走了。

「想想看，剛才是小紅帽耶！」蘇菲說。

「何必警告她？一點用也沒有。反正她還是會到她奶奶家，被大野狼吃掉，她永遠也學不到教訓。這個劇情會一再重演，直到地老天荒。」

「可是我從來沒有聽說過她到奶奶家之前，曾經敲過別人家的門。」

「蘇菲呀，這只不過是一個小把戲而已。」

蘇菲看著小紅帽給她的那個信封，上面寫著「席妲收」。她打開信，開始大聲念：

親愛的席妲：

如果人類的腦袋簡單到足以讓我們瞭解的話，我們還是會笨到無法理解它。

愛妳的爸爸

亞伯特點點頭。「說得對。我記得康德也說過類似的話，我們連自己是什麼都不能瞭解。縱使我們可以瞭解一朵花或一隻昆蟲，但我們永遠無法瞭解我們自己，更別談要去瞭解整個宇宙。」

蘇菲把這封給席妲的信上如謎語般的句子念了好幾遍。亞伯特又繼續說：「我們不要因為水怪等等的東西而分心。我們今天結束前，我要和妳談談康德的倫理學。」

「請講快一點，我馬上要回家了。」

「休姆懷疑理性與感官到底能夠告訴我們多少東西，因此康德也不得不把生命中許多重要的問題想清楚。其中一個問題，就是倫理問題。」

「休姆好像說過人永遠無法證明什麼是對的，什麼是錯的。他認為，我們不可以從『是不是』的敘述句型結構中，推出『該不該』這樣的結論。」

「休姆認為，決定『是』與『非』的，既非理性，也非經驗。是我們的感覺在決定是與非。可是康德又認為這種理論基礎實在太薄弱了。」

「我能想像。」

「康德向來認為是與非之間的區別，是一個理性的問題，而非感官。在這一點上他贊同理性主義者的說法，認為人天生的理性當中就存有辨別是與非的能力。這不是後天學來的，而是心靈中本來就有的觀念。根據康德的看法，每個人都有『實踐的理性』，也就是說在每種情況下，每個人都有辨別是非的能力。」

「這是天生的？」

「辨別是非的能力是天生的，就像理性的其他特質也是天生的一樣。舉例來說，我們都是有智慧的生物，可以感知事物都有因果關係，我們也都能夠感知普世都適用的道德法則。這種道德法則和物理法則一樣，都具有絕對的真實性。對於我們的道德意識而言，這是很基本的法則，正如同『事情總有個起因』和『七加五等於十二』這幾句話是我們的基本知識一樣。」

「那個道德法則又在說什麼呢？」

「這個道德先於我們的經驗而存在，它是『形式的』，也就是說，它不受限於特定情況下的道德抉擇，因為對於古往今來的每個社會、每一個人，它都可以適用。所以它不會告訴妳說，在什麼情況下應該要有什麼對策；它是告訴妳，在一切的情況下應該拿出什麼樣的行為。」

「可是如果你心裡的這套道德法則，沒辦法在特定情況下指引你該做什麼，那這套道德法則有用嗎？」

「康德說，這套道德法則是一種『最高命令』，也就是說這套道德法則是無條件的、適用於所有情況的。此外，它還是一個命令，具有強迫性質，所以也具有絕對的權威。」

「我明白了。」

「康德用過各種不同的方式來說明這個『最高命令』的意義。首先，他說我們在行事為人的時候，都要存著一種心態，彷彿我們做事的原則會透過我們的意志，成為一種普世的自然法則。」

「所以說，當我在做事的時候，我也就希望其他人處在和我相同的情況下，會做出和我一樣的措施。」

「就是這樣。也只有這樣，妳才會依據自己內心的道德法則來行事。康德也用另一種方法來說明『最高命令』：行事為人的時候，要把人性（不管是妳自己的人性，還是其他人的人性）當成目的，而不是一種手段。」

「因此，我們不能為了自己的利益而利用別人。」

「對，因為每一個人本身就是目的；這個原則不但適用於他人，也適用於我們自己。同樣的，我們也不可以利用自己，把自己當成達到某種目的的手段。」

「讓我想起聖經上所說的金科玉律：你們願意人怎樣待你們，你們也要怎樣待人。」

「對，這個行為準則也屬於『形式上』的，可以適用在一切的道德抉擇上。妳或者可以說，聖經上的金科玉律，和康德所說的普世性的道德法則，兩者是相同的。」

「但這也只是一種說法而已。休姆說我們無法用理性證明是與非，這種的說法也許也有道理。」

「康德認為，道德法則是絕對的，是放諸四海皆準的，就像因果律一樣。當然，這也無法用理性來證明，但是它仍然是絕對的、不可改變的。沒有人會否認它。」

「我覺得我們現在在討論的其實就是良心。因為每個人都有良心，是這樣吧？」

「是的，康德所談的道德法則，就是人類的良心。或許我們無法證明良心告訴我們的事情，但我們仍然知道這些就是良心所說的事。」

「例如有時候我對別人好或幫助別人，原因可能是我知道這樣做一定會有好報，可以讓我受到別人的歡迎。」

「不過，如果妳只是為了想要受到別人的歡迎而樂於與別人分享，那這樣還不算是真正按照道德的法則行事。當然，妳的行為並沒有違反道德法則—沒有違背道德其實就已經不錯了—

但是真正的道德行為乃是在『攻克己身、違背自己意願』的情況下所做出的行為。妳純粹出於義務和責任所做的事，才算是道德行為。所以康德的倫理觀有時又被稱為『義務倫理』。」

「我可能會覺得，為了紅十字會或教會義賣籌款，是我的義務。」

「對，可是重點在於：妳之所以去做一件事情，是因為妳知道這件事乃是妳應該要去做的。就算說妳募得的款項在街上不見了，或妳募得的錢沒辦法餵飽那些需要幫助的人，可是因為妳的行為出自善意，所以妳依舊算是已經遵守道德法則了。根據康德的看法，妳的某個行為是否合乎道德規範，要看妳是不是出自善意而做出這個行為，而不是看妳行為的結果。因此，有時候康德的倫理學又被稱為『善意的倫理學』。」

「一個人的行為是否出自道德規範，這件事難道有這麼重要嗎？重要到康德非得要去弄清楚？我覺得最重要的反而是我們的行為能夠對別人產生實質的幫助。」

「講得真對，我認為康德也不至於反對妳的說法。不過，唯有我們真正明白『我某項行為背後的原因，是出自對於道德法則的尊重』的情況下，我們才能真正出於自由意志而行動。」

「難道說，我們唯有遵守一種法則的時候，才能出於自由意志而行動？太奇怪了吧？」

「對康德來說並不奇怪。妳記不記得他當初乃是『假定』人類有自由意志，這一點很重要。因為康德也說過，天下的每件事都遵守因果律的控制。既然這樣的話，那我們怎麼可能有自由意志呢？」

「這我就不知道了。」

「在這點上，康德把人區分為兩部分，這種說法很類似笛卡兒說的，人是身體和心靈的『二元受造物』。康德說，我們也是一個由物質形成的生物，所以我們被那個不變的因果律控制著，不能決定自己的感官經驗。不管我們喜不喜歡這些經驗，這些經驗都是因為『必要性』而發生在我們身上，並且對我們造成影響。另一方面，我們不單單是由物質形成的受造之物，也是具有理性的受造之物。我們是由物質所形成的，我們完全屬於自然界，當然也受到因果律的支配。在這種情況下，我們沒有自由意志可言。但是，我們也是一個有理性的存在者，在康德說的『事物的本身』（在我們的感官印象之外，自行存在的那個世界）裡面，也有我們的位置。唯有當我們跟隨著我們的『實踐理性』、並且因此做出道德上的抉擇時，我們才有自由意志可言。因為我們雖然遵守道德法則，可是一開始也就是我們制定了這項法則。」

「是的，從某個角度來說，這樣沒錯，因為是我自己（或者是我內心的某個東西）告誡我說，不要當壞人。」

「所以當妳選擇了『不要當壞人』的時候，雖然這樣可能違反妳的利益，但此時妳所做的，就是出於自由意志的行為。」

「如果在任何情況下你只做自己想做的事，那就不能算是真正的自由或獨立。」

「那這樣的話，我們很可能會成為各種事物的奴隸，甚至可能被我們的自我中心思想所奴役。獨立與自由，正是我們超脫本身的欲望與惡念的方法。」

「那動物呢？動物是不是只遵循自己的天性和需求，並不具備遵守道德法則的自由意志，是不是這樣？」

「是。人之所以異於動物，就在這裡。」

「我懂了。」

「最後，或許我們可以說，哲學陷入理性主義和經驗主義相爭的僵局時，是康德成功指引了一條出路。康德之後，哲學史上的一個紀元也隨之結束。一八〇四年康德去世，葬在哥尼斯堡，此時所謂的『浪漫主義』也正要開始發展。他的墓碑上刻著一句他最常被引用的名言：『有兩件事物，我越是思考就越感覺神奇，心中也越充滿敬畏：我頭頂上的星空與我內心的道德準則。這兩件事向我證明了上帝在我頭頂，也在我心中。』」

亞伯特向後靠回椅背上。「就這樣。」他說：「我想，我已經把康德最重要的理念告訴妳了。」

「現在也已經四點十五分了。」

「不過還有一件事。請再給我一分鐘的時間。」

「老師沒講完，我是不會離開教室的。」

「我有沒有說過，康德認為如果我們只是過著感官動物的生活，那我們就沒有自由可言？」

「有，你說過類似的話。」

「如果我們服從放諸四海皆準的理性，那我們就可以自由和獨立。我說過這種話嗎？」

「有啊，幹嘛還要再說一遍？」

亞伯特向前靠近蘇菲，眼睛直視著她，小聲說道：「蘇菲，不要相信妳的眼睛所看到的每一件事物。」

「這是什麼意思？」

「孩子，改走另一條路。」

「你這樣講，我完全不懂。」

「人們常說眼見為信。但就算是妳親眼見到的，也不一定能相信。」

「你以前也說過類似的話呀。」

「是啊，我講帕梅尼德斯的時候。」

「但我還是不懂你的意思。」

「嗯……剛才我們坐在台階上講話的時候，湖裡不是有一隻大水怪出現了嗎？」

「對呀。真是太奇怪了。」

「一點也不奇怪。後來小紅帽來到門口說：『我在找我奶奶家。』好笨哪！那些都只是少校的把戲，蘇菲。就像香蕉裡寫的字和那場愚蠢的暴風雨一樣。」

「你想要……」

「我說過，我有一個計畫。只要我們堅守理性，他就無法玩弄我們。因為就某一方面來說，我們是自由的。他可以引領著我們去『感知』各種東西，但我不會因這些東西而感到驚訝。不管他把天色弄得多黑，不管他讓大象飛上天，我也只是笑笑就算了。但是七加五永遠等於十二，不管他變出多少把戲，這個事實還是存在。哲學恰好是童話故事的相反。」

有好一陣子，蘇菲只是坐著，滿心驚奇地看著他。

「妳快走吧。」他後來說：「我再打電話通知妳來上浪漫主義的課。還有，妳也應該聽聽黑格爾和祁克果的哲學。可是距離少校返抵凱耶維克機場，只剩一個星期了，在這個之前，我們必須想辦法法掙脫他那種死纏住我們的想像力。今天先說到這裡，蘇菲。但我還是希望妳瞭解，我正在為我們兩個人擬定一個很棒的計畫。」

「那我先走了喔。」

「等等！我們可能忘了最重要的事。」

「什麼事？」

「蘇菲，就是生日快樂歌呀。席妲今天滿十五歲了。」

「我也是呀。」

「是，妳也十五歲了，那我們就來唱歌吧。」

於是兩人便站起來合唱了生日快樂歌。

現在四點半了。蘇菲跑到湖邊，把船划到對岸，將船駛入蘆葦叢之間，然後快步穿過樹林。

走到小路上的時候，突然看到樹林裡有某個東西在晃動。她心想，可能是小紅帽正要獨自一人走過森林到她奶奶家去。不過樹影間的那個東西，形體好像比小紅帽要小很多。

她走近的時候，看見那個東西絕對不會比一個娃娃還大，是咖啡色的，身上套了一件紅色毛衣。

她發現那只是一個玩具熊。於是便陡然停下了腳步。

有人把玩具熊留在森林裡，這件事本身不算奇怪。問題是，這隻玩具熊是活的，並且好像正在專心沈思著什麼事似的。

「嗨！」蘇菲向它打招呼。

「我叫小熊維尼。」它說：「我在百畝林裡迷路了，真糟糕。本來今天還不錯的。咦，我以前從沒見過妳。」

「說不定迷路的人是我喔。」蘇菲說：「所以，你現在可能還是在你的家鄉百畝林。」

「妳說的話好難懂喔。別忘了，我只是一隻小熊，而且我不太聰明。」

「我聽過你的故事耶。」

「妳是愛麗絲吧？妳的事，羅賓告訴過我們，所以我們以前就算認識過了。妳從一個瓶子裡喝了好多好多水，所以妳整個人越來越小。後來妳又喝了另一瓶水，所以又開始變大。妳要小心一點喔，不要亂吃東西。有一次我也是這樣，吃太多居然被卡在兔子洞裡面出不來。」

「我不是愛麗絲。」

「我們是誰並不重要，重要的是『我們是什麼』，這是貓頭鷹說的。牠很聰明的喲。有一天，牠還說七加四等於十二，那天的天氣很好的。驢子咿唷和我都覺得自己好笨喲，因為算數學很難的。算天氣就容易得多。」

「我叫蘇菲。」

「很高興見到妳，蘇菲。我剛剛說過了，妳應該沒到過這片森林吧。現在，我這個小熊維尼要出發了，我要去找小豬皮傑，我們要去參加一個為兔子瑞比和牠的朋友們所舉行的盛大花園宴會。」

它揮了揮手掌。蘇菲看到它的另外一隻手裡拿著一小片摺起來的紙。

「你手裡拿的是什麼東西？」蘇菲問。

小熊把那張紙拿出來：「就是這個害我迷路的。」

「那只是一張紙呀！」

「不，這不只是一張紙。這是一封信，寫給『鏡子另外一邊的席妲』的。」

「喔，給我就好了。」

「妳就是鏡子裡面的那個女孩嗎？」

「不是，可是……」

「信一定要交給本人。羅賓昨天教過我。」

「我認識席妲啊。」

「那又怎樣？雖然妳跟一個人很熟，也不可以偷看他的信。」

「我是說，我可以把信拿給席妲。」

「好吧。拿著吧，蘇菲。只要能把這封信交出去，也許就可以找到小豬皮傑了。如果妳要找到鏡子另外一邊的席妲，那麼就得先找到一面大鏡子。可是要在這裡找到鏡子，不容易喔。」

小熊說完後，就把那張摺起來的紙交給蘇菲，然後用它那雙小腳走過森林。它的身影離開後，蘇菲打開那張紙開始讀了起來：

親愛的席妲：

有一件很可惜的事，那就是亞伯特沒有告訴蘇菲，康德曾經建議成立「國際聯盟」。他寫過一篇叫做《永遠的和平》的論文，主張世上所有國家都應該聯合起來，成立一個國際的聯盟，確保世界各國能夠和平共存。這篇文章是在一七九五年完成的，過了大約一百二十五年之後，也就是第一次世界大戰結束時，國際聯盟才告成立。第二次大戰後又被聯合國取代。所以康德可以被稱為是『聯合國』這個概念之父。康德的重點在於，人的『實踐理性』會要求世上各國離棄發動戰爭的野蠻狀態，並彼此約定，以維護和平。雖然想在國際社會間建立一個國際聯盟，是一件不容易的事，但我們有責任為了『讓全世界永保和平』而努力。對康德來說，建立這樣一個國際聯盟，是長期的目標，也幾乎可以說那是哲學的終極目標。我現在人還在在黎巴嫩。

愛妳的爸爸

蘇菲把紙放進口袋，繼續走回家。亞伯特曾經警告過她，在森林裡會發生類似這樣的事，但她總不能讓那隻小玩具熊不斷在森林裡漫步，永無止境地尋找「鏡子另外一邊的席妲」吧。

浪漫主義

……神秘的道路通往內心……

席妲放手任由那個沉重的資料夾滑入懷中，又向下掉到了地板上。現在的天色已經比她剛上床的時候更亮了。她看看時鐘，已經接近半夜三點。她鑽進被窩，閉起眼睛，入睡之際心裡依舊在好奇，爸爸為什麼要把小紅帽和小熊維尼寫進書裡……

第二天早上她睡到十一點才醒來。醒來後全身肌肉僵硬，她知道自己昨晚大概又做了好多夢，可是已經忘記夢見什麼了，感覺上就好像在夢中去過一個完全不同的世界。

她下樓弄早餐。媽媽已經把她那套藍色的工作服拿出來了，預備到船屋那裡整修汽艇。雖然它一直都擱在岸上，可是在爸爸從黎巴嫩回來之前，還是把它整理一下比較好。

「妳要不要來幫我忙？」

「我想先讀一點書。等下我帶一杯茶和一些點心去看妳好嗎？」

「都快中午了，還要吃點心嗎？」

席妲吃完早餐就回到房裡，把床鋪整理了一下，然後舒服地坐在上面，把那本資料夾放在膝上。

蘇菲從圍籬鑽進來，站在家裡的大花園裡。這裡本來是她心裡的伊甸樂園……

昨晚暴風雨過後，花園裡到處散佈著吹落的枝葉。感覺上，那場暴風雨、滿地的枝葉、她預見小紅帽與小熊維尼這幾件事情之間，好像存在著某種關聯。

蘇菲走進屋裡。媽媽也才剛到家，正把幾瓶汽水放進冰箱裡。餐桌上放著一塊看起來香甜可口的巧克力蛋糕。

「家裡有客人要來嗎？」蘇菲問。她差點忘記今天是她的生日了。

「真正的大宴會要到下星期六才舉行。不過我認為我們今天也應該慶祝一下。」

「怎麼慶祝呢？」

「我請了喬安娜和她爸媽。」

蘇菲聳聳肩。

「好啊！」

快到七點半的時候，客人來了。氣氛感覺有點拘謹，因為蘇菲的媽媽很少和喬安娜的爸媽往來。

過了沒多久，蘇菲和喬安娜就到樓上蘇菲的房間裡，一起去寫花園宴會的邀請卡。蘇菲想舉辦一個「哲學花園饗宴」，因為亞伯特也在是受邀的客人，喬安娜也沒沒什麼好反對的，畢竟這是蘇菲要辦的宴會。於是這個宴會的主題就這麼誕生了。

最後她們終於寫好了邀請卡的內容。過程中她們兩人不斷發出笑聲。

親愛的

敬邀您於六月二十三日仲夏節晚間七時，於苜蓿巷三號參加「哲學花園饗宴」。這是一場解開生命之謎的宴會，請攜帶保暖的毛衣，還有聰明的點子，一起前來解開哲學之謎。宴會中懇辭營火，以免引發森林火災，但歡迎各位嘉賓點燃想像力的火苗。與會貴賓中，至少有一位是真正的哲學家，所以本宴會純屬私人性質，未對外開放。新聞界人士也恕不招待。

敬請　大安。

籌備委員喬安娜
宴會主人蘇菲

兩人寫完後，下樓去找爸媽。雙方的家長正在聊天，氣氛已經比較輕鬆了。蘇菲將她用鋼筆寫的邀請函草稿交給媽媽。

「請幫我影印十八份。」這已經不是蘇菲第一次請媽媽利用上班之便，幫她影印資料了。

媽媽看了邀請函後，遞給喬安娜的爸爸。

「我說得沒錯吧？她已經暈頭轉向了。」

「不過看起來還滿吸引人的。」喬安娜的爸爸一邊說，一邊把那張草稿遞給他太太。「我也想參加呢，如果可以的話。」

喬安娜的媽媽看了邀請函後說：「嗯，不錯。蘇菲，我們可以參加嗎？」

蘇菲聽了他們的話，便對媽媽說：「媽，那妳就幫我印二十份吧。」

「妳瘋了！」喬安娜說。

當天晚上，蘇菲上床前在窗戶前面站了好久，看著外面的景象。她還記得有一次在黑暗中看到亞伯特的身影。大概是一個多月前的事了。現在又到了深夜，只不過因為是夏日，所以天色還是很亮。

亞伯特直到星期二上午才和她聯絡。他打電話來的時候，蘇菲的媽媽才剛出門上班。

「喂，我是蘇菲。」

「我是亞伯特。」

「我想也是。」

「抱歉，我該早點打來的，可是我一直在忙著我們的計畫。這段時間少校把所有的注意力都放在妳身上，所以我才可以不受干擾，有空可以做點事。」

「實在很奇怪。」

「妳看，我逮到機會就躲了起來。就算是全球最好的監控系統，如果只由一個人控制的話，那也會有看不到的地方……我收到妳的卡片了。」

「你是說邀請函嗎？」

「妳敢冒險嗎？」

「為什麼不敢？」

「這種宴會裡，什麼事都可能發生。」

「你會參加嗎？」

「當然啦。可是有一件事：你記得吧，那天恰好也是席妲的爸爸從黎巴嫩回來的日子。」

「老實說，我忘記了。」

「他安排妳在他回到柏客來的當天舉行哲學花園饗宴，應該不是什麼巧合吧。」

「我倒是沒想到這個耶！」

「我覺得他一定想好了。但也沒關係，這件事以後再談。妳今天上午能到少校的小木屋來嗎？」

「我今天上午要修剪花壇的雜草。」

「那下午兩點妳能來嗎？」

「可以。」

蘇菲抵達時，亞伯特已經坐在門前的台階上了。

「請坐吧！」他說，然後就馬上開始上課了。

「先前我們已經講過文藝復興、巴洛克時期以及啟蒙運動，今天我們來談談浪漫主義。浪漫主義可以說是歐洲最後一個偉大的文化紀元。我們的故事也就接近尾聲了。」

「浪漫主義時期有這麼久嗎？」

「浪漫時期從十八世紀末年開始，持續到十九世紀中葉。一八五〇年以後，再也沒有出現一個涵蓋了詩、哲學、藝術、科學與音樂的完整『紀元』了。」

「所謂的浪漫主義，就是涵蓋了詩、哲學、藝術、科學的『紀元』嗎？」

「有人認為，浪漫主義是歐洲最後一次對生命所展現的『共同路線』。浪漫主義發源於德國，最初是一種反叛的思想，想要脫離啟蒙時期哲學家過於強調理性的做法。康德和他那個冷靜的知識主義終於結束時，全德國的青年們不約而同鬆了一口氣。」

「他們用什麼東西來代替康德的哲學？」

「當時提出了幾個新口號，包含『感情』、『想像』、『經驗』和『渴望』。有些啟蒙時期的哲學家曾經提到感情的重要，例如盧梭，不過他們提出的感情論是一種批判，抨擊理性展現的偏見。以往屬於『少數說』的感情論點，現在成了德國文化的主流。」

「所以，康德的人氣並沒有維持很久喔？」

「他的人氣嘛，可以說維持了很久，也可以說沒有。很多浪漫主義者都以康德的傳人而自詡。康德主張，我們對於『事物的本身』所知有限；在另一方面，他也強調自我對於知識或認知的重要性。因此，每個人都可以按照自己的方式去詮釋生命。浪漫主義者抓住這一點開始大力發揮，發展出幾乎毫無限制的『自我崇拜』，不斷歌頌藝術方面的天才。」

「那個年代的天才很多是吧？」

「貝多芬就是呀，他用音樂來表達他自己的情感與期望。在某方面來看，他應該算是個『自由的藝術家』，和巴洛克時期的大師如巴哈、韓德爾等人完全不同。巴哈時期的音樂家們為了頌揚上帝而創作音樂，而且所使用的格式相當受限。」

「我只聽過他的月光奏鳴曲和第五號交響曲。」

「那妳應該知道月光奏鳴曲是多麼浪漫的一首作品，而貝多芬在第五號交響樂中又是如何生動地表現自己。」

「你說過，文藝復興時期的人文主義者，也都是個人主義者。」

「對。文藝復興與浪漫主義這兩個時期，相似的地方還不少，其中最重要的就是兩者都強調藝術對人類認知的重要。康德在這方面應該也有很大的貢獻。在他的美學理論中，康德研究了當我們沈浸在『美』的當中—例如看到一幅畫作—會發生什麼情況。他認為，當我們完全沈浸在藝術作品當中，沒有其他的意念，只有純然的美的體驗之際，我們就與『事物的本身』更接近了。」

「這麼說來，藝術家可以提供一些哲學家無法表達的東西了喔。」

「浪漫主義者確實這樣認為。康德說，藝術家可以隨從自己的高興，而操弄著認知的能力。德國詩人席勒進一步把康德的見解加以詮釋，認為藝術家的創作活動就像玩遊戲；人在玩遊戲的時刻可以自行制訂遊戲規則，所以只有在玩遊戲的時候，人才是自由的。浪漫主義者相信，只有透過藝術的形式，才能帶領人接近那種無法言喻的境界。甚至有人把藝術家比做上帝。」

「因為藝術家創造了自己的世界，正如上帝創造這個世界一般。」

「有人認為，藝術家具有一種能夠『創造宇宙的想像力』。當他在傳遞藝術的狂喜時，就可以打破虛幻與現實的界限。當時德國的年輕藝術天才諾瓦里思說：『世界變成一場夢，而夢境成為現實。』他以中世紀為背景寫了一部小說，叫做《海因利希．馮．歐夫特丁根》。一八〇一年他去世的時候，這部小說還沒寫完，但它仍然具有很高的重要性，因為書裡敘述了年輕的海因利希如何竭盡全力找尋他在夢中見到、渴望已久的『藍色花朵』。此外，英國的浪漫主義詩人柯立芝也傳達過相似的觀念：

如果你睡著了呢？如果在睡眠裡你做夢了呢？
如果你在夢中到了天堂，摘了一朵奇異又美麗的花，那又如何呢？
萬一你醒來時，花兒正在手中，啊，那你又要如何呢？」

「好美啊！」

「浪漫主義者都有這種特色，喜歡去渴望那種遙不可及的東西。他們或許會懷念一個已經逝去的年代，例如中世紀。啟蒙時期對於中世紀頗多批判，到了浪漫主義時期人們重新開始熱烈討論中世紀的價值。此外，他們對神秘的遙遠文化，例如東方，也懷有一分憧憬。還有些浪漫主義者受到夜晚、黃昏、古老的廢墟與超自然事物所吸引，不斷思索著一般人所說的『人生黑暗面』，也就是那些陰暗、神秘、不可思議的事物。」

「聽起來這個時代好精彩啊。浪漫主義者都是些什麼人呢？」

「一般來講，浪漫主義只是個都會區域才有的現象。十九世紀上半葉的時候，歐洲和德國的許多地區都出現了流行都會文化。典型的浪漫主義者是年輕人，通常是一些不太努力唸書的大學生，他們有一種明顯的反中產階級的生活態度，還會把警察或房東稱呼為『庸俗的市儈』，或甚至稱他們是『敵人』。」

「那我就不敢把房子租給浪漫主義者了！」

「一八〇〇年間，第一代浪漫主義者都是年輕人。其實我們可以把浪漫主義運動稱為歐洲第一個學生運動。那些浪漫主義者有點像是一百五十年後出現的嬉皮。」

「你是說那些留著長髮滿嘴強調柔性力量、彈著吉他到處躺的人？」

「對。曾有人說：『天才的理想就是閒散，浪漫主義者的美德就是懶惰。』浪漫主義者的職責就是體驗生命，或者是整天做白日夢脫離現實。至於日常的事務留給那些俗人做就行了。」

「拜倫是浪漫主義時期的詩人，是吧？」

「是的。拜倫和雪萊都是所謂的『惡魔派』的浪漫主義詩人。拜倫更化身成為浪漫主義時期的偶像，也就是所謂的『拜倫式的英雄』，指的是那些無論在生活上還是藝術上都孤絕、多愁善感、桀敖不馴的人。拜倫本人可能就是任性又多情，長得又帥，所以許多時尚婦女整天圍繞著他打轉。許多人認為，拜倫那些敘述浪漫奇遇的詩文，其實反映了他個人的生活實況。雖然他有過許多韻事緋聞，但真愛對他而言卻像諾瓦里思夢中的藍色花朵一樣可望而不可及。諾瓦里思曾經和一位十四歲的少女訂婚，沒想到她十五歲生日過了四天之後就去世了。諾瓦里思對她的愛，一輩子沒有改過。」

「你說她才剛滿十五歲，四天後就去世了？」

「是的……」

「我今天恰好就是十五歲又四天。」

「是這樣啊？」

「她叫什麼名字？」

「她叫蘇菲。」

「什麼？」

「是的，她就叫……」

「嚇死我了。這是巧合嗎？」

「蘇菲呀，我不確定。不過她的名字真的也叫蘇菲。」

「繼續說吧。」

「諾瓦里思在二十九歲那年去世，算是那種『天才早夭』的人。不少浪漫主義者去世的時候，年紀都還很輕，通常是死於肺結核，還有些人則是自殺的。」

「噢！」

「活得比較久的人，大約到三十歲的時候就不再相信浪漫主義了，其中有些人後來甚至成為徹徹底底的中產階級保守人士。」

「簡直是投靠敵營了嘛！」

「或許可以這樣說。但我們現在談的，是浪漫主義的愛情觀。單戀這個議題，早在一七四四年就出現在歌德寫的書信體小說《少年維特的煩惱》當中。故事裡的男主角維特，最後因為無法得到他所愛的女人，於是舉槍自盡……」

「太極端了吧。」

「《少年維特的煩惱》出版後，好像自殺率逐漸上升，因此丹麥、挪威等國都曾經禁止該書流通。所以，身為浪漫主義者還是有點風險的，通常這種人都有非常極端的情緒。」

「你說到『浪漫主義』的時候，我想到的就是那些巨大的風景畫，裡面有陰沈的森林、蠻荒又崎嶇的自然景觀……而且籠罩在一片繚繞的霧氣中。」

「是的。嚮往大自然和大自然的神秘，這正是浪漫主義的一個特色。我剛才說過了，這種嚮往並不是在鄉間住久了而產生的。不曉得妳還記不記得，盧梭率先提出『回歸自然』的口號，但多虧了浪漫主義者，這句口號才變得流行起來。浪漫主義代表了人們對於啟蒙時期哲學家眼中機械化宇宙的反動；也有人說，浪漫主義實質上是古老宇宙意識的重新復甦。」

「請多說明一點。」

「所謂的古老宇宙意識，就是把大自然看成是一個整體。浪漫主義者將自己的理論根源往前追溯到斯賓諾莎，甚至說普羅汀、波赫姆、布魯諾以及文藝復興時期的哲學家都可以算是他們的祖師爺。這些思想家有個共同的特色，那就是他們都經歷了大自然中的神聖『自我』。」

「那麼，他們是泛神論者喔……」

「笛卡兒和休姆曾經在自我與『擴延』的真實這兩者之間，畫出了一個非常明確的界線。康德也清楚區分了『認知的我』與『自然本身』這兩者。浪漫主義時期的說法則是：大自然就是一個大的『我』。浪漫主義還鑄造出『世界靈魂』與『世界精神』等詞彙。」

「我懂了。」

「浪漫主義時期最主要的哲學家是謝林，生於一七七五年，逝世於一八五四年。他立志要把心靈與物質合而為一。他認為，整個大自然（包含人的靈魂與實體的世界）都是一種『絕對』的展現，也就是世界精神的展現。」

「斯賓諾莎也是這樣認為。」

「謝林說，自然是可見的精神，精神則是肉眼看不見的自然，因為人在大自然中隨處都可感受到一種『結構的精神』。他還說物質只不過是正在沉睡中的知性。」

「請你解釋清楚一點。」

「無論是在大自然中還是在人類心靈中，謝林都看到了『世界精神』。自然與精神事實上都是同一事物的顯現。」

「對呀。」

「因此我們在大自然中或自我的心靈裡，都可以找到世界精神。也就因為如此，諾瓦里思才說：『神秘之路通往內心。』他的意思是整個大自然都存在人的心中。如果人能進入自己心中，將可以接近世界的神秘。」

「這種想法很棒呢。」

「有不少浪漫主義者認為，哲學、自然科學的研究和詩學共同形成了一個完整的聚合體。無論妳是坐在自己家裡閣樓上書寫出文思泉湧的詩歌，或者是去研究植物的生命及岩石的構成，這些事情都是一體的兩面，因為大自然不是一個死氣沈沈的機械，而是一個活生生的世界精神。」

「再多講一點，我也會變成浪漫主義者了。」

「當時有一位挪威的自然學家史代芬住在德國，挪威作家沃格蘭說他是『從挪威飄落的月桂葉』。史代芬於一八〇一年在哥本哈根發表關於德國浪漫主義的演講時，很清楚地說出了浪漫主義運動的特色。『我們厭倦了不斷與粗糙的物質世界奮戰，因此選擇了別的方式，想要擁抱無限。我們進入自己的內心，創造了一個新的世界……』」

「你怎麼有辦法背得這麼清楚？」

「太簡單了，孩子。」

「繼續講吧。」

「謝林還有辦法在大自然中，看出一種從泥土、岩石到人類心靈的發展歷程。他要大家注意，沒有生命的無生物經過緩慢的發展，最後成為複雜的生命體。整體而言，浪漫主義者有個特點，就是把大自然視為一個有機體，也就是一個整體，而且這個整體的內在潛能持續發展。大自然就像花朵，不斷伸展枝葉與花瓣，也像一個持續吟唱詩歌的詩人。」

「好像會讓人想起亞里斯多德。」

「沒錯。浪漫主義裡面的自然哲學，很類似亞里斯多德和新柏拉圖派的想法。唯物主義者抱持著機械論，可是亞里斯多德更傾向於認為大自然是一個有機體。」

「我的想法也是這樣……」

「在歷史這個領域上，也出現了同樣的看法。歷史哲學家赫德出生於一七四四年，逝世於一八〇三年。赫德對浪漫主義者來說是一位非常重要的人物，他認為歷史的特性就是連續、進化與設計。後人因此說他的歷史觀是『動態的』，把歷史當成一個過程。在啟蒙時期，哲學家們通常懷抱著靜態的史觀，認為世間只有一種普遍理性，而歷史上的每個時期多少都具有這種理性。可是赫德指出，每個國家也有自己的個性或『靈魂』，每一個歷史的紀元也都有自己獨特的價值，而問題的關鍵在於，我們是否能認同其他的文化。」

「嗯。如果要瞭解他人，則必須要認同他人的情況；同樣的，我們也必須認同別的文化才能理解這些文化。」

「如今大家普遍接受了赫德的觀念，可是在浪漫主義時期，這可是一個新觀念。浪漫主義強化了人們對自己民族的認同感，因此，挪威的獨立運動在一八一四年這個時間點上開始風起雲湧的發展，這背後都是有原因的。」

「原來如此。」

「浪漫主義使得許多領域都需要重新定位，因此一般會將浪漫主義分為兩種。一種是我們所稱的『普世性的浪漫主義』，就是指那些滿腦子只想到自然、世界靈魂與藝術天才的浪漫主義者。這種浪漫主義比較早興起，在一八〇〇年左右出現在德國的耶拿小鎮上。」

「那另外一種呢？」

「另外一種叫做『民族浪漫主義』，比上一種浪漫主義稍微晚一點出現，最主要的發源地在海德堡。民族浪漫主義關切的重點是『人民』的歷史、『人民』的語言和『人民』的文化。他們認為，發展是一個有機體，不斷開展它的內在潛能，正如自然與歷史一樣。」

「『告訴我你住哪裡，我就可以告訴你你是誰。』有句話是這麼說的」

「這兩種浪漫主義，主要是靠著『有機體』這個名詞相互聯結的。浪漫主義者把植物和國家都看成是有生命的有機體。有詩意的藝術作品是個活生生的有機體，語言也是有機體，連整個物質世界都是有機體。在這方面，民族浪漫主義與普世性的浪漫主義是相同的。在人民和大眾文化之間，可以看見世界精神，也可以看見自然與藝術。」

「我懂。」

「赫德開風氣之先，遍訪各地採集當地民謠，很適切地把他採集的民謠冠以一個統稱『民族之聲』。他甚至把民間傳說故事稱為『民族的母語』。格林兄弟和許多人也開始在海德堡採集民謠和童話故事。妳聽過格林童話故事吧？」

「有啊，白雪公主和七個小矮人、侏儒妖、青蛙王子、漢斯和桂桃……」

「……等等等等。在挪威，則有艾思比楊生和莫伊等人的足跡遍及全國各地，四處採集『民間的故事』，彷彿是在採收一種剛剛被發現、又美味又滋養的水果。而且這個採收的動作必須加快，因為果子已經快要從枝頭掉落了。除了民間故事之外，他們也採集各種民謠，整理挪威各地方言，挖掘以前異教時代各種古老的神話與傳奇冒險故事。在歐洲各地，作曲家們逐漸將民俗音樂納入他們的創作中，以拉近民歌音樂與藝術音樂之間的距離。」

「藝術音樂是什麼啊？」

「藝術音樂是由一個特定的個人——比方說貝多芬——所創作的音樂，民歌則沒有特定的創作者，它源出於整個民族。因此，我們始終無法確知每一首民謠發源的時間。民俗故事和藝術故事的差異也在這裡。」

「藝術故事是……」

「就是由特定的某位作家——例如安徒生——所書寫的故事；民俗故事則是浪漫主義者積極發展的類型。德國的霍夫曼就是民俗故事的採集大師。」

「我聽過《霍夫曼的故事》。」

「在浪漫主義者眼中，最完美的文學類型就是童話故事，正如劇場是巴羅克時期最完美的藝術形式一樣。有了童話故事，詩人才有充分的空間探索創造力。」

「在虛構的文字世界裡面，詩人可以扮演上帝。」

「正是如此。說到這裡我們也可以做個總結了。」

「請說吧。」

「浪漫主義的哲學家把『世界靈魂』看成是一個『自我』，而這個『自我』在一個如夢似幻的情境下，創造出我們這個世界。哲學家費希特認為，大自然源自一個更高層次的、沒有意識的想像力。謝林則明確指出，整個世界都『在上帝之內』，他相信上帝能夠意識到這個世界的一部分，可是大自然中還有另外一些部分代表上帝不為人知的一面。因為上帝也有祂的黑暗面。」

「這種想法很有趣，又好嚇人，讓我想到柏克萊。」

「藝術家和他的作品之間的關係，也呈現出類似的關係。童話故事讓作家享有無上的權力，能夠施展他『開天闢地的想像力』，但創造的行為也並非永遠是在有意識的狀態下進行的。作家或許會感到內心一股力量驅動著他，要他寫出故事；而在寫作的當下，或許也是處於一種催眠般的恍惚狀態。」

「真的嗎？」

「是的，但之後作家可能會突然出面破除這種幻象，他開始干涉這個故事的進行，向讀者說一些諷刺性的話，讓讀者在那一剎那間會想起，他們所讀的畢竟只是一個虛構的故事而已。」

「這樣啊。」

「作家也可能會提醒讀者，使讀者明白這個虛構的文字世界，背後是由作家在操縱的。這種打破幻象的形式，被稱為『浪漫主義的反諷』。舉例來說，挪威劇作家易卜生所寫的《皮爾金》這齣戲劇裡，有個角色的台詞竟然是『沒有人會在第五幕演到一半的時候死掉』。」

「真好笑。這個角色口中這句話的真正意思是，他只不過是一個虛構的人物罷了。」

「這段話充滿了反諷的意味。我們真應該另闢專章來討論才對。」

「你這樣說的意思是什麼？」

「沒什麼，蘇菲。不過我們剛剛曾講到，諾瓦里思的未婚妻和妳一樣都叫蘇菲，而且她在十五歲又四天的時候就去世了……」

「那時候我嚇壞了。你難道不知道嗎？」

亞伯特臉色沈重，坐在那兒看著她，然後才說：「妳別擔心，妳的命運不會像諾瓦里思的未婚妻一樣。」

「為什麼呢？」

「因為後面還有好幾章。」

「你在說什麼呀？」

「我說的是，任何一個讀到蘇菲和亞伯特故事的人，只要憑著直覺就知道這本書接下來還有很多頁，因為現在我們才談到浪漫主義而已。」

「我真是被你弄昏頭了。」

「事實上，是少校想要把席妲弄昏頭。他這樣做真的很差勁。我們另闢專章來談吧。」

亞伯特這句話還沒講完，樹林裡跑出了個男孩。他手中提著一盞油燈，身上穿著阿拉伯式的服裝，頭上纏著頭巾。

蘇菲抓住亞伯特的手臂。

「是誰？」她問。

男孩自己倒是先開口了。

「我叫阿拉丁。我打老遠從黎巴嫩來的。」

亞伯特嚴厲看著他問：「那你的油燈裡有什麼東西？」

男孩擦了擦油燈，一股濃煙從中升起後變成一個人形。這個人形在油燈上方飄浮，他滿嘴黑鬍子，就像亞伯特一樣，頭上還戴著藍色的軍用貝雷帽。他說：「席妲，妳能聽見我說話嗎？現在才向妳說生日快樂已經有點來不及了。我只想告訴妳，對我來說柏客來山莊和南部的鄉村就像是童話世界，再過幾天我們就能夠在那兒見面了。」

這個濃煙變成的人形說完之後，再度變回一股雲霧，被吸回油燈裡。纏著頭巾的男孩將油燈夾在腋下，跑回樹林中不見了。

「真是難以相信。」

「一個小把戲而已。」

「油燈裡那個精靈說話的樣子，好像席妲的爸爸。」

「它就是席妲的爸爸化身的精靈呀。」

「可是……」

「妳和我以及我們身旁的每一件事，都活在少校的內心深處。現在是四月二十八日星期六深夜，所有的聯合國士兵都睡在少校身旁。少校還沒睡，可是也快了。但在就寢之前他必須完成這本書，好送給席妲當成十五歲的生日禮物。他必須加緊趕工，也因此，蘇菲呀，這個可憐的傢伙幾乎沒有休息。」

「算了！」

「另起一段吧。」

蘇菲和亞伯特坐在那兒眺望小湖，亞伯特好像有點心不在焉。過了一陣子之後，蘇菲才鼓起勇氣輕推一下他的肩膀。

「你在做白日夢啊？」

「他真的是直接跳進來干涉了，剛才那幾段話完全是他講的，他真該覺得慚愧才對。但他這下行跡敗露，無所遁形了。現在我們知道，我們兩個人是活在一本書裡，席妲的父親會把這本書寄回家給席妲當生日禮物。妳聽到我說的話了吧？其實，說話的人並不是『我』。」

「真是這樣的話，那我想從這本書裡逃走，出去過我自己的生活。」

「我也正在計畫這樣做。可是我們必須先和席妲談談，我們說的每句話都會被席妲讀到。等我們從這裡逃走之後，就很難再跟她聯絡了，所以我們現在就必須把握機會。」

「我們要跟她說什麼呢？」

「我想，少校坐在打字機前，雖然此刻他的手指還飛快地在鍵盤上移動，不過他已經快要睡著了……」

「好可怕！」

「現在他寫下的東西，以後他可能會後悔，而且他也沒有修正液。這件事對我的計畫很重要。妳可別拿修正液給少校喔！」

「我連一小片修正帶也不給他。」

「我要請求可憐的席妲挺身而出，反抗她的父親。他恣意玩弄著影子，如果她覺得好看的話，那她真該覺得丟臉。真希望少校本人也在這裡就好了，我們就可以讓他嚐到我們憤怒的滋味。」

「但他不在這裡呀！」

「他的精神和靈魂在這裡，可是他的肉身卻很安全地躲在黎巴嫩。圍繞在我們身旁的一切事物都是少校的自我。」

「我們在這裡所知道的少校，並不算是完整的他。」

「我們只不過是少校靈魂裡的影子，一個影子要轉身挑戰它的主人，這不是一件容易的事，需要一點機智和謀略才行。可是我們有機會影響席妲，她是天使，只有天使才能夠反抗上帝。」

「我們可以請席妲在他一回家的時候就和他大吵一架，說他是個壞蛋。她也可以把他的船弄壞，或至少把那盞油燈砸掉。」

亞伯特點點頭。然後他說：「她也可以逃離他身邊。她這樣做，會比我們容易得多。她可以逃家，永遠不再回去。少校利用我們來施展他那『開天闢地的想像力』，結果弄到自己的女兒逃家的報應，也算是活該吧。」

「我可以想像少校走遍天涯海角尋找愛女席妲，但她已經人間蒸發了，因為她不能忍受跟一個利用亞伯特和蘇菲來裝瘋賣傻的爸爸住在一起。」

「對了，就是這樣。他就是在裝瘋賣傻。他利用我們做為席妲生日的表演節目，這就是種裝瘋賣傻的行為。不過他最好小心一點。席妲也是！」

「你是什麼意思？」

「妳坐好喔。」

「只要油燈精靈的東西別再出現，我就不會從椅子上摔下來。」

「請設想：發生在我們身上的每一件事，都是在另一個人的心中進行的；我們就是那個心靈。這樣代表我們沒有靈魂，我們就是別人的靈魂。以上都是我們談過的哲學理論。若是柏克萊或謝林等人面對這種說法，也都會專心聆聽。」

「然後呢？」

「這個靈魂很可能就是席妲的父親。在遙遠的黎巴嫩，他正在寫一本哲學的書，用來慶賀他女兒的十五歲生日。六月十五日當天席妲醒來時，發現她身旁的桌子上放了這本書。現在也許她或者其他人正在讀我們的故事。他很早就說這個『禮物』可以和別人共享。」

「對，我記得。」

「她遠在黎巴嫩的父親有次想像了我告訴妳說『他在黎巴嫩』，而且在黎巴嫩想向著我告訴妳『他在黎巴嫩』……所以我現在告訴妳的這番話，也會被席妲讀到。」

蘇菲完全聽不懂。她努力回想以前聽過有關柏克萊和浪漫主義的話。亞伯特繼續說：「不過他們也先別太得意，小心笑得太得意可是會岔氣的。」

「『他們』是誰？」

「席妲和她的父親。我們談的就是他們，對吧？」

「那他們為什麼不應該太得意呢？」

「因為說不定他們也是活在別人的心靈裡。」

「這怎麼可能？」

「如果對柏克萊和浪漫主義者來說這樣是可能的，那當然就有可能是這樣。說不定世上有另一本有關少校和席妲的書，而少校就是那本書裡面的一個影子。當然，那本書也是有關我們兩人的，因為我們是他們生活中的一部分。」

「那我們豈不就變成是影子的影子？這樣不是更糟糕了嗎？」

「說不定在某個地方有一個作者正在寫一本書，內容是關於一個聯合國少校艾勃特，正在寫一本書給他的女兒；至於艾勃特寫的書呢，則是關於一個叫亞伯特的人突然開始寄一些討論哲學的信給住在苜蓿巷三號的蘇菲。」

「這種事你相信嗎？」

「我只能說，這是有可能的。站在我們的立場來看，那個作者的地位就等同是一個『看不見的上帝』。我們是誰，我們說了什麼，我們做了什麼，這一切全都是從他而來的，因為我們就是他，但我們永遠不可能知道任何有關他的事情。我們的位置是在最裡面的那個盒子內。」

亞伯特和蘇菲坐了很久，兩人都沒有說話，最後蘇菲才打破沉默：「可是如果真有個作者正在寫一個席妲的爸爸在黎巴嫩的故事，就像他正在寫一個關於我們的故事一樣……」

「所以呢？」

「……也許那個作者也先別得意。」

「妳的意思是什麼？」

「他坐在某個地方，我和席妲位在他腦袋裡的深處。但是說不定他也隸屬於某一個更高的心靈呢。」

亞伯特點點頭。

「蘇菲呀，當然有這個可能。如果真是這樣的話，那表示：他容許我們進行這一場充滿哲學性的對話，目的在於讓我們提出這種可能性。他想要強調，他自己也不過是一個無助的影子，而這本關於席妲和蘇菲的故事書，其實是一本哲學教科書。」

「教科書？」

「因為我們所有的交談，所有的對話……」

「怎麼樣？」

「……事實上只是一段很長的獨白。」

「我有一種感覺，好像每一件事都和心靈與精神融合在一起了。我很高興我們還有一些哲學家沒談到。我們一開始從泰勒斯、恩培多克勒和德謨克利特斯這些哲學家為起點，盛大展開了這場哲學課程，該不會就這樣停在這裡吧？」

「當然不會啦。我還要告訴妳黑格爾呢。當浪漫主義者將每一件事都融合進入精神裡面的時候，黑格爾是第一個跳出來拯救哲學的哲學家。」

「那我倒想聽聽他的看法。」

「為了不要再受到什麼精神或影子的干擾，我們進屋裡去好了。」

「反正這裡也越來越冷了。」
「進入下一章！」

黑格爾

……可行的就是有道理的……

席妲任由腿上的資料夾掉到地上，發出好大的一聲「碰！」。她躺在床上瞪著天花板，腦中的思緒一團混亂。

爸爸的話真的把她弄得頭昏腦脹。真討厭！他怎麼可以這樣呢？

蘇菲已經直接對她開口說話了。蘇菲要求她挺身而出反抗父親，而且她的腦中也真的出現了某個念頭。是一個計畫……

蘇菲和亞伯大概無法傷到爸爸的一根汗毛，但是席妲卻可以。透過席妲，蘇菲可以找上她爸爸。

蘇菲和亞伯特的說法，她大致同意。爸爸在玩他的影子遊戲時，的確做得有點太超過了。雖然亞伯特和蘇菲只是他筆下虛構出來的人物，不過他在展示他的力量時，至少也應該有個限度吧。

可憐的蘇菲和亞伯特！他們對於爸爸的想像力完全無法抵抗，正如電影銀幕無法拒絕放映機的投影一般。

等到爸爸回家時，席妲當然會想給他一點教訓。她已經大致上構想出一個好辦法了。

她起床走到窗前，眺望著海灣的方向。已經快兩點了。她打開窗戶，朝著船屋的方向大喊：「媽！」

媽媽出來了。

「再等我一個小時左右，我就帶個三明治到妳那裡，好嗎？」

「好。」

「等我先讀完黑格爾那一章。」

亞伯特和蘇菲兩人坐在面湖的窗戶前面兩張椅子上。

「黑格爾是浪漫主義的正宗傳人，」亞伯特開口：「我們甚至可以說，在日耳曼精神逐漸發展成當代德國的過程中，黑格爾是伴隨著這個過程一起成長的。他於一七七〇年出生在斯圖加特，十八歲前往杜賓根研究神學。從一七九九年開始，他在耶拿這個小鎮上與謝林一起工作，此時正是浪漫主義運動最興旺的年代。在耶拿擔任一段時間的助理教授後，黑格爾海德堡擔任教職，此地是德國民族浪漫主義的中心。一八一八年，他在柏林任教，這個時候的柏林逐漸成為德意志的精神中心。一八三一年，他不幸死於霍亂。後來他的『黑格爾主義』在德國各大學內吸引了無數的信徒。」

「他經歷過很多事情啊。」

「沒錯，他的哲學同樣涵蓋了很多的領域。浪漫主義時期出現的每個理念，最後都幾乎是由黑格爾加以統整並繼續發展，可是他卻受到謝林等許多人的猛力抨擊。」

「謝林怎麼批評他？」

「謝林和其他浪漫主義者都認為，生命最深刻的意義在於他們所謂的『世界精神』上。這個名詞，黑格爾雖然也加以沿用，但他的意義卻有點不同。對黑格爾來說，『世界精神』或『世界理性』指的是人類理念的總和，因為只有人類才有精神。也唯有從這個角度出發，他才可以討論世界精神在歷史上的發展。別忘了，他所說的世界精神是指人類的生命、思想與文化。」

「這樣的話，『精神』這個詞彙聽起來就沒這麼恐怖了，不像是那些躲在岩石、樹叢間的『沉睡的精靈』。」

「妳還記得康德說過一種東西，叫做『事物之本身』。康德雖然不相信人可以清楚認知自然最深處的秘密，可是他也承認，世界上有一種『真理』，這種真理是無法追求的。在另一方面，黑格爾卻認為真理是主觀的，他認為除了人類的理性之外，沒有任何『真理』存在。他說，所有的知識都是人類的知識。」

「有了黑格爾，哲學家們才再度腳踏實地了，對不對？」

「嗯，或許妳可以這樣說。可是黑格爾的哲學包山包海，又有複雜的多樣性，為了我們現在討論的方便，我們只要談談他的重要觀點即可。其實，我們是否能說黑格爾有他自已的

『哲學』？恐怕還大有疑問呢。一般所稱的黑格爾哲學，其實主要是一種『理解歷史進程的方法』。黑格爾的哲學並沒有教導我們生命內在的本質，不過卻可以教導我們如何有效的思考。」

「這也是很重要呀。」

「在黑格爾之前，所有的哲學體系都有一個共同的特點，就是想要建立一套永恆的標準，來衡量人類能夠從這個世界學習到什麼。笛卡兒、斯賓諾莎、休姆和康德等人都是這樣，他們都曾經想要探索人類認知的基礎，但他們每個人也都說過，人類對於世界的知識，是超越時間的。」

「哲學家不就是該做這樣的事嗎？」

「黑格爾卻認為這樣是不可能的。他相信每個世代的人類都有不同的認知基礎，因此世上並沒有『永恆的真理』，也沒有『永久的理性』。哲學唯一可以倚賴的固定點，就是歷史。」

「恐怕得麻煩你進一步解釋。歷史不斷變化，怎麼會是一個定點呢？」

「一條河也是處於不斷變化的狀態，但這並不表示妳不能談論這條河流，只不過妳無法說這條河流進入山谷後，在哪一個點上才是『最真』的河。」

「對啊，因為不管它流到哪裡，都是同樣一條河。」

「對黑格爾來說，歷史就像一條流動的長河，河裡任何一處河水出現了細微的動作，都是受到更上游河水的瀑布或漩渦的影響所產生的。但上游河水的瀑布和漩渦，又受到妳觀察河水之處的岩石與河灣的影響。」

「我覺得……我懂了。」

「思想或理性的歷史就像這條河。昔日傳統形成的潮流，沖刷著各種的思想；當代又有主流的物質條件，這些在在決定了妳的思考方式。妳永遠無法斷定哪一種特定的思想永遠是對的。妳只能說，從妳所在的位置而言，某個思想是正確的。」

「這種說法，和『每件事物都對、也都不對』兩者之間，應該是不同的。不是嗎？」

「當然不同。但是某個特定的歷史情況，卻可以決定某件事情是對還是錯。如果妳今天依舊提倡要有奴隸制度，大家或許會說妳笨。但是在兩千五百年以前的世界，這種想法也並不可笑（雖然當時已經有人主張廢除奴隸）。我們再舉一個更有地域性的例子來說明：不到一個世紀以前，人們還認為大肆焚燒森林以開墾土地的這種做法是對的。但在我們今天看來，這種做法簡直無法接受。這是因為我們現在有了一套完全不同的、也是更好的基礎來做判斷。」

「那我懂了。」

「黑格爾指出，在哲學的反思上，也是這樣的；事實上，人類的理性是動態的，是一種過程。而『真理』也就是這個過程，因為若要判定什麼是最真實、最合理的，則除了歷史的過程之外，沒有任何標準可以依據。」

「再舉一些例子吧。」

「妳不能指著任何古代、中世紀、文藝復興時期或啟蒙運動時期的思想，然後說：『它們是對的！』或者『它們錯了！』。同理，妳也不能說柏拉圖錯了，亞里斯多德才對；或說休姆是錯的，康德和謝林才是對的。因為這樣的思考方式並不符合歷史。」

「這樣子做，當然不太對。」

「事實上，妳不能把任何哲學家或任何哲學思想抽離他們的歷史背景。不過，說到這裡我倒是必須提到另外一點：有鑑於新的事物總是後來才添加上去的，因此理性也是『漸進式的』。換句話說，人類的知識會持續擴張與進步。」

「這樣的話，是否可以說康德的哲學比柏拉圖更有道理？」

「沒錯。從柏拉圖到康德的時代之間，世界的精神已經有了發展和進步，這確實是好事一件！我們先回到剛才的河流例子，我們可以說，此刻的河水比從前多，因為它已經流動了一千多年。不過康德也不能認為他的『真理』會像河岸邊的大石頭一樣，固定在原地不動，因為他的想法也會經過後人的修飾，他的『理性』也會成為後世批判的對象。事實上這些事情也確實都發生了。」

「可是你說的那條河……」

「怎樣？」

「最後會流到哪裡？」

「黑格爾宣稱『世界精神』正朝著不斷瞭解自己的方向發展，河流也是一樣。河流越接近大海，河面就越寬。黑格爾說，歷史就是『世界精神』逐漸瞭解自己的故事。雖然這個世界一直存在，可是人類的文化與人類的發展已經使得『世界精神』越來越意識到自己固有的價值了。」

「他怎麼這麼確定這點？」

「他說這不是預言，而是歷史的事實。只要是研究歷史的人都知道，人類不斷朝著『自我瞭解』、『自我發展』的方向發展。黑格爾說，歷史的研究在在顯示，人類正邁向更理性、更自由的境地。雖然有高低起伏，但歷史仍然不斷往前發展。所以我們說歷史是有目的。」

「歷史不斷往前發展，這一點很明顯。」

「是的，歷史就是連串的思維。黑格爾並指出了可以應用在這一長串思維的幾項規則。他認為，凡是深入研究歷史的人都會發現：每當有新的思想被提出時，其實這個新思想都是建立在其他前人提出的思想基礎上。一旦有一種新思想被提出後，就會出現另外一種和它牴觸的思想，而這兩種相反的思想就會產生一種緊張狀態，但後來又會有人提出另外一種結合了兩種思想優點的思想，而消除了那種緊張狀態。黑格爾於是把這個現象稱為一種辯證過程。」

「你可以舉個例子嗎？」

「妳還記不記得，蘇格拉底之前的哲學家討論過原始物質與自然界變化的問題？」

「記得一點吧。」

「後來伊利亞派哲學家說，事實上不可能發生變化。這種說法一出來，這些哲學家們只能否認任何變化的存在──即使有些變化只要透過他們的感官就可以察覺得到。伊利亞派哲學家所提出的這種觀點，就是黑格爾所說的『正題』。」

「然後呢？」

「可是根據黑格爾的看法，只要一出現這麼強烈的主張，就一定會出現另外一種與它牴觸的見解。這個牴觸的見解，被黑格爾稱為『反題』或者『否定』。後來出面否定伊利亞派哲學的人，就是赫拉克里特斯，他說『天下的萬事萬物都是流動的』。因此，這兩種完全對立的思想流派之間，就出現了一種緊張狀態。可是恩培多克勒指出，兩種說法都有正確的地方，也都有錯誤之處。他的說法一出來，也就等於消除了這種緊張關係。」

「嗯，那我想起來了。」

「伊利亞派哲學家指出，沒有什麼事情會發生真正的變化，這個看法是對的；但他們認為我們不能依賴感官，這點就錯了。赫拉克里特斯說我們可以依賴感官，這是對的；可是他說萬事萬物都是流動的，這點又不對了。」

「因為世上的物質不只一種，而且會流動的是『物質的組合』，並不是物質本身在流動。」

「太好了！恩培多克勒折衷了兩派的觀點，他的看法就是黑格爾所稱的『否定的否定』。」

「這個詞好可怕啊！」

「黑格爾把知識的這三個階段稱為『正』、『反』、『合』。例如我們可以說笛卡兒的理性主義是『正』，休姆經驗主義與笛卡兒對立，所以是『反』。康德的『合』則把這兩種思想中間的對立或緊張狀態消除了。康德在某些事情上贊同理性主義者，在其他事情上則贊同經驗主義者。但是故事還沒有完：康德的『合』現在成了另外一個三段發展的起點，因為一個『合』也招致另一個新的『反』與它相牴觸。」

「好理論哪。」

「對，當然很理論，但黑格爾並不認為這樣就會把歷史壓縮成為某種架構，他相信歷史本身就顯示了這種辯證模式。因此，他說他已經發現了一些理性發展的法則——或者是『世界精神』透過歷史來前進的法則。」

「又來了！」

「黑格爾的辯證法，並非只能適用在歷史上而已。其實在討論事情的時候，我們也是用辯證的方式來思考，嘗試在別人的想法中找缺點。而黑格爾把這種方法稱為『否定的思考』。但我們在別人的想法中找到缺點時，同時也會把這個想法的優點保存下來。」

「給我個例子吧。」

「例如說，社會主義者和保守主義者為了某個社會問題如何解決而坐下來一起討論。此時他們的思考是相互衝突的，所以很快就會出現緊張狀態。但這並不代表在這兩派當中，有一邊是絕對正確，而另一邊是完全錯誤的。說不定這兩邊的人都有一部分是對的，一部分是錯的。在爭執的過程中，雙方論點中最佳的部分通常會越辯越明。」

「我希望是這樣。」

「可是我們像這樣在討論問題時，不太容易看得出來哪一方比較合理。在某方面來講，必須由歷史來決定誰對誰錯，可行的才是有道理的。」

「能留存下來的，才是對的。」

「也可以反過來說：對的才能留存下來。」

「你有沒有個小例子可以舉？」

「早在一百五十年前，有很多人努力爭取女權，也有許多人激烈反對女權。今天我們回頭檢視雙方的論點時，不難看出哪一方的見解比較『有道理』。但不要忘了，我們都是事後諸葛亮。歷史證明了那些爭取兩性平權的人才是對的。許多人如果有機會在文獻上看見自己的祖宗對這個問題所發表過的看法，說不定會嚇一跳呢。」

「我也相信是這樣。黑格爾的看法是什麼？」

「有關兩性平權嗎？」

「我們現在談的不就是這個嗎？」

「我可以引述他的話話。妳想不想聽？」

「很想。」

「『男女之差異，有如植物與動物之不同，』黑格爾說：『男性比較像動物，而女性比較像植物，因為女性的發展比較靜態，而且女性發展的基礎，就是一種相當抽象的感情。當女人領導政府的時候，這個國家立刻就會陷入危機，因為女性並不是依據外界的要求來決定自己的行動，而是依照主觀的傾向和看法。女人獲得教育的方法（誰知道她們是怎麼獲得教育的？）有點像是把觀念從空氣中呼吸近來；她們透過生活，而非透過知識，來獲取教育。相反地，男性的地位只能透過思想的鍛鍊和努力琢磨技能來得到。』」

「感謝你，這樣就夠了。這類的話我不想再聽了。」

「這正是一個很明顯的例子，恰好證明了人類對於事情是否合理的觀念，不斷隨著時間改變。這個例子也說明了，黑格爾會受到當代觀念的影響，我們當然也是。我們覺得『理所當然』的看法，未必能通過時間的考驗。」

「有哪些『理所當然』的看法未必能通過時間的考驗？請舉例子。」

「沒例子可舉。」

「為什麼呢？」

「因為我所舉的例子，都是已經產生改變的事。例如我可以說開車是一件很愚昧的事情，因為車輛會污染環境。可是有很多人早已經想到這點了。歷史會證明，許多我們認為理所當然的事情，最後無法在歷史上立足。」

「我明白了。」

「我們還可以觀察到一件事：黑格爾的時代有許多男人像黑格爾一樣，隨便亂講女性不如男性。結果這樣反而加速了女權運動的發展。」

「為什麼呢？」

「他們提出了一個『正題』。為什麼呢？因為女性已經開始反抗了。如果某個題目大家的看法一致，就不必討論了。他們越是主張女人不如男人，則相牴觸的、否定的力量也就變得更強大。」

「當然啊。」

「妳也可以說如，如果某種意見能夠獲得激烈的反對，那這樣最好，因為反對的力量越強，所激發出的反作用力也就越大。有句話說，穀子多，磨坊也勤。這樣也是會帶來好處的。」

「我的磨坊已經磨得更起勁了。」

「單純從邏輯或哲學的觀點來看，兩種觀念之間永遠會存在一種辯證式的緊張關係。」

「例如？」

「假如要我思考『存在』這個觀念，那我必須引進一個相反的概念，也就是『不存在』，才能思考『存在』。因為人只要一思考自己的存在，馬上就會想到自己無法永遠存在。接下來，『存在』和『不存在』之間的緊張關係，又會被『變化』這個觀念所消除，因為如果某件事正在變化的過程中，那麼它既算是存在，也可以算是不存在。」

「我懂了。」

「所以黑格爾的『理性』是一種動態的邏輯。『真實』具有一個特性，那就是會出現相反的事物，我們描述『真實』的時候也等於說出了許多與真實相反的事物。再為妳舉一個例子：據說，丹麥核子物理學家波爾曾經轉述過一個故事，提到科學家牛頓在他家前門上掛了一個馬蹄鐵。」

「為了追求好運氣。」

「可是掛馬蹄鐵會帶來好運氣，這只是迷信而已，況且牛頓應該是個完全不迷信的人。有人問他是不是相信這種傳說，他回答說，哦，不，我不相信，但人家告訴我這樣真的有用。」

「好有意思啊。」

「其實他的這個答案具有高度的辯證意味，而且充滿了自相矛盾。波爾就像挪威詩人文耶一樣，經常有模稜兩可的觀點。他曾說：世上有兩種真理。一種是表面的真理，與表面真理相反的觀點顯然是錯的。另外一種則是深層的真理，與深層真理相反的觀點，卻和深層真理一樣，都是對的。」

「這到底是什麼樣的真理呀？」

「我舉例：假如我說生命是短暫的……」

「我會同意。」

「但在別的場合，我可能會把雙臂大大張開，然後說生命實在漫長。」

「你說得對，從某個角度來看，這也沒錯。」

「最後我再舉一個例子給妳聽，來證明一個辯證的緊張關係，可以會帶出一種自發的行動，從而造成突然的改變。」

「請說。」

「假設有一個小女孩，向來總是對她媽媽說：『是，媽。』『好的，媽。』『我聽妳的，媽。』『馬上，媽。』。」

「好可怕啊！」

「後來，這個媽媽受不了自己女兒的完全順從，於是大吼道：『別再像這樣一直當乖寶寶了好嗎！』然後這個女孩還是回答：『好的，媽。』」

「我是她媽的話，會賞她一巴掌。」

「或許吧。但如果那個女孩回答：『可是我就是想當個乖寶寶呀！』那妳會怎麼辦？」

「這種回答很奇怪。說不定我還是會賞她一巴掌。」

「換句話說，這種情況就是一個僵局。辯證式的緊張關係已經發展到了一個肯定會出事的地步。」

「所謂的出事，就是賞她一個耳光之類的。」

「在這裡，就要講到黑格爾哲學的最後一個層面了。」

「我正在聽。」

「妳記不記得，我們曾經說浪漫主義者都是個人主義者？」

「通往內心的神秘道路……」

「在黑格爾的哲學中，這種個人主義也遭遇了一種相反或否定的論點。黑格爾十分重視他所謂的『客觀的力量』，而在這些客觀的力量當中，黑格爾尤其強調家庭、文明社會、國家的重要性。妳也可以說，在某個程度上，黑格爾對個人抱持著懷疑的態度。他認為個人是團體內的一個有機成分，而理性或者『世界精神』則必須透過人與人之間的互動，才會表明出來。」

「請仔細解說。」

「理性，最主要是透過語言來向世人表明自己。而語言則是我們天生注定的東西。假設挪威少了一個普通人韓森先生，則挪威文也一樣很好：但是韓森先生如果沒有挪威話，那他就不知所從了。因此並不是個人組成了語言，而是語言組成了個人。」

「我認為你說得沒錯。」

「正如嬰孩生下來就注定要說哪種語言，我們也是一生下來就注定了自己的歷史背景。人類和這種背景之間的關係並不是『自由』的。因此，那些無法在國家中找到自己定位的人，就是沒有歷史的人。妳或許還記得，雅典哲學家也強調過一樣的重點。假如沒有人民的話，則無法出現國家；正如沒有國家也就沒有人民。」

「很明顯的呀。」

「根據黑格爾的說法，國家並不只是單獨、個別的人民而已，而且國家也比所有人民的集合還要來得更大。因此黑格爾說，單獨的個人無法『離棄社會』。如果有人對自己所居住的社會感到不恥，而一心一意只想到別處『尋找自己的靈魂』，那就會受到恥笑。」

「我不確定我完全同意這點，不過沒關係，繼續。」

「黑格爾認為，個人不會發現自我，只有世界精神才能夠發現自我。」

「世界精神發現它的自我？」

「按照黑格爾的看法，世界精神是透過三個階段來回到它的自我，亦即世界精神是先經歷過三個階段，才能意識到自我。」

「哪三個階段？」

「首先，世界精神意識到它的自我存在於個人中，黑格爾把這種情況稱為主觀精神。接著世界精神在家庭、社會與國家之中達到更高一層的意識，黑格爾稱之為客觀精神，原因是在這個階段中，世界精神是在人與人之間的互動當中顯現的。可是還有第三個階段……」

「第三個階段是什麼？」

「在藝術、宗教和哲學等等『絕對的精神』當中，世界精神才達到最高形式的自我實現。在『絕對的精神』當中，又以哲學為最高形式的知識，因為唯有在哲學中，世界精神才反思出它自己對於歷史的影響。所以世界精神最先是在哲學中發現了它的自我。妳也可以說，或許哲學就是世界精神的鏡子。」

「太神奇了，我要花點時間來思考一下。不過我還蠻喜歡你說的最後一句。」

「是『哲學就是世界精神的鏡子』這句嗎？」

「是，這句話好美喔。你覺得這句話和那面銅鏡有關係嗎？」

「既然妳都問了，答案就是『有關係』。」

「什麼意思？」

「我猜想，那面銅鏡常被提到，所以應該有某種特別的意義。」

「你一定知道它所代表的特別意義。」

「其實我不知道。我的意思是說，如果它對席妲和她父親沒有什麼特別的意義，那它就不會如此頻繁的出現。至於它有什麼意義，只有席妲知道。」

「這段話是浪漫主義的反諷嗎？」

「妳怎麼問這種問題呢，蘇菲。」

「為什麼這樣講？」

「因為不是我們在運用這些手法，我們只是那個反諷中的受害者。假如有個小孩在一張紙上畫了一個東西，妳不能問那張紙說他畫的代表什麼。」

「我聽了都不寒而慄了。」

祁克果

……歐洲正走向破產……

席妲看了看她的手錶，已經四點多了。她連忙把資料夾放在書桌上，跑到樓下廚房裡。她得在媽媽等得不耐煩之前趕快帶著三明治到船屋那兒去。經過那面銅鏡時，她看了它一眼。

她很快拿出茶壺準備燒茶，還加快速度做了幾個三明治。

她已經決定要跟爸爸開幾個玩笑。她覺得自己的立場逐漸偏向蘇菲和亞伯特這一邊了。等爸爸返抵哥本哈根，她就要實施她的計畫了。

沒多久，她已經端著一個大托盤站在船屋前。

「我們的早午餐來了。」她說。

媽媽手裡拿著一個四方形的東西，外面用砂紙包著。她把前額一綹散落的頭髮拂開，她的頭髮上也沾了沙子。

「我看我們就連晚餐都省了。」

母女倆坐在碼頭上，露天吃了起來。

「爸爸什麼時候回來？」席妲過了一會兒問道。

「星期六呀，我還以為妳知道呢。」

「幾點？妳不是說他要在哥本哈根轉機嗎？」

「沒錯……」媽媽咬了一口三明治。「他抵達哥本哈根的時間大概是五點，往基督山的班機七點四十五分起飛。他應該會在九點半的時候降落在凱耶維克機場。」

「這麼說來，他在哥本哈根國際機場會停留幾個小時……」

「對。幹嘛？」

「沒事。我只是在想而已。」

席妲故意又等了一會兒才隨口說：「最近有沒有安娜和歐雷的消息？」

「他們有時會打電話來。他們七月份要回家度假。」

「一定要等到七月？」

「應該不會更早。」

「所以這個星期他們會在哥本哈根……」

「幹嘛問這麼多，席妲。」

「沒事，只是閒聊。」

「妳提到哥本哈根兩次了。」

「有嗎？」

「剛才說到爸爸在那兒轉機……」

「大概就是因為這樣，我才想到安娜和歐雷吧。」

母女倆才剛吃完三明治，席妲就開始動手收拾杯盤，放在托盤上。

「媽，我要去看書了。」

「我想也是。」

媽媽的聲音裡是否有責難的意味？因為她們以前討論過，母女兩人要在爸爸回家前一起把船整修好。

「爸爸好像很希望我在他回家前把那本書念完。」

「怎麼可以這樣子！他連人都不在，怎麼可以指揮我們在家裡的人！」

「妳又不是今天才知道他有多麼愛發號施令。」席妲帶著謎樣的語氣說：「而且妳知不知道他多麼喜歡這樣啊？」

說完，她回到房裡繼續看書。

突然間，蘇菲聽到有人在敲門。亞伯特嚴肅地看著她。

「我們不想被人打擾。」

敲門變得更大聲了。

「我要和妳談一位丹麥的哲學家。他對黑格爾的哲學非常反感。」

敲門聲現在已經猛烈到使得整扇門都在晃動了。

「一定是少校派了哪個虛幻人物前來察看我們是否已經上鉤了。」亞伯特說：「他要這樣做並不難。」

「若我們不開門看看是誰的話，少校同樣也可以在彈指之間就把這整棟房子拆了吧！」

「妳說得對，我們最好還是開門吧。」

兩人走到門邊。由於剛才那陣敲門聲實在太響亮有力了，蘇菲本來以為來者一定很高壯，沒想到站在門前台階上的卻是個小女孩，有著一頭金色的長髮，穿著印花夏裝。女孩兩手各拿著一個小瓶子。一瓶紅的，一瓶藍的。

「嗨！」蘇菲說：「妳是誰？」

「我叫愛麗絲。」小女孩邊說邊有點害羞地行了個屈膝禮。

「我想也是。」亞伯特點點頭：「是《愛麗絲夢遊仙境》裡的愛麗絲。」

「她怎麼會找到我們？」

愛麗絲解釋說：「仙境這個國度並沒有疆界，也就是說不管是在哪裡，那個地方就是仙境。當然，聯合國也是仙境。仙境應該成為聯合國的榮譽會員國，我們應該派員參加聯合國的各委員會，因為聯合國當初也是因為人類的奇想才會成立。」

「呃……又是那個少校。」亞伯特喃喃自語。

「那妳來這兒做有事嗎？」蘇菲問。

「我是來把這些哲學小瓶拿給蘇菲的。」

她把兩個瓶子遞給蘇菲。一個裡面是紅色的液體，另一個是藍色的液體。紅瓶子上的標籤寫著：請喝我。藍瓶子上的標籤則寫著：也喝我。

就在這時，忽然有隻白兔子匆匆忙忙從小木屋旁跑過去。牠是用兩隻後腿站立走路的，身上穿著一件背心和外套。經過小木屋門前時，牠從背心口袋裡掏出一個懷錶說：「喔糟了，喔糟了，我要遲到了！」

然後牠繼續往前跑，愛麗絲追在牠身後。她快跑進樹林之前，又行了一個屈膝禮說：「現在又要開始了。」

「代我向蒂娜和皇后打招呼好嗎？」蘇菲在她身後喊道。

小女孩消失了。亞伯特和蘇菲仍站在台階上，看著那兩個瓶子。

「『請喝我』和『也喝我』，」蘇菲念了出來：「我不確定我敢喝呢，說不定這兩瓶有毒。」

亞伯特只是聳聳肩。

「這兩個瓶子是少校送來的，從少校那裡來的每一件事物都只是純粹地存在心靈內而已，所以瓶子裡裝的並不是真的液體。」

蘇菲取下紅瓶子的瓶蓋，小心將瓶子湊到唇邊。瓶裡的液體嚐起來有一種奇怪的甜味，混雜著別的味道。她喝下去的時候，身體周遭的環境也開始變化。

感覺上好像湖泊、樹林小木屋都融成一體了。沒多久之後，彷彿她所見到的一切似乎都只是一個人，而這個人就是蘇菲她自己。她抬頭看了亞伯特一眼，但他也成了蘇菲靈魂的一部分。

「奇妙，真奇妙，」她說：「所有的事情看起來都沒變，可是全部都融合成一體了。我覺得好像所有的事物都變成同一個思想了。」

亞伯特點點頭．不過蘇菲的感覺卻好像是自己在向自己點頭。

「這是一種泛神論或者是觀念論，」他說：「也是浪漫主義者所說的世界精神。他們將每一件事情都體驗成一個大的『自我』，黑格爾的哲學也是這樣。他對個人持懷疑態度，但認為每一件事物裡都展現了世間唯一的世界理性。」

「我應該把另外一瓶也喝掉嗎？」

「標籤上是這麼說的。」

蘇菲拿下了藍瓶子的蓋子，大大喝了一口。裡面的液體味道比第一瓶新鮮，口味也比較重。喝下去之後，她身旁的每一件事物又開始改變了。

一剎那間，紅瓶子所造成的效果就不見了，所有的東西又回歸原位，亞伯特還是亞伯特，樹也回到了樹林裡，湖泊看起來又是原來的湖了。

不過這種感覺只持續了一下下，因為這些東西持續移動著，越分越開。樹林已經不再是樹林了，現在每一株小樹的本身看起來就是一整個世界，連最細小的樹枝都像是一個童話世界，在這個童話世界裡面有無數的故事可以講述。

小湖突然變成了浩瀚的大海，但它並沒有變深或變廣，變化的是它晶瑩交錯的閃光與細膩繁複的波濤。蘇菲覺得即使窮盡畢生之力注視著這裡的湖水，直到在世的最後一天，也無法理解那裡面深不可測的秘密。

她抬起頭看著一棵樹的最上端，那兒有三隻小麻雀正專注地玩著一種奇怪的遊戲，是在玩捉迷藏嗎？她以前就知道這棵樹上常有小鳥（即使在她喝了紅瓶子裡的水以後），可是她卻從來沒有好好地觀察過牠們。紅瓶子裡的液體使得所有事物的差異與各自的特色都消失了。

蘇菲從她所站的大石階跳下來，彎下腰來看小草，在那裡她又發現了一個新世界，彷彿是個深海潛水夫首度在海底睜開眼睛一樣。在小草的莖和梗之間，青苔顯得分外清楚。蘇菲又看到一隻蜘蛛爬過青苔，腳步沈穩，彷彿知道自己的目的地在哪裡。一隻紅色的蝨子在草葉上來回奔跑，一群螞蟻正在草叢間合力工作，可是每隻小螞蟻都用自己獨特的方式在走路。

她站直身子，看著仍然站在木屋前階梯上的亞伯特，就在這個時候，眼前才出現了最奇怪的景象：在她眼中亞伯特居然成為一個奇妙無比的人，好像是從另外一個星球來的生物，又像童話故事裡被施了魔咒的人。同時，她也以一前所未有的嶄新方式，重新體會到自己是個獨一無二的個體。她不只是一個人而已，也不只是一個十五歲的女孩。她是蘇菲．艾孟森，普天之下只有她是蘇菲．艾孟森。

「妳看見了什麼嗎？」亞伯特問。

「你看起來像一隻怪鳥。」

「妳這麼覺得嗎？」

「我覺得，我永遠沒辦法理解當另一個人會是什麼感覺。世界上沒有兩個相同的人。」

「那樹林呢？」

「看起來也不一樣了，像是一個充滿了奇妙故事的宇宙。」

「果然跟我想的一樣。藍色的瓶子就是個人主義，它也是祁克果對浪漫主義者的理想主義所產生之反動；但個人主義的內容，也包括了跟祁克果同時期的另一個丹麥人的觀點，那就是著名的童話故事作家安徒生。安徒生對大自然各種令人驚喜的細微事物，也具有高度敏銳的觀察力。另一個哲學家也觀察到了同樣的細微紋理，那就是比他早一百多年的德國哲學家萊布尼茲。萊布尼茲對斯賓諾莎的理想主義哲學的反動，就好像祁克果對黑格爾的反動一樣。」

「你說的話聽起來好好笑喔，我好想笑。」

「我可以理解。妳再喝一口紅瓶子裡的水吧。來坐在台階這裡，我們還要談談祁克果的哲學，今天才算結束。」

蘇菲坐在台階上，就在亞伯特身旁。她喝了一小口紅瓶子裡的液體，所有的事物又開始重新聚合。事實上，這些事物聚合得太過頭了，她再次感覺到一切事物之間的區別都消失了，她只好又把藍瓶子拿到嘴邊喝了一口。這回子她身旁的這個世界才恢復到剛才愛麗絲拿著兩個瓶子出現時的原來狀態。

「哪一種感覺才是真實的呢？」她問道：「到底是紅瓶子還是藍瓶子，才能讓我們看見真實的景象？」

「蘇菲，紅瓶子和藍瓶子都是真實的。浪漫主義者認為世間其實只有一種真實，這種說法我們不能說是錯的，但或許他們的視野有點太狹窄了。」

「那藍瓶子呢？」

「我認為祁克果一定從藍瓶子大大喝了幾口。不用說，他對個體的意義有很敏銳的觀察。我們不只是『時代的產物』，我們每一個人都是獨一無二的個體，只能活一次。」

「而黑格爾在這方面的體會並不深？」

「正確。他對廣泛的歷史觀點比較有興趣，也正是因為這個緣故，所以祁克果才會對黑格爾如此不滿。祁克果認為，浪漫主義者的理想主義與黑格爾的『歷史觀』都模糊了個人對自己的生命所應負的責任。因此，對祁克果來說，黑格爾和浪漫主義者的缺點是一樣的。」

「我可以瞭解他為什麼會這麼火大。」

「祁克果生於一八一三年，從小就在父親嚴格的管教下成長，他的宗教憂鬱症大概也是從父親那裡遺傳來的。」

「聽起來好慘。」

「他因為自己的憂鬱症，所以解除了婚約。這個舉動受到哥本哈根中產階級的抨擊，所以他等於在生命的早年就遭到社會排擠，受人恥笑。後來他逐漸也變得對整個世界採取厭棄、恥笑的態度，慢慢地變成了易卜生後來所描述的『人民公敵』。」

「只不過是解除了婚約，有這麼嚴重嗎？」

「其實不只是因為這樣。到他老的時候，對社會的抨擊更加猛烈，他說『整個歐洲正走向破產的地步。』他認為他生活在一個完全缺乏熱情，完全不知道要全心投入的世代。他對所謂的『禮拜天基督徒』展開無情的批判。可是令他最不滿的，就是丹麥國教路德派教會裡面一片死氣沈沈的景象。」

「不只是禮拜天基督徒吧。現在還有所謂的『堅振禮基督徒』。許多小孩子只是想得到禮物，所以願意接受堅振洗禮。」

「對，妳說到重點了。對祁克果來說，基督教所產生的影響實在太大了，而且又無法用理性解釋，所以一個人要嘛就是全面接受基督教，要嘛就是不信。人不可以『有點信』或者『信到某種程度就夠了』，因為對人來講，耶穌要不就是在復活節真的復活了，要不就是沒有復活，中間沒有灰色地帶。如果祂真的死而復活，如果祂真的為我們而死的話，那麼這件事實在太重大了，我們整個人生都會受到這件事的影響。」

「嗯。我明白。」

「祁克果看見的卻是，教會和一般社會大眾對於信仰問題採取一種不冷不熱、沒有全心投入的態度。對他而言，宗教和知識可說是水火般的對立。光是相信基督教是『真理』並不夠。如果接受了基督信仰，那就必須活出基督徒的生活。」

「這和黑格爾有什麼關係呢？」

「說得好。也許我們在這兩個人的銜接部分沒做好。」

「那我建議你稍微倒帶一下，重新開始。」

「祁克果十七歲那年開始研究神學，但他逐漸沈迷在哲學世界裡。二十七歲的時候，他以《論反諷的觀念》這篇論文取得碩士學位。在這篇論文中，祁克果批評浪漫主義的反諷，也抨擊了浪漫主義者玩弄幻象的那種手法。他以蘇格拉底式的反諷做為比較基礎，指出蘇格拉底雖然操弄反諷技巧，並且得到了很大的效果，但蘇格拉底的目的卻是顯示生命的基本真理。蘇格拉底與浪漫主義者不一樣，因為蘇格拉底是一位『存在主義式』的思想家，也就是說他是一位完全將他的存在放進他的哲學裡面思考的思想家。」

「然後呢？」

「一八四一年解除婚約後，祁克果前往柏林，在那兒上了謝林的課。」

「他有沒有遇見黑格爾？」

「沒有，他到柏林的時候，黑格爾已經去世十年了。不過黑格爾的思想在柏林及許多歐洲地區非常流行，他的『體系』也變成一種萬用的解決方法，可以說明每一種問題。不過祁克果認為，黑格爾主義所關切的那種『客觀真理』，與個人的生命完全無關。」

「什麼樣的真理才是相關的呢？」

「依據祁克果的見解，與其找尋世上唯一的真理，還不如去找尋那些對個人生命有意義的真理。由於他認為『找尋我的真理』才是重要的大事，所以他等於是拿個人，或者世上的每一個個體，去對抗整個『體系』。祁克果認為，黑格爾忘記了自己也是一個人。祁克果描述那些教導黑格爾主義的學者是：『那位沈悶無聊的教授先生講述生命的奧秘時，他竟然專心到忘記了自己叫什麼名字，也忘了自己是一個人，不折不扣的一個人，而不只是一段精彩文字的八分之三段落。』」

「那麼，依照祁克果的說法，人是什麼？」

「不容易用概括性的話來說得清楚。況且，祁克果對於人性或人類的概括描述一點興趣也沒有；他認為世上唯一重要的事情，就是每個個體『自己的存在』。而如果妳光是坐在書桌後面的話，那就無法體驗到自己的存在。唯有在我們拿出行動，尤其是做出重要抉擇的當口，我們才和『自己的存在』產生關聯。有一個關於佛陀的故事，恰好可以說明祁克果的意思。」

「佛陀的故事？」

「對，佛教哲學的起點，也是人的存在。從前有一個和尚問佛陀說，他要怎麼做，才能清楚回答『世界是什麼』、『人是什麼』等等的基本問題。佛陀的回答是把那個和尚比喻為一個被毒箭穿身的人，受傷的人對於製造這支箭的材料做的、箭頭沾的毒藥是哪個種類；箭矢飛行的方向等等理論問題，完全不會感到興趣。」

「他最希望的是有人能幫他把箭拔出來，趕快替他療傷。」

「沒錯。如果他想活的話，這件事對他來說太重要了。佛陀和祁克果都強烈感受到人生的短暫，而且我也說過，如果妳光坐在書桌後面構思世界精神之本質的哲學，那麼這樣還不夠。」

「當然。」

「祁克果還說，真理是主觀的。他的意思並非我們想什麼、相信什麼都不重要。他的意思是，真正重要的真理都是非常『個人』的，也只有這些真理『對我來說才是真的』。」

「你能舉一個『主觀的真理』的例子嗎？」

「例如『基督教是否是真實的』這個重大議題。這個問題，無法用理論或者學術來處理。對於一個『瞭解自我生命』的人來說，這是一個關乎生與死的問題，不是在討論之間隨口說說的事。這種事應該用最大的熱情和最真誠的態度來討論。」

「我可以理解。」

「如果妳不小心掉到水裡，妳不可能對於『自己是否會淹死』這個理論問題感到興趣。而水裡是否有鱷魚這個問題，也不能用『有趣』或者『無趣』的角度來理解。因為妳現在面臨的是生死問題。」

「我瞭解。非常謝謝你。」

「所以，在『上帝是否存在』這個哲學性的問題，與『上帝是否存在』這個與個人相關的問題之間，我們必須做一個區別。每個人都必須單獨面對『上帝是否存在』這個問題。這麼根本的議題，答案只能從信仰裡面找。祁克果說，那些透過理性或知識而得知的事情，一點重要性也沒有。」

「我覺得你應該說清楚一點。」

「八加四等於十二，這是無庸置疑的。從笛卡兒以來，每位哲學家都會談到類似這種『可得而知的真理』。可是我們會把這種八加四的問題，當成每天禱告的內容嗎？在我們臨終的時候，會躺著思考這樣的問題嗎？絕對不可能。這種真理也許『客觀』，也許具有『普世性』，但對於每個人的存在卻一點重要性也沒有。」

「信仰呢？」

「當妳和某人有過節的時候，妳永遠也無法知道他是否會原諒你，因此這個問題對你的存在而言很重要，妳會非常關注這個問題。同樣的，妳也無從得知某個人是否愛妳，妳只能相信他愛妳，或者是希望他愛妳。但是這些事情對妳而言，絕對比『三角形各角的總和等於一百八十度』這個事實更重要。在妳獻出初吻的時候，絕對不會想起因果律啦、知覺模態等等問題。」

「會這樣做的人，應該是超級怪咖吧！」

「在宗教相關的問題上，信心是最重要的因素。祁克果曾寫道：如果我能客觀地抓住上帝，我就不會相信祂了。正因為我無法客觀地抓住祂，所以我必須相信祂。如果我希望持守我的信心，那我必須時時緊握客觀的不確定性，這樣即使當我站在深達七萬噚的海面上，仍能不至於失去了信心。」

「好嚴肅啊。」

「前人多次嘗試證明上帝存在，或至少想要把上帝拉到理智的層次來理解。但是如果妳滿足於這種證明或邏輯論點的話，就會失去妳的信心，也會失去妳的信仰熱情。因為基督教是否真實並不重要，重要的是對妳而言，基督教是否真實。中世紀有句格言也表達了相同的看法：『我信，因為荒謬』（credo quia absurdum）。」

「這又是什麼意思？」

「這句話是說：我之所以相信，正因為它是非理性的。如果基督教訴求的是我們的理性，而不是我們的另外一面，那這就不是信心的問題了。」

「現在我懂了。」

「我們已經談過祁克果所說的『存在』是什麼意思，也談過了『主觀真理』的意義，並他對『信仰』的觀念是什麼。他創造出這三個概念的目的，是為了要對傳統哲學提出批評，不過主要還是針對黑格爾的哲學。這三個概念當中，也包含了尖銳的『社會批評』意涵。他認為現代都會裡面的個人已經成為『一般大眾』了，而一般大眾或群眾的主要特色，就是喜歡說些沒什麼特色、含糊不清的話。今天我們或許會用『從眾』這個詞來表示這種情況，也就是每一個人所『想』、所『相信』的，其實都是差不多一樣的東西，但大家卻都沒有對這些東西產生真正深刻的感受。」

「我實在很想知道祁克果對喬安娜的父母會有什麼看法。」

「他的論斷有時候太刻薄了。他下筆毫不留情，諷刺的時候也相當辛辣。舉例來說，他曾說『群眾就是虛偽』、『真理永遠是少數』等話；他也認為大多數人對生命的態度都很膚淺。」

「收藏芭比娃娃這種嗜好是一回事，但更慘的是自己就身為一個芭比娃娃。」

「所以從這我們就要談到祁克果所說的『生命之道三階段』理論了。」

「這是什麼？」

「祁克果認為，生命有三種不同的形式。他是用『階段』這個詞來表示的。這三個階段分別是美感階段、道德階段和宗教階段。他用『階段』這個名詞，是為了要強調，其中有兩個的層次比較低，人可能會活在這兩個比較低的層次裡面，然後才突然躍升到那個比較高的階段。不過許多人一輩子都活在同樣的階段裡。」

「他這麼認為，一定是有理由的吧？我倒是很想知道自己現在是活在哪個階段。」

「活在美感階段的人，就是活在當下的人，這種人把握機會及時行樂，只要是美麗的、使人滿足的、令人愉快的事物，都是好的。這種人完全活在感官世界裡，被他自己的欲望與情緒所奴役。活在當下的人認為，只要是令人厭煩的事物，就是不好的。」

「謝啦，這種態度我很熟悉。」

「典型的浪漫主義者，恰好就是典型的活在美感階段裡的人。除了純粹的感官享樂之外，這個階段還包含了其他的內容。若有人對於真實（或者是對於他所心儀的藝術或哲學）採取一種反思的角度來探索，那這就是活在美感階段裡的人。事實上，這些人也有可能會從美學（或者『反思』）的角度來看待痛苦與悲傷。不過這樣的話那也只是虛空一場。易卜生的劇作《皮爾金》裡的男主角就是典型的活在美感階段的人。」

「我想我懂你的意思了。」

「妳認識這樣的人嗎？」

「不能說有。但我覺得少校有點像這種人。」

「或許吧，蘇菲……不過這也比較像是他在展現他那種病態的浪漫主義反諷觀點。或許妳該把妳的嘴巴洗一洗。」

「你在說什麼呀？」

「好了好了，這不算是妳的錯。」

「那就請你繼續講吧。」

「活在美感階段裡的人，很容易會產生焦慮、驚懼和空虛的感受。但若這個人產生了焦慮等等的感受，則代表他還有希望。祁克果認為，焦慮幾乎可以說是一種正面的感受，代表這個人還處於『存在的狀態中』，有希望晉升到更高深的階段。但這個人要不就是晉升到更高深的階段，要不就是停留原地，只有這兩種選擇。如果一個人只是在即將躍升的邊緣徘徊，而不採取行動來完成躍升這個動作的話，那可是一點好處都沒有。面對這兩種選擇的時候，只能選一種，而且其他人不能幫妳做決定，這只能由妳自己做決定。」

「有點像是要不要下定決心戒酒或戒毒一樣。」

「是的，有點像那樣。祁克果所說的這個『決定的種類』會有點讓人想到蘇格拉底所說的，『所有真正的智慧都來自內心』的這段話。一個人必須要有發自內心的決定，才會產生從美感階段躍升到道德或宗教階段的這種結果。易卜生在劇作《皮爾金》裡面也描繪了這一點。另外，杜斯妥也夫斯基在他偉大的小說作品《罪與罰》中，也生動描述了存在的抉擇是如何發自內心的需要與絕望的感受。」

「也就是說，你最好趕快選擇一種完全不同的生活。」

「能夠這樣的話，或許你才能開始在道德階段當中生活。這個階段的特色就是以認真、一貫的態度來面對道德的抉擇。這種態度跟康德的責任道德觀有點相似，也就是說人應該盡全力遵照道德的法則來生活。祁克果和康德一樣，首重人的性情：你認為何者對、何者非，這樣還不算重要；最重要的是你決定要對所有對或錯的事情產生自己的意見。反觀那些活在美感階段的人，他們看重的只有『事情是否有趣』。」

「如果這樣活在道德階段裡，會不會變得太嚴肅了呀？」

「當然有這個可能。祁克果從來沒有說道德階段是很圓滿的。如果多年來不斷貫徹這種一絲不苟的生活，那最後就算是一個認真負責的人，恐怕也會受不了的。許多人到了生命比較晚期的階段，就開始體會到這種厭倦的感受，他們也可能因此再度回到美感階段的生活中。但另外還有些人則更進一步，向上躍升到宗教階段，他們跳躍進入『七萬噚的深淵裡面』。這些人選擇了信仰，卻沒有選擇美感的愉悅和理性的責任。雖然祁克果說『跳進上帝張開的雙臂』或許是一件令人害怕的事，但除此以外，別無救贖。」

「你的意思是，接受基督教。」

「對。因為對祁克果而言，在『宗教階段』裡生活，和信奉基督是一樣的。不過對於非基督徒的思想家而言，他也是很重要的一個人物。多虧了祁克果這位丹麥哲學家的啟發，二十世紀才會出現存在主義的大流行。」

蘇菲看看她的手錶。

「快七點了。我得用跑的了，否則我媽不急死才怪。」

她向亞伯特揮揮手，就朝著小船那兒跑了。

馬克思

……幽靈在歐洲橫行……

席妲起床後，走到面海的窗戶。星期六她開始讀書的時候，當時還是蘇菲的十五歲生日。而前一天則是她自己的生日。

如果她爸爸以為昨天她只會讀到蘇菲生日那一段，那麼爸爸顯然想錯了。她今天整天都在讀書，其他什麼事也沒做。不過有一點爸爸倒是說對了：後來他只再向她說過一次生日快樂而已，就是亞伯特和蘇菲兩人對她唱生日快樂歌的那段。席妲想，這真是太不好意思了。

蘇菲已經邀了朋友前來參加一場哲學性的花園宴會，時間就訂在席妲爸爸預定從黎巴嫩回來的那天。席妲相信那天一定會發生什麼事，但究竟會發生什麼事，則不只是她，恐怕連她爸爸也不曉得吧。

有一件事卻是可以確定的：爸爸在回到柏客來山莊之前，肯定會大吃一驚。這是她能為蘇菲和亞伯特所做的一點小事，既然這兩人已經向她求助了……

媽媽還在船屋那邊，席妲下樓走到電話旁邊，查到了安娜和歐雷在哥本哈根的電話號碼，然後仔細地按下這組號碼。

「喂，我是安娜。」

「嗨，我是席妲。」

「哦，妳好嗎？你們在利勒桑鎮還好吧？」

「很好啊，學校放假了，再過一個星期爸爸要從黎巴嫩回來了。」

「那真是太好了。」

「是啊，我好希望他趕快回來。所以我才打電話給妳……」

「原來如此。」

「他會在二十三號星期六那天的下午五點左右，降落在哥本哈根國際機場。那時候妳會不會在哥本哈根呢？」

「當然會啊。」

「不知道妳能不能幫我一個忙。」

「當然可以啦。」

「這個忙其實滿特別的，我也還不太確定是否行得通。」

「妳這麼一說，我也好奇了……」

席妲開始敘述自己的計畫。她把那個資料夾的事情告訴安娜了，也把蘇菲和亞伯特和一切的事情都說了。一面說的時候，她和安娜有好幾次都忍不住爆笑出來，使得席妲不得不倒帶重講。等到席妲掛上電話時，她的計畫也開始付諸實行了。

她自己也得開始準備，不過時間還早。

席妲那天下午和晚上都和媽媽在一起，後來她們開車去基督山看電影。由於前一天席妲過生日時，母女倆並沒有特別慶祝，所以她們覺得今天應該好好補償。她們開車經過通往凱耶維克機場的交流道出口時，席妲密謀籌畫的行動，又像一個神秘的巨大拼圖一般，有好幾塊已經陸續歸位了。

那天晚上她很晚才上床睡覺，不過她仍拿起資料夾繼續往下讀。

蘇菲從樹籬鑽出來回到家裡的花園時，已經快八點了，這時媽媽正在前門旁的花壇除草。

「妳是打哪兒冒出來的呀？」

「樹籬裡。」

「樹籬裡？」

「那邊有一條小路，妳不知道嗎？」

「妳到底去哪裡了，蘇菲？這已經是妳第二次憑空失蹤了。」

「對不起，媽。今天天氣實在太好了，所以我去散了很久的步。」

媽媽從雜草堆中站起來，嚴厲地瞪著她。

「妳是不是又去找那個哲學家了？」

「老實說，是的。我跟妳說過，他喜歡散步。」

「他會來參加我們的花園宴會吧？」

「會呀，他很期待能夠出席呢！」

「我也很期待他會出席，日子一天一天接近了。」

媽媽的聲音好像有點太尖銳了，是嗎？為了安全起見，蘇菲趕快說：「我很高興，我也邀了喬安娜的爸媽。要不然的話我真的會有點不好意思！」

「我不知道……不管怎樣，我一定會和這個亞伯特談一談。」

「如果妳想的話，可以用我的房間和他談。我覺得妳一定會喜歡他的。」

「還有，今天有一封信妳的信。」

「真的？」

「上面蓋著聯合國部隊的郵戳。」

「那一定是亞伯特的弟弟寫來的。」

「蘇菲，事情不能再這樣繼續下去了。」

蘇菲的腦子飛快思索，突然間靈光一閃，想到了一個不錯的答案，彷彿是有某個精靈在指引她似的。

「我告訴亞伯特說我在搜集罕見的郵戳。他弟弟剛好在聯合國部隊服務，所以他就叫他弟弟寫信給我。」

媽媽看起來好像放心了。

「晚餐在冰箱裡。」媽媽現在說話的音調好像比較柔和了一點。

「信呢？」

「就在冰箱上。」

蘇菲走進屋內，郵戳日期的是一九九〇年六月十五日。她把信拆開，拿出裡面的一張小紙條：「人生辛勞全空虛，死之驟至乃結局。」

這兩句話，蘇菲完全不知道該怎麼回應。吃飯前，她把這張紙條以及最近幾個星期以來所蒐集到的東西統統都放在櫃子裡。她很快就會知道這兩句話背後的含意了。

第二天早上，喬安娜來找蘇菲，兩人打完羽毛球之後，就開始籌畫那場花園的哲學性宴會。她們想先安排幾個令人驚喜的節目，如果宴會的氣氛不佳的話，就可以讓這些節目登場了。

直到當天蘇菲的媽媽下班回到家時，她們兩人還在討論花園宴會的事。媽媽不斷強調：「花再多錢也沒關係。」而且媽媽講這句話是真誠的，並非語帶諷刺。

也許媽媽認為，蘇菲這幾個星期密集接受了哲學課的薰陶之後，這個「花園哲學饗宴」可以把她重新拉回現實世界。

傍晚快結束時，所有事情都講定了：紙燈籠、哲學知識有獎徵答等每一件事。她們認為，最好是拿一本寫給年輕人看的哲學故事來當有獎徵答的獎品。如果有這樣一本書就好了！不過蘇菲也不確定到底有沒有這種書。

六月二十一日星期四那一天，距離仲夏節還有兩天，亞伯特打了個電話給蘇菲。

「喂，我是蘇菲。」

「我是亞伯特。」

「嗨！你好嗎？」

「很好，謝謝妳。我已經想到一個很棒的方法了。」

「什麼事情的辦法？」

「妳知道的呀。就是那個掙脫我們多年以來的心靈囚禁的辦法。」

「原來是那件事呀。」

「可是在計畫還沒付諸實行之前，我一句話也不能說。」

「這樣會不會來不及啊？也需要讓我知道才行，畢竟這件事我也有分呀！」

「妳不要太天真了。我們所有的對話都會被人監聽，所以最明智的辦法就是什麼都不要說。」

「有那麼嚴重嗎？」

「當然啦，孩子。最重要的事情，必須在我們不講話的時候發生。」

「喔。」

「我們活在一個長篇故事中，一個由文字虛構的現實世界裡。這個故事裡面的每個字都是少校用一台舊的手提打字機打出來的。凡是印出來的字，都不能逃過他的眼睛。」

「這我知道，可是我們要怎樣才能擺脫他呢？」

「噓！」

「幹嘛？」

「字裡行間也可能會發生一些事。所以我會想辦法在字裡行間動點手腳。」

「好。」

「我們要好好利用今天和明天。星期六就是行動日。妳現在能過來嗎？」

「馬上出發。」

蘇菲餵過了鳥和魚，又拿了一大片萵苣葉給葛文達吃，然後打開一罐貓食，把貓食倒進樓梯上的一個碗裡，準備給雪瑞卡吃，最後自己才離開。

她鑽過樹籬，朝著比較遠的那一頭的小路上走。才走了幾步路，就看到石南樹叢間擺著一張很大的書桌，有個老人坐在桌前，好像正在算賬。蘇菲走向前問他的姓名。

「艾本尼薩．施顧己。」他一面回答，一面仔細盯著他的帳本看。

「我叫蘇菲。我猜你是做生意的吧。」

他點點頭。「有錢的生意人。我一毛錢都不浪費，所以才要這麼專心的算帳。」

「何必這麼麻煩呢？」

蘇菲向他揮揮手，繼續向前走，不久又看到一個衣衫襤褸、臉色發白而且滿面病容的小女孩，獨自坐在一棵高大的樹下。蘇菲經過時，小女孩把手伸進一個小袋子裡，掏出一盒火柴。

「要不要買火柴？」她拿著火柴的手伸向蘇菲。

蘇菲摸摸口袋看看自己有沒有錢。有了。她找到一塊錢。

「火柴多少錢？」

「一塊錢。」

蘇菲把銅板交給小女孩之後，繼續站在原地，手裡拿著火柴。

「這一百多年來，妳是第一個向我買火柴的人。有時我好餓，有時我又快被凍死了。」

在這座森林裡賣火柴，蘇菲心想，難怪生意會不好。不過她又想到剛才遇見的那個生意人。既然他這麼有錢，這個小女孩就不必餓死了。

「跟我來。」蘇菲說。

她牽著小女孩的手，帶她到有錢人那兒。

「可不可以請你想辦法，讓這個小女孩的生活好一點？」她說。

有錢的生意人從帳本上抬起眼睛說：「照顧小女孩是要花錢的。我剛說過了，我連一毛錢也不浪費。」

「這樣不公平呀！你這麼有錢，這個小女孩卻這麼窮。」蘇菲堅持：「這樣太不公平了。」

「哼！胡說！只有在條件相等的人當中，才有公平可言。」

「這句話是什麼意思？」

「我以前努力工作，才有今天。這就叫做進步。」

那個貧窮的小女孩說：「如果你不幫我，我會死掉的。」

生意人再度把他的視線從帳本上抬起來，然後很不耐煩地把鵝毛筆摔在桌上。

「我的帳目裡面沒有妳！滾吧，去收容所吧！」

「假如你肯不幫我，我就放火把這整座森林給燒了。」小女孩說。

聽到這句話，生意人終於站了起來，但此時小女孩已經擦亮了一根火柴。她把火柴拿到一叢乾草邊，乾草馬上就燒了起來。

生意人雙手高舉。「老天爺幫幫忙呀！」他大喊：「紅公雞已經叫了！」

女孩抬頭看著他，一臉惡作劇的笑容。

轉眼間，小女孩、生意人和那張大書桌都不見了，只剩下蘇菲獨自一人站在那兒，一旁的火益發猛烈地燒著。蘇菲用腳把火踩熄，過了一會兒，火就完全熄滅了。

謝天謝地！蘇菲看著腳下已經被燒黑的草，手中仍拿著那盒火柴。

這場火該不是她放的吧？

蘇菲到了小木屋外面看見亞伯特後，便把這些事情都告訴了他。

「施顧己就是英國作家狄更斯的小說《小氣財神》裡面那個吝嗇的資本主義者。至於那個小女孩，妳應該可以想到安徒生的童話故事《賣火柴的小女孩》。」

「我竟然會在森林裡遇見他們。真奇怪。」

「不奇怪，這片森林很特別。在我們開始談論馬克思的思想之前，妳先有機會見識過了十九世紀中期激烈的階級鬥爭，這樣實在是非常恰當。不過，我們還是進去屋子裡吧。那裡比較不會受到少校的干擾。」

兩人再次坐在面湖的窗旁一張小桌子邊。蘇菲還記得她喝下藍瓶子的液體之後，看到小湖時的感覺。

今天那兩個瓶子都放在壁爐上的架子上，小桌子上則放著一座很小的希臘神廟複製品。

「這是什麼？」蘇菲問。

「等下妳就知道了。」

亞伯特開始說了：「一八四一年，祁克果在柏林聽謝林的課時，很有可能曾經坐在馬克思的旁邊。祁克果的碩士論文是寫蘇格拉底，而在同一時間，馬克思正以德謨克利特斯和伊比鳩魯為主題寫博士論文，討論的是古代的唯物主義。他們兩人就是從這個為起點，創立了自己的哲學思想。」

「祁克果後來變成了存在主義者，而馬克思變成了一位唯物主義者？」

「馬克思後來變成了『歷史唯物主義者』。等下我們還會談到這個。」

「繼續說吧。」

「祁克果和馬克思都是從黑格爾的哲學為觀點出發，但兩人的方式不同，不過卻同樣受到黑格爾的影響，且兩人都不同意他的『世界精神』說法和他的理想主義。」

「對他們兩個人來講，黑格爾的觀點可能太空泛了。」

「沒錯。一般來說，到黑格爾為止，大哲學體系的時代就宣告結束。黑格爾之後，哲學走到了一個新的方向，以後不再有龐大的思考體系了，反而出現了我們現在所稱的『存在哲學』與『行動哲學』。馬克思曾說過一句話，恰好可以說明哲學史上出現的巨大轉折：直到現在為止，哲學家只詮釋了世界，可是重要的是，他們應該改變這個世界。」

「我大概瞭解馬克斯的這種想法，尤其是我遇見施顧己和那小女孩之後。」

「馬克思不單只是哲學家，同時也是歷史學家、社會學家和經濟學家。他的思想有一個實際的目標，或說是政治上的目標。」

「對於歷史、社會學和經濟等領域，馬克斯也有獨特的創見嗎？」

「當然，在政治實務上，從沒有一個哲學家像他一樣展現了如此巨大的影響力。在另一方面我們也要留意，每一種自稱是『馬克思主義』的說法並非都是馬克思自己的思想。據說，馬克思本人到了一八四〇年代中期，才變成一個『馬克思主義者』。而且，有時候他還得跳出來說他自己並非是個馬克斯主義者。」

「請繼續。」

「馬克思有個名叫恩格斯的朋友兼同事，這個人打從一開始，就對後來的『馬克思主義』理論做出很大的貢獻。此外，二十世紀還有不少人對『馬克思主義』或『馬列主義』的形成也有貢獻，例如列寧、史達林、毛澤東等。」

「那我建議，我們還是專門談馬克思好了。你剛才說他是歷史唯物主義者嗎？」

「他並不像古代的原子論者那樣是個哲學的唯物主義者，他也沒有倡導十七、十八世紀的機械論唯物主義。不過他認為，我們的思考方式當中，受到社會中的物質因素影響很深。這種物質因素也對歷史的進程產生重大的影響。」

「這種說法，和黑格爾的世界精神很不一樣。」

「黑格爾認為，歷史的發展是受到了兩種相反事物之間的緊張關係所驅動的，而且這種緊張關係到最後一定會被一個突然出現的改變所消除。馬克思進一步發揚了這個理論，可是他認為黑格爾的理論有點倒因為果。」

「我希望不是這樣吧。」

「黑格爾認為，推動歷史前進的力量叫做『世界精神』或『世界理性』；馬克思則指出這種說法與事實相反。馬克斯一直想證明，推動歷史的力量是物質的變化：精神關係不會造成物質上的改變，反而是物質的改變才造成新的『精神關係』。馬克思特別強調，一個社會的經濟力量，才是造成改變、推動歷史的因素。」

「舉個例子好嗎？」

「古代的哲學和科學純粹是理論的，當時的人對於把新發現運用在實際上，好像沒多大興趣。」

「真的啊？」

「原因在於當時社會的經濟活動。生產作業主要是由奴隸負責，所以一般人沒有必要去發明一些實用的工具來增進生產力。這個例子就可以說明物質關係會塑造一個社會的哲學思想。」

「嗯，我明白了。」

「馬克思把這些物質、經濟和社會關係，統稱為『社會的基礎』。至於一個社會思考的方式、它所有的政治架構、所有的法律、以及其他宗教、道德、藝術、哲學和科學等的東西，馬克思則稱它們是『社會的上層構造』。」

「好，一個是基礎，一個是上層構造。」

「請妳把那座希臘神廟拿過來好嗎？」

蘇菲把希臘神廟拿了過來。

「這是雅典衛城巴特農神殿的縮小版。妳見過它的真面貌吧？」

「你是說在錄影帶上？」

「妳可以看到，這座神廟的屋頂非常優雅、精巧。妳看到這座神殿時，也許第一眼會看到它的屋頂和前面的山形牆。這些都是我們所說的上層結構。」

「可是屋頂不能憑空飄浮起來。」

「所以屋頂必須用柱子去支撐。巴特農神廟的根基非常穩固，支撐著它的整個結構。同樣的道理，馬克思相信物質關係『支撐』著社會裡的每一種思想和觀念。一個社會的上層結構，恰好可以反映出那個社會的基礎。」

「難道你是說，柏拉圖的概念理論恰好反映了現實生活中製造花瓶和釀酒等過程？」

「不是，馬克思強調，事情沒那麼簡單。重點在於，社會的基礎與上層結構之間，存在著互動關係。假如他否認這種互動關係的存在，那他就成為了『機械論的唯物主義者』。但馬克思體認到社會的基礎與社會的上層結構之間存在著一種互動的辯證關係，所以我們才說他是一個辯證的唯物主義者。另一件事要注意：柏拉圖不是做花瓶的工匠，也不是酒廠老闆。」

「好吧。這座神殿你還有什麼要說的？」

「還有一點。妳能不能敘述一下這座神殿的基礎？」

「基座是由三層台階所組成的，柱子就站在這三層台階上面。」

「同理，社會的『基礎』也可以區分成三個階層。最基本的一層我們可以稱之為一個社會的『生產條件』，也就是這個社會可以利用的自然條件與資源。這些東西是每一個社會的基礎，而且這個基礎會決定該社會的生產種類，這點相當明顯。同時，生產條件也決定了這個社會的性質，還有它的整體文化。」

「因此，撒哈拉沙漠裡面不可能建立鯡魚的貿易，挪威北部也不可能種出棗子來。」

「妳說得很對。遊牧民族的思考方式，和我們挪威北部漁村的漁民也有很大的不同。『生產條件』再往前推，就是一個社會裡的『生產工具』。馬克思指的是設備、工具和機器這些東西。」

「古人划船捕魚，今天我們則使用拖網船捕魚。」

「是的，妳談到的，恰好就是下一個層次的社會基礎，也就是擁有生產工具的人。勞力的分工和財產的分配，就是馬克思口中所說的，一個社會的『生產關係』。」

「我懂了。」

「這裡我們可以得出一個結論：一個社會的生產模式，可以決定該社會的政治情況與意識形態。現代人的思想、道德標準和古代封建社會之所以有很大的差距，背後是有一定原因的。」

「所以馬克思並不相信自然權利這種看法囉？」

「沒錯。馬克思說，道德上的對錯，乃是社會基礎的結果。例如古代農業社會的父母可以決定子女娶誰嫁誰，這個現象並不是偶然的，因為婚配牽涉到誰財產繼承的問題。現代都會裡的社會關係就不一樣了。在今天，妳可能會在派對或迪斯可舞廳裡認識妳未來的伴侶。如果你們倆愛得夠深的話，兩個人就會找個地方一起住了。」

「我絕對不能忍受我父母替我決定要嫁給誰！」

「說得好，那是因為妳生長在這個時代。馬克思進一步強調說：社會裡的是非標準，主要是由統治階級決定的，因為『人類社會的歷史，就是一部階級鬥爭史』。換句話說，歷史主要就是『誰擁有生產工具』的問題。」

「難道人的想法和觀念不會促成歷史的改變嗎？」

「可能會，也可能不會。馬克思知道社會的上層結構與社會基礎之間存在著互動，但他否認社會的上層結構能夠有其獨立的歷史。他認為，歷史能夠從古代的奴隸社會發展到今天的工業社會，主要是因為社會基礎的改變所致。」

「你說過了。」

「馬克思認，為在歷史的每一個階段中，社會裡的兩個主要階級之間都有衝突存在。在古代的奴隸社會，這種衝突存在於一般人和奴隸之間。在中世紀的封建社會，則存在於封建貴族和農奴之間，後來則存在於貴族與一般人之間。到了馬克思的時代（他把那個時代稱為『中產階級』或者是『資本家社會』），衝突主要存在於資本家和工人（也就是無產階級）之間。因此，在那些『擁有生產工具的人』和那些『沒有生產工具的人』這兩個族群之間，永遠存在著衝突。要改變社會現狀，只能透過革命為手段，因為上層階級不可能出於自願而放棄權力。」

「那共產主義的社會又是什麼樣子呢？」

「馬克思特別有興趣的是從資本主義社會轉移到共產主義社會的現象，他還詳細描述過資本主義的生產方式。不過我們進一步討論這個之前，要先談談馬克思對人的勞動的看法。」

「請說。」

「年輕的馬克思在他成為共產主義者之前，曾經專心研究人在工作時所發生的現象。黑格爾也分析過這點。黑格爾說，人與自然之間有一種互動、或稱『辯證』的關係存在。人改造大自然的時候，他本身也被改造了。換句話說，人在工作時，就是在干涉、影響大自然，但在整個過程中，大自然同時也干涉並且影響了人類的心靈。」

「也就是說，你只要把你的職業告訴我，我就知道你是什麼樣的人。」

「這種說法，正是馬克思的觀點。我們的工作方式影響了我們的心靈，但我們的心靈也影響了我們的工作方式。可以說這是人的手與人的心之間一種互動的關係。因此妳的思想與妳的工作之間，存在著十分密切的關係。」

「這麼說，失業一定是一件很令人沮喪的事。」

「對。失業的人，從某個角度來說，就是虛空的人。這一點黑格爾很早就體悟到了。對於黑格爾和馬克思而言，工作與人類的本質有密切的關係，而且工作這件事具有正面的意義。」

「所以對工人來說，工作也是一件正面意義的事情嗎？」

「一開始確實是這樣。但這也正是馬克思嚴厲批評資本家生產方式的地方。」

「為什麼呢？」

「在資本主義制度下，工人是為別人工作。因此工人的勞動對他自己而言，乃是一種外在的事物，並不屬於他自己。一旦工人與自己所做的工作之間有了隔閡，也等於工人與自我有了隔閡，他與他自己的現實脫節了。馬克思借用黑格爾的話來說，就是工人被疏離了。」

「我有個阿姨在工廠做包裝糖果的工作，總共做了二十幾年，所以我能明白你的意思。她說她每天早上都不想去上班。」

「如果妳阿姨討厭自己的工作，那麼從某方面來說，她也很討厭她自己。」

「我只知道她很討厭吃糖果。」

「在資本主義社會裡，勞工等於是另一個社會階級的奴隸。在這種制度下，工人把他的勞動成果連同他整個生命，都轉移給了中產階級。」

「有這麼慘嗎？」

「我們討論的是馬克思，所以必須把眼光放在十九世紀中期的社會情況來觀察，那時工人所受的待遇確實很糟糕，每天可能必須在冰冷的工廠裡工作十二個小時，賺不了什麼錢，所以連孩童和孕婦也往往必須外出工作，造成了許多令人掩面不忍聽聞的社會慘狀。有許多地方的工廠老闆甚至用廉價的酒來當成一部分的工資，也有些婦女不得不靠賣淫來補貼家計，而她們的顧客卻是那些在街市上有頭有臉的人。簡單來說，工作原本應是人類光榮的標記，當時的工人卻過著牛馬般的生活。」

「我聽了真是覺得好生氣喔。」

「馬克思同樣也對這些現象感到非常憤怒。工人的生活悽慘，可是中產階級人士的子女卻可以洗個舒服的澡，在溫暖、寬敞的客廳中拉小提琴，或坐在鋼琴旁邊等著吃有四道菜的晚餐。他們整天在外面騎馬，回家後恰好拉拉小提琴、彈個鋼琴來舒緩身心。」

「哼！太不公平了。」

「馬克思一定會同意妳的話。一八四八年的時候，他和恩格斯共同發表了一篇共產主義宣言，其中第一句話就是：共產主義的幽靈，已經在歐洲橫行。」

「聽起來好恐怖。」

「當時的中產階級的確被嚇到了，因為無產階級已經開始反抗。妳想不想聽聽共產主義宣言的結尾是怎麼說的？」

「很想。」

「共產主義者大方揭露了他們的看法與目標。他們公開宣稱，要達成目標的唯一方式，就是用武力推翻一切現有的社會現狀。『讓統治階級因共產主義革命而顫抖吧！無產階級沒什麼好失去的，唯一會失去的，只有綑綁在他們身上的鎖鏈。整個世界都等著無產階級來贏取。世界各國的勞動工人們，團結起來吧！』」

「如果當時工人的處境真的像你所說的那麼糟，我想我也會簽署這份共產宣言的。不過到了今天，情況應該已經改進了吧？」

「在挪威的情況已經改進了，但在世界上其他地方則未必，還是有許多人生活在非常不人道的情況下，並在這種不人道的條件下繼續生產商品，讓那些資本家更富有。馬克思把這種情況稱為『剝削』。」

「請你解釋一下剝削的意思。」

「如果工人製造出商品，則這個商品就擁有一定的交換價值。」

「是的。」

「如果交換價值減去工人的工資和其他的生產成本，則一定會有一些剩餘價值。這個剩餘價值，就是馬克思所稱的利潤。換句話說，資本家把工人創造出來的價值放進了自己的口袋。這就叫做剝削。」

「我懂了。」

「然後資本家又把一部分的利潤當新的資本，把這筆錢用在改善工廠，將工廠現代化，以更低的成本來製造商品，增加他未來的利潤。」

「每個老闆都會這樣做吧！」

「是的，聽起來可能很合理。但長期來看，情況卻無法如資本家所想像的那樣。」

「為什麼呢？」

「馬克思相信，資本主義的生產方式本身就有一些內在的矛盾存在；他認為資本主義欠缺理性的控制，所以資本主義是一種自我毀滅式的經濟制度。」

「對於被壓迫者來說，資本主義毀滅了，這應該是好事一件吧？」

「是的。資本主義的內在特質，會讓它邁向滅亡。這樣看來，資本主義可以說是具有『漸進式』的特性，因為它是邁向共產主義的一個階段。」

「你可不可以告訴我一個資本主義自我毀滅的例子？」

「剛才說到，資本家有很多剩餘的錢。他用其中的一部分使工廠現代化，但他也會花錢讓小孩去學小提琴，他太太也習慣了那種奢華富貴的生活方式。」

「當然是這樣。」

「他買了新機器，就不再需要這麼多員工了。他這樣，才能提高他的競爭力。」

「我明白。」

「可是其他資本家的想法和他是一樣的。因此也就表示，整個社會的生產方式變得越來越有效率，工廠越來越大，集中在越來越少的人手裡。那我請問妳，接下來會怎樣？」

「呃……」

「工廠需要的工人越來越少，就代表失業的人越來越多，也造成社會問題不斷增加。這些危機的出現就是徵兆，代表資本主義正邁向毀滅的道路。還有其他因素會使得資本主義自我毀滅：越來越多的利潤必須投注在生產工具上，而生產出來的商品數量又不足以壓低價格時……」

「然後呢？」

「……這時資本家會怎麼做呢？妳能告訴我嗎？」

「我大概沒辦法。」

「假設妳是工廠的老闆，若妳的收支無法平衡，面臨破產的命運，此時妳想降低成本，該怎麼辦？」

「降低工人的薪水？」

「妳好聰明喔！是的，在這種情況下，最聰明的方式就是削減工人的工資。但如果每個資本家都像妳一樣聰明——事實上他們也確實跟妳一樣聰明，工人就會變得很窮，最後就買不起東西，工人的購買力降低。這種情況會變成一種惡性循環。馬克思說：『資本主義私有財產制的喪鐘已經響了。』社會正在快速邁向革命。」

「嗯，我懂了。」

「簡而言之，到最後，無產階級會起義，起來接收生產工具。」

「然後會怎樣？」

「會出現一個新的『階級社會』，無產階級以武力鎮壓中產階級，但這個階級社會只會維持一段時間。馬克思稱這段時間是『無產階級專政』。這段過渡期結束之後，無產階級專政就會被另一個不分階段的社會所取而代之。在這個不分階級的社會裡，生產工具是由『眾人』，也就是人民所擁有；而國家的政策是『各盡其才，各取所需』。此時勞動的成果屬於勞工，資本主義造成的疏離現象也就結束了。」

「聽起來不錯啊，但實際的情況是怎樣？真的發生革命了嗎？」

「可以說有革命，但也可以說沒有。今天的經濟學家都會指出，馬克思犯下了幾個重大的錯誤，例如他對資本主義的分析就大錯特錯。還有，他也忽略了人類對大自然的掠奪，而這件事所造成的嚴重後果，我們直到今天才開始慢慢體會到。不過……」

「不過什麼？」

「馬克思主義造成了社會巨變，社會主義在相當程度上改善了人類社會當中不人道的現象，這是不爭的事實。在歐洲，大體上來講我們居住的社會比馬克思的時代更注重正義，也更團結。這也不得不說是馬克思和整個社會主義運動的功勞。」

「發生了什麼事？」

「社會主義在馬克思之後分裂成社會民主主義和列寧主義等兩大支派。前者主張以漸進的、和平的方式朝社會主義發展，也是西歐所採行的方式。我們可以把這個稱之為緩慢的革命。至於列寧主義呢，則堅守著馬克思主義『革命是對抗舊日階級社會的唯一方法』的觀點，並對東部歐洲、亞洲、非洲等地產生了很大的影響。面對壓迫和苦難等問題時，社會民主主義和列寧主義各自有自己的方式來處理。」

「這樣會不會造成新的壓迫？例如在俄國和東歐的情況？」

「當然會啦，凡是人類所染指處理的事情，最後都變成有善有惡的情況。一方面，馬克思死後五十年或六十年間，出現了許多所謂的社會主義國家，如果把這些國家內部所發生的苦難都歸各於馬克思，那也不盡公平。但或許他確實沒有清楚考慮到，那些共產主義社會裡興起成為領袖的人物，會有什麼樣的行為。世界上恐怕永遠也沒有所謂的『美好的應許之地』，人類只會不斷製造新問題，然後再回頭處理這些自己創造出來的問題。」

「我想也是這樣。」

「蘇菲呀，馬克思的部分，到此就告落幕。」

「等等！你是不是也應該談談，公平只存在於地位相當的人之間的這部分？」

「這句話不是我說的，是施顧己說的。」

「你怎麼可能會知道他說的話？」

「噢，妳和我都是出自同一個作家筆下的人物。事實上，我和妳的關係，比外人眼中所觀察到的還要密切呢。」

「你這個壞蛋。又來了！」

「蘇菲，這就是雙重反諷。」

「回到正義的這個主題，你說馬克思認為資本主義是一種不正義的社會，但你又如何定義何者才是『正義的社會』？」

「有個名叫羅爾斯的道德哲學家曾經嘗試用以下的方式來說明公義的社會：假設有一個由德高望重人士組成的委員會，負責為未來的社會制訂法律，而你就是該委員會的一員。」

「那我就覺得太榮幸了。」

「成員們必須考慮到每個細節，因為只要他們達成決議、人人簽署之後，他們就會死。」

「噢……」

「可是他們又會立刻投胎，回到受他們所制訂法律所規範的社會裡面。問題是，他們不知道自己復活之後，會生在哪個社會階級裡。」

「原來是這樣的啊。」

「這會是個公平正義的社會，人人平等。」

「男性和女性都平等。」

「當然啦。但這些成員不曉得自己復活後會當男人還是女人，因為當男人當女人的機會各是一半，這個社會對男人和女人來講，都一樣完美。」

「聽起來不錯嘛！」

「那妳告訴我，馬克思時代的歐洲，是這種社會嗎？」

「當然不是！」

「那妳知道現在有哪個社會是這樣的嗎？」

「唔……這倒是個好問題。」

「自己去想想吧。但現在不談馬克思了。」

「你說什麼？」

「我們要進入下一章了。」

達爾文

……一艘小船載著基因，駛過生命之海……

星期天上午，席妲被一個巨大的碰撞聲驚醒，原來是資料夾掉到地上的聲音。昨晚她躺在床上看蘇菲與亞伯特談論馬克思的思想，讀著讀著就睡著了，床旁的檯燈整晚都亮著。她書桌上的鬧鐘顯示著8:59這幾個綠色的發光數字。

昨晚她夢見了龐大的工廠和污染嚴重的城市，街角有個小女孩坐著賣火柴；而衣著光鮮、披著大衣的人們走來走去，沒人看她一眼。

席妲從床上坐起來，突然想到那些德高望重的委員，他們以後將要投胎轉世，進入一個受到他們所創設法律規範的社會。而她則對於自己醒來時還在柏客來山莊，感到欣慰萬分。

如果她醒來時，身在挪威另一個陌生的地方，那她會不會害怕？

這也不只是在哪裡醒來的問題而已。如果她醒來時發現自己是在另外一個年代，例如中世紀或者一、兩萬年前的石器時代，那又該怎麼辦呢？席妲開始想像自己坐在山洞口，製作獸皮的樣子。

在一個還沒有出現文化的世界裡當一個十五歲的女孩，這會是什麼滋味？那時的她會有什麼想法？席妲穿上毛衣，用力把資料夾拉回床上，然後便坐在床上讀起了下一章。

亞伯特才剛說完「我們要進入下一章了」這句話，少校小木屋的門上又響起一陣敲門聲。

「我們還有其他辦法嗎？」蘇菲問。

「我想是沒有。」亞伯特說。

一位很老的老人站在門外的台階上，他一頭白色的長髮，臉上的鬍子也都白了。老人一手拿根拐杖，另一手則拿了一塊板子，上面畫了一艘載著各種動物的船。

「老先生，請問您貴姓大名？」

「我叫挪亞。」

「我想也是。」

「孩子呀，我是你最老的祖宗。不過現代人大概不流行認祖歸宗了。」

「你手上拿的是什麼？」蘇菲問。

「這上面畫的動物，都是逃過大洪水的。拿去吧，孩子，這是給妳的。」

蘇菲接過那塊大板子。老人又說：「我要回家去照顧那些葡萄藤了。」說完後他稍微跳高了一下，兩隻腳跟騰空後啪答互敲了一下，然後就用一種老人家獨有的輕快步伐跳進樹林中。

兩人走回屋裡坐下。蘇菲看著那幅圖畫，可是她還沒來得及細看，亞伯特便用一種很權威的方式將它拿走。

「我們要先談談大綱。」

「好，好！」

「我忘了說到，馬克思生命的最後三十四年都住在倫敦。他在一八四九年搬到倫敦，一八八三年去世。在這期間，英國史上最傑出的人士之一達爾文就住在倫敦近郊。達爾文於一八八二年去世，下葬於西敏寺，喪禮備極哀榮。所以馬克思和達爾文兩人可以說曾經在人生的旅途上交錯過。達爾文死後一年，馬克思也去世了，他的友人恩格斯說：達爾文創立了有機物進化的理論，而馬克思則發明了人類歷史進化的理論。」

「這樣噢。」

「另外一個大思想家的作品也與達爾文有關，那就是心理學家佛洛伊德。他的晚年也是在倫敦度過的。佛洛伊德說，達爾文的進化論和他自己的精神分析，都挑戰了人類以自我為中心的那種天真無知的態度。」

「你一下子提到太多人了。我們現在要談的到底是誰？馬克思、達爾文還是佛洛伊德？」

「整體來說，我們現在討論的是十九世紀中期到當代所出現的一股自然主義風潮。所謂的『自然主義』認為，世界上沒有別的真實事物，只有大自然和感官的世界。因此，自然主義者也認為，人是大自然的一部分；自然主義的科學家只相信自然現象，不相信任何理性假設或聖靈的啟示。」

「馬克思、達爾文和佛洛伊德都是這樣的人嗎？」

「對。十九世紀中葉開始，自然、環境、歷史、進化與成長等這幾個詞彙非常流行。在那個時代，馬克思已經指出了人類的意識形態乃是社會基礎的產物，達爾文證明了人類是演化的結果，佛洛伊德對潛意識研究甚深，發現了人的行動有很大程度是受到動物本能驅策。」

「我覺得我大概知道你所說的自然主義是什麼意思。可是一次只談一個人比較好吧？」

「我們先談達爾文。蘇菲，妳還記不記得，在蘇格拉底之前的哲學家們並不接受古老神話對於自然現象的說法，所以他們想要找尋一種合乎自然的解釋，來說明大自然的變化。同樣的，對於教會所主張的人和動物是受造而來之說，達爾文也不接受。」

「可是，達爾文算是真正的哲學家嗎？」

「達爾文是生物學家和自然科學家，近代也只有他這一個科學家，勇於公開質疑聖經中有關人在創造論當中地位的說法。」

「你要不要先告訴我達爾文的演化學說是什麼？」

「那我看我們先從達爾文這個人開始說吧。他於一八〇九年生於休斯柏瑞小鎮。他父親名叫羅伯特．達爾文，是當地一位很有名的醫生，而且採取嚴格的方式管教兒子。達爾文上小學時，學校校長說這孩子老是四處跑，玩東玩西的，不知道在幹什麼，從來沒有做點有用的事。校長說的『有用的事』，是指好好努力學習希臘文和拉丁文的動詞。至於所謂的『四處跑』，則是說達爾文到處搜集各式各樣的甲蟲。」

「校長日後應該後悔自己曾經說過那些話吧。」

「達爾文後來研讀神學，可是成績不好，因為他對賞鳥和搜集昆蟲等事情更有興趣。不過，他在大學時代就儼然已經是個自然科學家了，部分原因是他對地質學很興趣，地質學是當時最廣博的學科。一八三一年他畢業於劍橋大學神學院，就前往威爾斯北方研究岩石的構成，並且搜尋化石。同年的八月，還不到二十二歲的達爾文接到了一封信，從此他的一生就改變了……」

「什麼信？」

「是他的良師兼益友韓斯洛寫來的。韓斯洛在信裡說：有人要我……推薦一位自然科學家，跟隨政府委派的費茲羅伊船長前往南美洲南方海岸進行調查研究。我告訴他們，我覺得你最符合資格，而且可能會接受這個工作。至於錢的事情，我就不知道了。這趟航程的時間是兩年……」

「哇！你怎麼能記得這麼多東西呀？」

「蘇菲呀，這樣不難。」

「那達爾文的回答是什麼？」

「他滿心期待，掌握住了這次機會。但那個時代的年輕人做任何事都必須有父母的許可，所以他努力說服了父親，得到父親的許可。他父親甚至出錢贊助達爾文的這趟旅程。這趟航程上，達爾文並沒有獲得其他的經費贊助。」

「喔。」

「他搭乘英國海軍小獵犬號，於一八三一年十二月二十七日從普利茅斯港啟航，駛向南美洲，原本預計航程只有兩年，最後卻花了五年時間，直到一八三六年十月才返航。而航行的範圍也從原定的南美洲擴展到世界各地。這趟旅程，成為近代史上最重要的一次調查航行之一。」

「他們就這樣環繞世界嗎？」

「是的，真的就這樣，從南美橫渡太平洋抵達紐西蘭、澳洲和南非，然後又調頭駛回南美洲，最後才返回到英國。達爾文寫道，在小獵犬號上的這次航行，毫無疑問是他生命中最有意義的事。」

「在海上當個自然科學家，應該不容易吧。」

「航程的頭幾年，小獵犬號沿著南美海岸來回行駛，所以達爾文有充分的時間可以熟悉這塊大陸以及南美洲的內陸地區。他們多次進入南美洲西方大平洋水域的加拉帕哥斯群島，這幾次的加拉帕哥斯群島之旅也產生了重大影響，他在當地搜集到大量素材，並將它們寄回英國。可是他心裡卻反覆思考著對於自然與生命演化的看法。二十七歲那年他回到英國，發現自己已經是聲譽顯著的科學家了，此時他心中關於進化論這個學說已經有了清晰的概念。但要等到許多年後，他才發表他的重要作品，因為他為人謹慎，身為一個科學家也應當這樣。」

「他的主要作品是什麼？」

「他寫了好幾本書。但在英國引起最激烈辯論的作品，就是《物種起源論》。該書於一八五九年首度推出，全名是《物競天擇，適者生存之物種起源論》。這本書的書名很長，但也說明了達爾文演化觀點的內容。」

「是啊，這個書名裡面確實包含了很多東西。」

「不過我們一樣一樣地來談比較好。在《物種起源論》這本書裡，達爾文提出了兩個理論。第一，他認為現有的一切動、植物，都是依照生物演化的法則，從早期、原始的形式逐漸演變而來。其次，他認為生物的演化乃是自然淘汰的結果。」

「適者生存，對嗎？」

「對。但是我們先來談演化的概念好了，這個觀念其實不算是真正原創的，早在十九世紀初期，生物演化的觀念就已經被某些領域內的人士接受。演化的主要倡導者是法國的動物學家拉馬克。在此之前，達爾文的祖父伊拉斯穆斯．達爾文已經提出動、植物是由某些少數原始物種演變而來的觀念。不過當時的教會並沒有把這些人視為大威脅，因為他們並沒有提出合理的解釋，來說明演化過程是如何發生的。」

「可是教會卻認為達爾文是個威脅，是這樣嗎？」

「是的，而且理由還蠻充分的。當時的宗教界和科學界都堅決相信聖經的記載，也就是所有動植物種類都不會改變的這種說法。他們相信，上帝一次就創造出所有的生物。而基督教的這種看法，也符合柏拉圖和亞里斯多德的學說。」

「怎麼說呢？」

「柏拉圖的概念理論主張，各種動物都是依據永恆的概念或者形式所創造出來的，所以動物不會改變。亞里斯多德有部分的哲學基礎也是從這裡發展出來的。後來到了達爾文的時代，出現了一些新的事實，開始挑戰柏拉圖等人的傳統說法。」

「什麼樣的新事實？」

「首先是越來越多的化石出土。還有人發現大型的骨骼化石，屬於一些已經絕種的動物。達爾文本人也曾經在一些深入內陸的地方，發現了海洋生物的遺跡，使他感到很困惑。在南美洲高可連天的安第斯山山頂上，他竟然發現了海洋生物的遺跡。蘇菲，妳說說看，海洋生物為什麼要跑到安第斯山頂呢？」

「我不知道。」

「有人主張，這些生物是被人類或動物拋棄在那兒的，也有人相信是上帝刻意安排了那些化石和海洋生物的遺跡，目的是要讓那些不信神的人迷失方向。」

「科學家的說法呢？」

「許多地質學家相信一種『大災難理論』，認為地球曾經遭遇大洪水、地震等等大災難，使得所有生物遭到毀滅。聖經挪亞方舟的故事就是類似的記載。科學家們相信，天災後上帝為了延續地球上的生命，就重新創造出更新、更完美的動植物。」

「所以科學家認為，那些出土的化石，就是古代大災難中遭到毀滅的生物所遺留下來的？」

「對。他們認為，變成化石的那些動物，就是當年沒有被挪亞帶上方舟的動物遺骸。不過，達爾文搭乘小獵犬號出海探險時，身上帶著英國生物學家賴爾所著的《地質學原理》第一冊。賴爾認為地球現有的地質，例如山脈和河谷等等，都是經過長期不斷演化所形成的結果。他認為，在這千萬年的演化過程中，就算出現一些小小的變化，也會造成地質上的巨大改變。」

「所謂的小變化，到底是什麼呢？」

「就是那些到今天仍然在作用的自然力量，如風力、天氣、冰層的融解、地震和地平面的隆起。妳一定聽過『滴水穿石』的道理，穿石的並非蠻力，而是持續的侵蝕。賴爾相信這種細微且逐漸發生的變化，只要持續千百年，就可以完全改變大自然的形貌。達爾文也相信，只要時間足夠，逐漸發生的小改變就可以造成巨大的變化。不過這種理論無法解釋為何達爾文會在安第斯山山頂這麼高的地方發現海洋生物的遺跡。」

「我認為，達爾文一定相信，同樣的現象也可以用來解釋動物的演化。」

「是的，這正是他的想法。不過前面我提過，達爾文天性謹慎，他先提出問題，過了很久之後才加以回答。這樣來看，達爾文所使用的方法，和真正的哲學家是一樣的，也就是說：重要的是提出問題，不必急著解答問題。」

「嗯，我懂了。」

「賴爾理論的關鍵因素，在於地球的年紀。在達爾文的時代，人們普遍相信自從上帝創造世界以來，大約已有六千年了。這個數字，是由計算亞當與夏娃之後的世代所得出來的。」

「真是太天真了！」

「嗯，要當事後諸葛亮並不難。依照達爾文的推算，地球的年紀大約在三億年左右。原因很明顯：地球一定已經存在了一段很長的時間了，否則賴爾的地質逐漸演進論，或達爾文自己提出的演化論，豈不都無法成立了嗎？」

「那麼，地球真正的年紀到底有多大？」

「今日我們認為，地球應該有四十六億年了。」

「哇！」

「我們已經談過達爾文的生物演化觀點，就是那些在不同岩層中發見的化石。各物種的地理分佈情況會是另一個觀點，而達爾文的科學探索之旅則在這方面提供了不少又新又完整的資料。達爾文看過同一個地區內的同一種動物，彼此之間卻有極細微的差異。他在厄瓜多西部外海的加拉帕哥斯群島上，發現了一些格外有趣的現象。」

「什麼現象？」

「加拉帕哥斯群島是一小群火山島，大體上來說當地的動植物並沒有很大的差異。但達爾文卻因為這些動植物之間的細微差異，而感到無比的興趣。他發現，每個島嶼上看到的巨大陸龜都有一點點不同，難道上帝特別為每個島嶼量身訂製了獨特的陸龜嗎？」

「好像不太可能這樣吧。」

「在加拉帕哥斯群島上觀察到的鳥類生態，更令人驚訝。他發現每個島嶼上的雀科鳥類都有自己的特色，表現在鳥喙的形狀差異上。達爾文認為，這些鳥喙的差異，原因出自於鳥兒在各個島嶼上的覓食方式。地雀的嘴又尖又長，因為牠們是以松子為食；小鳴雀主要吃昆蟲，樹雀則吃樹皮和樹枝裡的白蟻……每一種雀鳥的鳥喙形狀都因為牠們攝取的食物種類而有所差異。達爾文就想，這些雀科的鳥類是否有共同的祖先？牠們是不是因為千百年來不斷適應各個島嶼不同的環境之後，才變成新的品種呢？」

「這就是他的結論，是吧？」

「是的。達爾文極可能就是在加拉帕哥斯群島上變成一位『達爾文主義者』的。他還發現加拉帕哥斯的動物與他在南美洲見到的一些動物非常相似。於是他問：這些動物彼此之間有細微的差異，難道全都是上帝一次創造出來的？或者，牠們是演化而來的？他越來越懷疑前人『物種不會改變』的說法。但是在這個時刻，他對於演化發生的過程，依舊無法提出合理的解釋。要等到後來他又發現了一個現象，才顯示出地球上所有的動物之間，可能互相有關。」

「什麼現象？」

「哺乳動物胚胎發育的情況。若把狗、蝙蝠、兔子和人類早期的胚胎拿來比較，那妳會發現它們非常相似，幾乎難以分辨。人和兔子的胚胎，要到非常晚期的時候才能夠加以辨別。這樣顯示了我們和這些動物是遠親。」

「但他還是無法解釋演化的現象是如何發生的。」

「他經常思索賴爾的理論，也就是細微的變化經過長時間作用後，會造成巨大的效果。但他依舊沒找出一個通則來全面解釋各種現象。達爾文也熟知法國動物學家拉馬克的理論。拉馬克指出，各物種會逐漸發現自己所需的特徵。例如長頸鹿的脖子那麼長，是因為一代又一代的長頸鹿都拉長了脖子，想要去吃樹上的葉子。拉馬克認為，每一種動物努力獲取的特徵，會遺傳給下一代。但是這種『後天遺傳論』，達爾文覺得不對，因為拉馬克並沒有證明他自己的說法。這時候達爾文開始往另外一個更明顯的方向去思考。我們甚至可以說，物種演化背後的機制，就恰好出現在他眼前。」

「是什麼機制？」

「我希望妳自己想出答案，所以讓我這樣問妳：如果妳有三隻母牛，但妳的飼料只夠養活兩隻，那妳會怎樣辦呢？」

「我猜我大概會殺了其中一隻吧。」

「好……那妳要殺哪一隻呢？」

「殺那隻產奶量最少的。」

「是這樣嗎？」

「對啊，這樣才合理嘛。」

「千百年來，人類所做的正是這樣。可是那兩隻牛的事還沒講完。假設妳希望其中一隻母牛能生小牛，那妳會選哪一隻？」

「我會選最會產奶的那一隻，這樣牠生的小牛以後可能比較會產奶。」

「所以妳比較喜歡會產奶的母牛囉。還有一個問題：如果妳是獵人，擁有兩隻獵狗，如果妳只能夠養一隻的話，那妳會留哪一隻？」

「我當然會選擇比較擅長找獵物的那隻。」

「沒錯，妳會選擇那隻比較優秀的獵狗。過去一萬多年間，人類馴養牲畜的方法也就是這樣。以前的母雞並不是每個星期固定下五個蛋，羊兒未必能夠產出這麼多羊毛，馬兒也不是像現在這麼強壯敏捷。也就是說，是飼主做出了『人為的選擇』。從植物身上也可看出同樣的道理。如果妳可以栽種比較好的馬鈴薯，那就肯定會放棄品種差的；妳大概也不會浪費時間去收割那些沒有子粒的麥子。達爾文指出，世上沒有兩隻母牛、兩株玉米、兩隻狗或兩隻雀鳥是完全一樣的。大自然造成了許多差異。即使是同一品種，也沒有完全相同的兩個個體。這種經驗，在妳喝下藍色瓶子的液體時，可能有過了吧。」

「當然了！」

「所以達爾文自問：大自然是否也有同樣的機制在運作？大自然是否也可能選擇哪些物種可以存活？而這種選擇的過程，如果歷經了很長的一段時間之後，會不會形成新的植物或動物品種？」

「我猜答案是肯定的。」

「達爾文還是不太確定這種天擇的過程會如何發生。但在一八三八年十月，也就是他搭乘小獵犬號返航整整兩年後，有次他偶然讀了一本由一位人口研究專家馬爾薩斯所寫的一本小書《人口論》。馬爾薩斯撰寫此書的時候，是獲得發明避雷針等物的美國人佛蘭克林之啟發。佛蘭克林說，如果大自然欠缺一種節制的力量的話，則一個單一的植物或動物將會遍滿全球。不過世上的物種在彼此之間會產生制衡的作用，因為這個世界上的物種太多了。」

「我可以瞭解。」

「馬爾薩斯把這個觀念進一步發展，應用到全球人口的分佈上。他相信人類的生殖力很強，出生下來的兒童當中大多數都可以長大存活。既然糧食的生產永遠無法追上人口增加的速度，因此他相信有許多人注定會在求生存的過程當中失敗。那些能夠存活、長大並延續族群生命的人，一定是那些在生存競爭中表現最好的人。」

「很有道理呀。」

「達爾文也一直在尋找這種普遍性的機制。以下就是演化為什麼會發生的原因：為了求生而自然淘汰，最後就會開始演化。在求生的過程中，最能夠適應環境的人就有辦法存活，繼續繁衍族群。這是他在《物種起源論》中提到的第二個理論。他寫道：大象是所有動物中生育速度最慢的一種。假設每一隻誕生的小象都得以長大，則只要經過七百五十年，一對大象就可以繁衍出一千九百萬個後代。」

「更別提鱈魚了。鱈魚一次可以生下好幾千個卵。」

「達爾文進一步提出這個觀點：在相似度最高的物種之間，生存的競爭往往也最激烈，因為牠們必須爭奪同樣的食物。在這種情況下，就算只比別人多一點點優勢，也就是說與別人之間的差異只有一點點，那也會造成相當不同的結果。生存的競爭越激烈，新物種演化出來的速度也越快，到最後只有最能適應環境的物種可以生存，其他的只好滅絕。」

「如果食物變少，而且產下的子代數量越多，則演化的速度也就越快了喔？」

「對，可是問題不單在於食物的多寡而已。另一個重要議題，就是如何避免被其他動物吃掉。例如動物是否有保護色、是否跑得很快、是否能辨識有敵意的動物；或者在最糟的情況下，是否能聞出殺蟲劑的味道等等，以上種種都與這種動物能否持續生存，有著非常密切的關係。如果能夠分泌一種足以殺死敵人的毒液，那也應該很有用，因此許多仙人掌都有毒；沙漠中很少有其他植物生長，所以仙人掌特別容易被草食類動物盯上。」

「這也是為什麼仙人掌多半有刺的原因。」

「繁衍後代的能力，也很重要。達爾文仔細研究過植物授粉的巧妙方式，發現植物借著鮮豔的花朵和迷人的清香，來吸引昆蟲為它傳粉。鳥兒唱出美妙的歌聲，目的也是相同的。假如有一隻公牛的個性憂鬱、沈穩安靜，又對母牛完全沒有興趣，則這隻公牛可能對傳宗接代也是沒興趣，因為像牠這樣的同類會立刻滅絕。公牛的生命中，唯一的目的就是趕快長大發育成熟，與母牛交配，繁衍自己的族群。這樣有如一場接力賽，那些因為某種原因無法把自己的基因傳給下一代的動物，就會不斷遭到淘汰，整個族群也就因此越來越進步。而那些存活下來的物種，多年來會慢慢累積、逐漸培養出另外一種非常關鍵的能力，也就是抵禦疾病的能力。」

「所以一切的物種都越來越進步了嗎？」

「這種不斷淘汰的結果，會使得某些在特殊環境中適應力最強的物種，得以長期在該環境持續繁衍後代。可是在這個環境中的優點特徵，卻不見得能在另一個環境中占到便宜。例如，對某些加拉帕哥斯群島上的雀科鳥類來說，飛翔的能力很重要。可是在另一個環境裡，假如鳥兒沒什麼敵人，可是必須從土裡挖掘食物的話，那麼飛行能力就不重要了。多年來之所以有這麼多不同的動物品種出現，就是因為自然環境中，存在著太多不同的情況呀。」

「但是，世界上還是只有一種人類啊。」

「這是因為人有一種獨特的能力，可以適應各種不同的生活情況。最令達爾文驚訝的事情之一，就是南美洲最南端火地群島上的印第安人，居然可以在當地惡劣的氣候下生活。不過，這也不表示所有的人類都是一樣的。住在赤道附近的人，膚色會比長住在北方的人要來得黑，因為黑皮膚可以使他們免於受到日照的傷害。白種人如果長期在陽光下曝曬，易得皮膚癌。」

「如果一個住在北國的人，擁有較白的膚色，是否也是一種優點呢？」

「是的，否則地球上每一個人的皮膚都是黑色的了。白皮膚接受日照之後，比較容易製造維他命，這個特點在日照時數較少的地區是非常重要的。當然，到了今天這點就沒有那麼重要了，因為只要透過飲食，也可以得到足夠的陽光維他命。可是，在大自然當中，所有的事情都不是偶然的。每件事都是千百年來的微小改變所產生的結果。」

「其實，這樣想來還真有趣！」

「對。到這裡，我們可以用幾句話來總結達爾文的演化論。」

「請說。」

「我們可以說，地球上各種生物的演化背後，存在著一種『原料』，那就是同一種生物之間不斷出現的個體差異，再加上數量龐大的子代，結果就是只有一小部分的子代能夠存活。而演化的實際機制，或者是驅動力，就是生存競爭中的自然淘汰作用。透過這種淘汰過程，最強者或『最適者』才能夠生存下來。」

「簡直就像數學習題一樣精準。當時的人對《物種起源論》這本書的反應如何？」

「這本書引起了激烈的爭辯。教會提出強烈抗議，科學界則擁護和反對者各有鮮明的立場。這種情況並不令人驚訝，畢竟，達爾文的理論把上帝與世界之間的距離拉遠了。不過，另外也有一群人宣稱，創造一些具有進化能力的生物，要比創造出一些固定不變的生物，來得更偉大。」

突然之間，蘇菲嚇得從椅子上跳了起來。

「你看！」她喊。

她指著窗外，湖邊有一對男女手牽著手在走路。兩人都是光溜溜的沒穿衣服。

「是亞當和夏娃。」亞伯特說：「他們漸漸被迫與小紅帽、夢遊仙境的愛麗絲等人為伍了，所以才會在這裡出現。」

蘇菲走到窗前去細看，可是他們兩人很快就消失在林間。

「這是因為達爾文相信人類也是從動物演化而來的嗎？」

「一八七一年，達爾文出版了《人的由來》這本書，提醒大家注意人與動物之間有許多非常相似的地方。他還提出一個理論，認為歷史上的某個時期當中，人與類人猿從同一個祖先演化出來的。在這個時候，科學家已經陸續在直布羅陀岩和德國的尼安德等地，首度發見了某一種已經絕種人類的頭骨化石。奇怪的是，一八七一年這次引起的反對聲浪，反而比一八五九年達爾文推出《物種起源論》那一次要小得多。不過，他的第一本書已經暗指人就是從動物演化而來的。我說過，到了一八八二年達爾文去世時，他是以科學先驅的身份被隆重安葬的。」

「所以，最後他還是得到了應有的榮耀和地位？」

「是的。不過他也曾經一度被說成是全英國最危險的人物。」

「天哪！」

「那時有位貴族社會的女士曾經寫道：『希望這不是真的。如果是真的，希望不會有太多人知道。』另一位傑出的科學家也表達相同的看法：『真是個令人很難為情的發現，越少人談論越好。』」

「這種說法，大概可以證明人和鴕鳥有演化上的關係！」

「說得好。我們現在要說這種話，當然比較容易。達爾文提出他的理論後，當代的人突然發現，他們必須重新調整對於聖經《創世記》的看法。年輕的作家羅斯金這樣形容他的感覺：『真希望這些地質學家能夠放過我。如今在聖經的每一節經文後面，我都可以聽到他們錘子敲打的聲音。』」

「這些錘子敲打的聲音，指的是他開始懷疑上帝的話語嗎？」

「應該是。達爾文不但推翻了聖經當中對於上帝創造人的說法，更重要的是達爾文理論的重點：人是由一些偶然發生的變化所形成的。更糟的是，按照達爾文的理論，『人』只不過是冷酷的生存競爭中，所產生的結果。」

「達爾文有沒有說過，這種偶然的變化是如何發生的？」

「妳指出了達爾文理論中最脆弱的一環。達爾文對於遺傳的認識非常薄弱，他只知道在交配的過程中發生了某些事情，因為同樣的父母絕不可能生出兩個一模一樣的小孩來，每個子女之間總是會有些微的差異。還有，單靠遺傳，很難產生全新的物種。而且有些植物是靠插枝，有些動物是靠細胞分裂等方式來繁衍的。所以，今天已經有『新達爾文主義』來補充達爾文主義當中的缺陷了。」

「新達爾文主義又是什麼？」

「基本上，所有的生命和所有的繁殖過程，都牽涉到細胞分裂的過程。當一個細胞分裂成兩個時，就產生了兩個完全相同、有相同遺傳因數的細胞。細胞分裂的過程，就是一個細胞複製自己的動作。」

「然後呢？」

「在細胞分裂的過程中，有時會出現微小的錯誤，使得複製出來的細胞與母細胞並非完全相同。用現代生物學的話來說，就叫做『突變』。有些突變無關緊要，有些突變則可能對個體的行為帶來明顯的影響。這些行為可能會產生害處，所以整個大族群會不斷汰除這些帶著突變的『變種』。事實上，許多疾病就是突變所引起的。有時候，突變的結果則會使個體擁有一些空前的優勢，使個體在生存競爭獲勝。」

「比方說說脖子變長等等。」

「長頸鹿為什麼會有這麼長的脖子呢？拉馬克的看法是，因為牠們必須伸長脖子到樹枝的高處去吃樹葉。但根據達爾文的見解，這種特徵不會遺傳給下一代；他認為長頸鹿的脖子長度，乃是個體差異的結果。新達爾文主義則明確指出這種差異的原因，以此來補充達爾文主義的不足。」

「是因為突變的關係嗎？」

「是的。遺傳因素當中出現了一個完全是偶然的改變，使得某一隻長頸鹿老祖宗長出了比別人都長的脖子。當食物有限時，這個長脖子的特徵就很重要了，如果有哪隻長頸鹿可以把脖子伸到樹木最高處的樹枝上吃樹葉，那牠就可以存活得最好。我們可以想像，這一群『原始長頸鹿』當中有些個體卻演化出了挖地洞覓食的能力。經過很長一段時期後，某一個現在已經滅絕的物種演化出了兩個亞種。其實，有關天擇運作的方式，我們還可以舉出一些更近的例子。」

「好啊！」

「在英國，有一種名叫斑蝶的蝴蝶，住在白樺樹的樹幹上。十八世紀的時候，大多數的斑蝶都是銀灰色的。妳猜為什麼會這樣？」

「這樣牠們才不會被那些饑餓的鳥兒吃掉。」

「後來發生了一些偶然的突變，有些顏色比較黑的斑蝶出現了。妳認為這些顏色比較黑的斑蝶會怎樣？」

「這些黑斑蝶比較容易被鳥兒看見，所以也比較容易被饑餓的鳥吃掉。」

「沒錯。在那個環境裡，樺樹的樹幹是銀灰色的，所以比較暗的顏色就變成了一種不利的特徵。結果，永遠是那些顏色比較銀灰色的斑蝶，族群數量才會增加。後來那個環境出現了一個改變：原本銀色的樺樹樹幹，被工廠所排放出來的煤煙給染黑了。妳想想，斑蝶的命運會隨之改變嗎？」

「顏色較黑的就比較容易生存下來。」

「沒錯，所以顏色較深的斑蝶數量增加得很快。從一八四八年到一九四八年間，有些地區黑色斑蝶的比例，從百分之一增加到百分之九十九，這是因為環境改變了，淺色不再是優點了。相反的，那些淺色的『輸家』只要一現身在黑色的樺樹樹幹上，就馬上被鳥兒吃掉了。後來又發生了一件很重要的事：工廠逐漸減少煤炭的使用，並改善了排放過濾設備，所以近幾年來環境又變得乾淨了。」

「所以，那些樺樹的樹幹又變回銀色的嗎？」

「是的。斑蝶又開始恢復原來的銀白色，這就是我們所說的適應環境，也是一種自然法則。」

「我明白了。」

「但也有許多人類干涉環境的例子。」

「哪些？」

「例如人類為了撲滅害蟲，使用了各種殺蟲劑。一開始的效果很好，可是如果妳將殺蟲劑噴灑在一塊農地或一座果園裡，妳等於是為那些害蟲製造了一場小型的生態災難。牠們不斷突變的結果，最後會出現一種可以抵擋現有殺蟲劑的害蟲，這種害蟲就變成『贏家』，毫無懼怕了。人類想要撲滅害蟲，結果反而造就出一批新的害蟲，越來越難對付，因為只有那些抵抗力最強的品種，才能存活下來的。」

「這樣好可怕啊。」

「值得我們好好想想。同樣的，我們也一直想要消滅我們體內的細菌。」

「我們用盤尼西林或其他抗生素來消滅細菌。」

「沒錯。對於這些細菌小壞蛋來說，盤尼西林也是一個生態災難。可是我們繼續施用盤尼西林，也就使得某些細菌產生抗藥性，因此創造出一個比以前更難對付的細菌族群，人類也必須使用越來越強的抗生素，直到有一天……」

「直到有一天細菌開始爬出我們的嘴巴，到時候我們只好開槍打它們。」

「這樣講或許太誇張了。但顯然現代醫藥已經造成一個很嚴重的困境，而且問題不僅在於某種細菌的抗藥性提高了。以往有許多小孩因為得了各種疾病而提早夭折，有時甚至只有少數的孩子能夠存活下來。現代醫藥固然改善了這個現象，卻也使得自然天擇的作用失效了。某種藥物或許可以幫助一個人克服一種嚴重的疾病，可是長期下來卻可能導致整體人類對於某些疾病的抵抗力減弱。如果我們持續忽略所謂的『遺傳衛生』，則人類的整體品質會逐漸惡化。人類基因當中抵抗嚴重疾病的能力，也會被削弱。」

「好可怕的事情啊！」

「但是一個真正的哲學家，不能故意不講出『可怕的』事實，只要他相信那是真的。現在我們來做個總結。」

「好的。」

「我們可以說，生命就是一場大型的抽獎活動。只有中獎的號碼才會被人看見。」

「這是什麼意思？」

「那些在生存競爭中失敗的人，從此就消失了。在這場抽獎活動中，要花上好幾百萬年的時間，才能為地球上每一種動、植物完成抽獎的過程。至於那些沒有中獎的號碼，則只會出現一次。因此這場生命大抽獎的贏家，就是現存的各種動、植物。」

「因為只有最好的才能存活。」

「對的，可以這麼說。現在，麻煩妳把那個老頭子——挪亞那個動物園園長——拿來的圖畫遞給我好嗎？」

蘇菲把圖遞給他。上面一邊是挪亞方舟的畫像，另一邊畫著一個各物種的演化枝狀圖。亞伯特把枝狀圖這一邊拿給她看。

「這位瞭解達爾文理論的挪亞先生用這個簡圖，顯示了各種動、植物的分佈。妳可以看到這些不同的物種，各自屬於不同的類、綱和門。」

「對。」

「人和猴子同屬於所謂的靈長類。靈長類屬於哺乳類，而所有的哺乳類動物都屬於脊椎動物，脊椎動物又屬於多細胞動物。」

「簡直跟亞里斯多德的分類一樣。」

「沒錯。但這幅圖不但說明了今日各物種的分佈，也告訴我們演化的歷史。舉例來說，妳可以看到在某個時期，鳥類從爬蟲類分了出來，而爬蟲類又在某個時候從兩棲類分了出來，兩棲類則是從魚類分出來的。」

「嗯，很清楚。」

「突變帶來了新的品種，所以某一類的物種才會分成兩種。這也是為什麼歷經千萬年後，會有這麼多不同的門和綱出現的原因。今天全球約有一百多萬種動物，而這一百多萬種只占那些曾經存活在地球上的物種的一小部分而已。舉個例子，有一種名叫『三葉蟲類』的動物，現在就已經絕種了。」

「最下面的是單細胞動物。」

「有些單細胞動物，在過去二十億年間一直沒有改變。妳也可以看到從單細胞生物這裡有一條線連接到植物，因為植物很有可能和動物都是來自同樣的原始細胞。」

「喔，我看到了？可是有一件事情我不大懂。」

「什麼事？」

「達爾文有沒有說明過，最初的原始細胞又是哪裡來的？」

「我說過達爾文這人天性謹慎。只不過在這個問題上，他卻提出了一個可以說是猜測的看法。他寫道……

如果（啊，好一個如果啊！）我們可以想像，有一小灘熱水，裡面充滿了各種氨鹽、磷鹽、陽光、熱、電等等，而且裡面還有一個蛋白質化合物。這個化合物可能會產生化學合成的現象，並出現更複雜的變化……」

「然後呢？」

「達爾文想說的是，最初的活細胞可能是由無機物質所形成的，在這方面又被他說對了。今天的科學家也認為，原始的生命形式，就是從達爾文描述的那種『一小灘熱水』那樣的環境當中產生的。」

「然後呢？」

「差不多了，達爾文的段落可以結束了。我們可以往前一點，來談談有關地球上生命起源的最新發現。」

「我聽了好心急啊。到底有沒有人知道生命是如何開始的？」

「也許沒人知道。可是這個如謎般的大拼圖，已經有越來越多的小塊就位了，可以讓我們知道生命的可能起源。」

「怎麼說？」

「我們已經知道，地球上所有的生命，包括動物與植物在內，都是由同樣的物質組成的。生命最簡單的定義是：生命是一種物質，在有養分的溶液裡能夠自行分化成兩個完全一樣的單位。而整個過程都是由一種叫做DNA的物質所控制。DNA的意思是一種染色體，又稱遺傳結構，存在於所有活細胞裡面。我們同時也使用DNA分子這個名詞，因為DNA上是一個複合的分子，也稱為巨分子。問題在於，這個世上第一個分子是怎麼出現的。」

「怎麼出現的？」

「四十六億年前，太陽系出現的時候，地球才形成。最初地球只是一個發熱體，後來才逐漸冷卻。現代科學家相信，大約在三十億年到四十億年之前，生命才開始出現。」

「聽起來實在不太可能。」

「先別這麼說，繼續把下面的話聽完。首先，當時地球的樣貌和今天非常不同。地球上沒有生命，因此大氣層裡也沒有氧氣，氧氣一開始是由植物行光合作用製造出來的。而沒有氧氣這件事具有重大的意義，因為在一個有氧氣的大氣層裡，不可能產生生命細胞（生命細胞可以組成ＤＮＡ）。」

「為什麼不行？」

「氧氣會造成強烈的反應。ＤＮＡ這樣的複合分子，還沒來得及形成之前，它的分子細胞就會被氧化了。」

「原來是這樣！」

「基於這個原因，我們可以確定今日的地球不可能會出現新的生命，連細菌和病毒都不可能。地球上所有生物存在的時間，應該是相同的；大象的家族史和最小的細菌一樣久遠。我們可以說，無論是一隻大象或是一個人，都是一群單細胞生物的集合體，因為我們體內的每個細胞都有同樣的遺傳物質。這些隱藏在每個小細胞裡的物質，就會決定我們成為什麼樣的人。」

「這種想法還真的很奇怪！」

「生命最奧秘之處在於，每個細胞中各種不同的遺傳特徵並不一定都很活躍，但是多細胞動物的細胞還是有能力發展出它的特定功能。有些遺傳特徵（或稱基因）是『活躍的』，有些是『不活躍的』，例如肝臟細胞所製造的蛋白質和神經細胞或皮膚細胞不同，但這三種細胞都有同樣的ＤＮＡ分子，含有同樣的遺傳物質可以決定各個有機體形貌。在開天闢地的時候，由於大氣層裡沒有氧氣，地球的四周也就沒有一層具有保護作用的臭氧層，代表著來自宇宙的輻射線可以自由侵入。這點也很重要，因為這種輻射線可能有助於第一個複合分子的形成。因為有這種宇宙輻射線的能量，才促使地球上各種化學物質開始結合成為一個複雜的巨分子。」

「喔。」

「我現在來總結一下：若要形成生命賴以組成的複合分子，至少需要以下兩個條件：首先，大氣層裡不能有氧氣；其次，要受到宇宙輻射線的照射。」

「我懂了。」

「在『一灘小熱水』裡面——現代科學家常把這灘熱水稱為『原始湯』——出現了一個巨大而複雜的巨分子。這個分子具有一種奇妙的特性，可以自行分裂成兩個一模一樣的單位，漫長的進化過程就這樣開始了。蘇菲，我們講簡單一點，我們現在談論的就是第一個遺傳物質，第一個活細胞，或者是第一個DNA。它不斷自我分裂，可是早在一開始的階段裡，就不斷產生變化。歷過了千萬年之後，有個單細胞的有機體突然和一個比較複雜的多細胞有機體連結起來了。於是，植物的光合作用開始了，大氣層慢慢有了氧氣。這樣造成了兩個結果：第一，有了大氣層，用肺部呼吸空氣的動物才能演化。第二，大氣層可以保護各種生命形式，免於受到宇宙輻射線的傷害。說來奇怪，這種輻射線本來促成了第一個細胞的形成，卻也會傷害所有的生物。」

「大氣層不是一夜之間形成的。那最早的生物是怎麼生存的？」

「生命的發源地，是原始的海，也就是我們所說的『原始湯』。在裡面的生物可獲得保護，免於輻射線的傷害。過了很久很久以後，海洋裡的生物已經組成了一個大氣層，最早的一批兩棲類動物才爬上陸地。至於後來發生的事，我們都知道了。於是，我們今天才能坐在這棟森林中的小木屋裡，回顧這個已經有三、四十億年的過程。透過我們，這個漫長的過程本身終於開始逐漸瞭解它自己了。」

「但你還是認為這些都不是偶然發生的。」

「我不是這樣說的。這塊板上的圖表顯示出，演化是有一個方向的。幾千萬年以來，動物發展出一套極其複雜的神經系統，腦子越來越大。我個人認為，這絕不是偶然的。妳覺得呢？」

「人類的眼睛應該不是偶然出現的吧。難道你不認為，我們有眼睛能夠看見這個世界，實在是一件很有意義的事情嗎？」

「說來有趣，達爾文也曾經對眼睛的發展感到困惑。他不相信像眼睛這麼精細、敏感的東西，可以純粹靠著物競天擇的法則而出現。」

蘇菲坐著，瞪著亞伯特瞧。她想，自己現在能夠活著，是多麼奇妙的事情，人生只有一次，不能重來。想著想著不禁驚嘆道：

人生辛勞全空虛，死之驟至乃結局。

亞伯特皺著眉頭告訴她：「孩子，別這樣講。這些是魔鬼說的話。」

「魔鬼說的話？」

「就是歌德作品《浮士德》裡面的曼菲斯多弗里斯。」

「這兩句話到底是什麼意思？」

「浮士德臨死前回顧他的一生，用一種勝利的語氣說道：

對於此刻，且讓我說，
美妙光陰，暫且停留！
我生在世，必有紀錄，
縱歷千年，亦必存留。
預感已至，我心歡喜，
快樂無比，生命高峰。」

「嗯，很有詩意啊。」

「接下來就是魔鬼說話了。浮士德一死，魔鬼就說：

過去的日子，蠢話一句！

往者已矣，全屬虛無，消失在虛無裡！
人生辛勞全空虛，死之驟至乃結局！
『過去了！』這個謎題怎麼解？
彷彿一切都未曾開始，
若要回頭重來一天，
我還寧願永遠的虛無。」

「這樣實在太悲觀了。我比較喜歡第一段。雖然浮士德的生命結束了，他仍然在自己留下的足跡當中看到意義。」

「所以，達爾文的理論正好讓我們體會到，我們是這個無窮宇宙的一部分；在這個大世界裡，每個細微的生物都有它存在的價值。我們就是這個活生生的星球；蘇菲呀，我們就是偉大的船隻，航行在宇宙間燃燒的太陽四周。但我們每一個人同時也是一艘駛經生命的船隻，滿載著基因的貨物。等我們把這些貨物安全地運抵下一個港口，那我們這一輩子就沒有白活了。詩人湯瑪斯．哈代在他的詩作〈變形〉當中傳達過同樣的想法：

這截紫杉
是我祖先所熟識，

樹底所環抱的，
或許是先人之妻，
原本豔紅的軀體，
今成鮮綠新枝。

這片草地，
就是百年前的她，
時常祈求安息
也是多年前的美人，
我常想與她相識，
她或者已化身這株玫瑰。

因此，他們沒有長眠地底，
乃是成為無窮血脈經絡，
上達穹蒼，
體會豔陽雨露，
領受創造前世形體的活力！

「好美呀！」

「我們要停在這裡了。我只想說：下一章！」

「哦，別再說那些反諷的話了！」

「進入下一章吧！別想違抗我。」

佛洛伊德

……她心中忽然產生一股可憎的自私欲望……

席妲捧著厚重的資料夾，快速從床上起身。她重重把資料夾扔在書桌上，抓起衣服，衝進浴室，花了兩分鐘用蓮蓬頭沖澡，然後迅速穿好衣服，跑到樓下。

「席妲，來吃早餐！」

「我必須先去划船。」

「可是席妲……！」

席妲跑出家門，穿越花園，來到小小的碼頭。她解開繫船的繩索，跳到船上，氣呼呼地在海灣裡快速划行，直到心情平復。

「我們就是這個活生生的星球；蘇菲呀，我們就是偉大的船隻，航行在宇宙間燃燒的太陽四周。但我們每一個人同時也是一艘駛經生命的船隻，滿載著基因的貨物。等我們把這些貨物安全地運抵下一個港口，那我們這一輩子就沒有白活了……」

她清楚記得這整段話。這是為她而寫的，不是為了蘇菲，是為了她。資料夾所收藏的信上，一字一句都是爸爸為她而寫的。

她把槳靠在槳架上，收攏進來。船在水面上微微晃動，激起了漣漪，輕柔地拍擊著船頭。

在利勒桑海灣的水面上，有艘小船正漂浮著；而她也彷彿是漂浮在生命表面的微小之物。

在這樣一個世界裡，蘇菲和亞伯特又在哪兒？是啊，他們在哪兒？

她無法理解他們為何只是爸爸腦中的「電磁波」。他們只是白紙和爸爸的手提式打字機色帶上的油墨所構成的，關於這點，她無法理解，當然也不願意接受。果真如此，她也能說自己只是一個蛋白質複合體，某天在「一小灘熱熱的水中」忽然有了生命。然而，她不只是這樣。她是席妲・穆樂・奈格。

她必須承認，資料夾是一份很棒的生日禮物，也知道爸爸確實碰觸了她心中某種「永恆事物」的核心。但她不喜歡爸爸對待蘇菲和亞伯特的態度。

她一定要趁爸爸回到家之前，給他一個教訓。她覺得這是自己該為蘇菲和亞伯特做的。席妲可以想像爸爸在哥本哈根國際機場，發瘋似地到處奔跑的模樣。

席妲恢復了平時的冷靜。她把船划回碼頭，小心繫緊繩索。吃完早餐後，她陪媽媽在餐桌坐了很久。能夠聊聊日常小事，像是蛋會不會有點太軟，這讓她感覺很好。

席妲一直到傍晚才繼續讀，剩下的頁數已經不多。

又有人敲門了。

「我們把耳朵摀住，」亞伯特說，「搞不好敲門聲會停下來。」

「不，我要看看到底是誰。」

亞伯特跟著蘇菲走到門口。

有個沒穿衣服的男人站在門前的台階上，樣子一本正經，但全身上下除了一頂王冠，什麼也沒穿。

「怎麼樣？」他說，「各位百姓，朕的新衣好看嗎？」

亞伯特和蘇菲完全嚇呆了。赤裸的男人見狀，也開始有點著急。

「怎麼？你們為何不給我鞠躬！」他喊道。

「我們是沒鞠躬，」亞伯特說。「可是陛下您什麼都沒穿。」

男人仍然一本正經。這時亞伯特傾身對蘇菲說悄悄話：「他還以為自己很體面。」

男人聽了一臉不悅。

「這裡難道沒有言論管制？」

「不好意思，」亞伯特說，「在我們這裡，大家腦子都很清醒，神智也相當健全。陛下的穿著實在有失體面，恕我們無法讓您進門。」

蘇菲看到赤裸男人一副神氣的樣子，覺得實在荒謬，便忍不住失笑。她的笑聲就像事先安排好的信號，男人一聽她笑，才忽然意識到自己全身赤裸，連忙用雙手遮住重要部位，大步跑向最近的樹叢，接著消失無蹤。他可能和亞當與夏娃、諾亞、小紅帽、維尼熊等人結伴而行了。

亞伯特和蘇菲還站在台階上，兩人都笑彎了腰。

亞伯特終於開口：「我們還是進屋裡去吧，我想談談佛洛伊德和他的潛意識理論。」

兩人再次坐在窗邊。蘇菲看了看手錶，說道：「已經兩點半了。花園宴會開始之前，我還得準備準備呢。」

「我也該去準備。稍微講一下佛洛伊德就好了。」

「他是哲學家嗎？」

「至少算是一個文化哲學家。佛洛伊德生於一八五六年，在維也納大學研讀醫學。他一生中大多住在維也納，當時那個城市的文化正蓬勃發展。他很早就開始專攻神經學，並在十九世紀末、二十世紀初，發展出『深層心理學』，或稱『精神分析』。」

「你要解釋這些名詞的意思嗎？」

「精神分析這門學問描述了一般人的內心，並能治療神經和心理失調。我不會細談佛洛伊德的生平或所有著作，但要瞭解人是什麼，就必須知道潛意識理論。」

「我開始有興趣了，繼續說吧。」

「佛洛伊德主張，人和所處環境之間有一種持續的緊張關係。而人類面對自己的驅策力、需要和社會的要求等因素，更可見這種緊張關係，也就是衝突。佛洛伊德可說發現了人類的驅策力，也因為如此，在十九世紀末顯著的自然主義思潮中，他是極為重要的代表人物。」

「人類的驅策力？」

「意思是說，我們的行為不一定出於理性。人並非如十八世紀理性主義者所想的那麼理性。非理性的衝動常常左右我們的思想、夢境和行動，而這種衝動可能反映了人的基本驅策力和需求。比如說，人的性衝動和嬰兒吸奶的本能一樣，是一種基本的驅策力。」

「然後呢？」

「這不算是新發現，但佛洛伊德指出，這些基本需求會被偽裝或『昇華』，在我們無從察覺之下，主宰了我們的行動。他還表示嬰兒也會有某種性反應，但這個說法受到維也納有頭有臉的中產階級所強烈排斥，他因而變得很不受歡迎。」

「我想也是。」

「這就是『維多利亞心態』，亦即把所有和性扯上關係的事情視為禁忌。佛洛伊德起初是在從事心理治療時，發現嬰兒也有性反應，因此他的說法具有實驗根據。他也發現，有很多種精神或心理失調都能追溯到童年時期的衝突，然後漸漸發展出一種稱為『靈魂考古學』的治療方式。」

「靈魂考古學？」

「考古學家挖掘古老的歷史文物，想尋得遠古時代的遺跡。他可能會找到一把十八世紀的刀子，再往更深處挖掘，還會會發現一把十四世紀的梳子，再向下挖，可能會找到一個第五世紀的甕。」

「然後呢？」

「精神分析學家也一樣，只要病人肯配合，就能往病人的心靈深處挖掘，找出造成心理失調的經驗。因為，根據佛洛伊德的說法，我們把所有經驗的記憶都儲藏在心靈深處。」

「那我懂了。」

「精神分析師或許能追溯病人過去的不幸經驗。這個記憶雖然被病人壓抑多年，但仍埋藏在他的心中，侵蝕他的身心。醫師能讓病人再次意識到傷痛經驗，幫助病人面對、並解決這個記憶，使心病自然治癒。」

「聽起來很合理。」

「但我講得太快了。先聊聊佛洛伊德對人類心靈的描述吧。妳有沒有看過剛出生的嬰兒？」

「我有一個四歲的小表弟。」

「我們剛來到這個世界時，總是以相當直接的方式滿足自己身體和心靈的需求，絲毫不感羞恥。要是沒有奶喝或尿布濕了，我們就哭。我們也會直接表達自己對肢體接觸或溫暖擁抱的需求。佛洛伊德把我們內在這種『快樂原則』叫作『本我』。我們在嬰兒階段，幾乎就只有『本我』。」

「然後呢？」

「終其一生，我們人就這樣帶著本我（或快樂原則）長大成人。但我們漸漸學著調整自己的需求、適應環境；調整快樂原則來遷就現實原則。用佛洛伊德的話來說，我們發展出一種具有調節功能的『自我』。這樣一來，即便我們想要或需要什麼，也不能躺著大哭，直到獲得那樣東西。」

「當然不行。」

「我們可能很想得到什麼東西，但外界無法接受，我們只得壓抑自己的欲望。也就是說，要努力要趕走欲望，並徹底忘記。」

「原來啊。」

「但佛洛伊德提出並研究了人類心靈的第三的要素。我們從嬰兒開始，就一直面對父母和社會的道德要求。當我們做錯事，父母會說：『不要這樣！』或『這樣不乖！』即使長大成人，我們腦海中仍殘留這種道德要求和價值判斷的聲音。這世界的道德規範似乎已成為我們的一部份，佛洛伊德稱其為『超我』。」

「意思是良心嗎？」

「良心是構成超我的一部分。然而，佛洛伊德指出，當我們出現『不好』或『不適當』的欲望，像是色情和性的欲望時，『超我』會告訴我們。正如我剛才所說，佛洛伊德聲稱這些『不適當』的欲望早在我們童年初期就出現了。」

「怎麼會呢？」

「現在我們知道，嬰兒喜歡撫摸自己的性器官。只要隨便去個沙灘就會看到了。在佛洛伊德的時代，兩三歲的嬰兒要是這麼做，馬上就會被打一下手，媽媽可能還會說：『不乖！』或『不要這樣！』或『把手放好！』」

「真是有毛病！」

「這就是為什麼我們對所有關於性和性器官的事會有罪惡感。這種罪惡感一直留在超我之中，因此許多人（佛洛伊德甚至說是大多數人）一生都對性懷抱著罪惡感。佛洛伊德也表示，性的欲望和需求是人類很自然且重要的天性。所以啊，蘇菲，人一生都在面對欲望和罪惡感之間的衝突。」

「你難道不覺得，從佛洛伊德的時代到現在，這種衝突已經減少很多了嗎？」

「的確。但許多佛洛伊德的病人面臨極為強烈的衝突，得到佛洛伊德所謂的『精神官能症』。例如有一個女病人偷偷愛上她的姊夫，當她的姊姊因病逝世，她心想『他終於能娶我了！』只不過，這種想法果然和她的超我產生正面衝突，於是佛洛伊德告訴我們，她立刻壓抑住這個可怕的念頭，也就是說，她把念頭埋藏在潛意識的深處。佛洛伊德寫道：『這個年輕女孩生病了，出現嚴重的歇斯底里症狀。我為她治療時，她似乎完全忘了姊姊臨終的情景，以及她心裡曾浮現的可憎的自私欲望。但在經由我分析治療以後，她終於回想起來，在非常激動不安的狀態下，重演了發病的那個時刻，也透過這個過程而痊癒。』」

「我開始懂你為什麼說這是『靈魂考古學』了。」

「所以呢，我們可以大略描述人類的心理狀態。佛洛伊德從事治療多年，終於得出結論，認為意識只是人類心靈的一小部分。意識就像露出海面的冰山一角，在海面下，也就是人的意識之下，還有『潛意識』。」

「所以說，潛意識就是我們已經遺忘、想不起來，但確實存在於內心的事物嗎？」

「我們不一定能意識到自己有過的每一個經驗。但有些經驗和想法，只要『用心思考』就能記得，佛洛伊德稱之為『前意識』。他用『潛意識』來形容被我們壓抑的念頭，也就是我們努力忘掉的不愉快、不適當或醜陋的經驗。當我們產生了意識無法容忍的欲望或衝動，超我就會將它們全都推開。拋開這些念頭！」

「我懂了。」

「所有健康的人，內心都有同樣的機制。然而，有些人把自己逼得太緊，過度努力想排除不愉快或禁忌的念頭，最後罹患了心理疾病。被壓抑的想法會設法重新進入我們的意識。對於某些人來說，要花上很大的力氣，才能用敏銳的意識時時監控類似的衝動。一九〇九年，佛洛伊德在美國以精神分析為題演講，當時他舉了一個例子，說明這種壓抑的機制如何產生作用。」

「我想聽！」

「他當時說：『假設在這個演講廳裡，在許多極為安靜、專心聽講的觀眾之中，有一個人開始干擾演說，無禮地大笑、說話，還不時摩擦雙腳，讓我無法專心在台上說話，只好向大家解釋說，這樣我實在講不下去了。這時，有幾個高大的男子從觀眾中站了起來，在一陣扭打後，把攪局的人架出演講廳。這個人因此被『壓抑』了，讓我得以繼續演講。然而，為了避免那個人再次進來搗亂，幾位代我執行意志的壯漢把椅子搬到門口，坐在那裡『防禦』，繼續壓抑那個人。現在，如果你們將這個場景轉移到心理層面，這個大廳是『意識』，大廳外面則是『潛意識』，就能明白『壓抑』機制的運作過程。』」

「我同意。」

「但是呢，蘇菲，這個搗亂者堅持要再進來。至少，被我們壓抑的想法和衝動都會這樣。這些想法不斷想突破潛意識，讓我們總是壓力之下，也因為如此，我們常說些本來不想說的話，或做些原本不想做的事。潛意識就是這樣慫恿我們的感覺和行動。」

「可以舉個例子嗎？」

「佛洛伊德治療時，運用了許多類似的機制。一個是他所謂的『語誤』，意思是說溜嘴，也就是無意中說出或做出原本想壓抑的事。佛洛伊德舉例說，有家店的領班要向老闆敬酒，問題是老闆的人緣非常差，員工都背地裡罵他『豬』。」

「然後呢？」

「領班站起來，舉起酒杯說：『敬這隻豬！』」

「真是不可思議。」

「領班自己也嚇呆了。其實他只是說出心裡真正的想法，但他本來沒打算講出來。妳想再聽一個例子嗎？」

「說吧。」

「有位主教應邀到當地牧師的家中喝下午茶。牧師有幾個乖巧懂事的小女兒，而這位主教剛好有一個異常大的鼻子。牧師已經事先告誡女兒，無論如何都不能提到主教的鼻子，因為小孩子的壓抑機制尚未發展完全，常會脫口而出不該說的話。主教抵達之後，可愛的小女孩們極力克制，盡量別提起他的鼻子，甚至不敢看他的鼻子，想藉此忘記。但是呢，她們從頭到尾都想著主教的鼻子。後來主教請一個女孩幫他拿糖，於是她看著崇高的主教，說道：你從鼻子吃糖嗎？」

「太慘了！」

「除此之外，我們也可能會『合理化』。也就是說，我們自己不願意承認，也不願向別人說明自己做某件事情的真正動機，因為這個動機讓人無法接受。」

「比如說？」

「我可以把妳催眠，要妳打開窗戶。妳被催眠時，我告訴妳說，當我用手指敲桌子，妳就要起身去開窗。然後我開始敲桌子，妳也打開窗戶。後來，我問妳為什麼要開窗戶，妳可能會說是因為房間太熱，但這並非真正的理由，只是妳不願承認自己是受了催眠指令才做出行動。這就是『合理化』。」

「那我懂了。」

「我們幾乎每天都有類似的經驗。」

「我四歲的小表弟可能沒什麼玩伴，所以每次我去他家，他都會高興。有一天我跟他說我要快點回家找我媽。結果他說什麼你知道嗎？」

「什麼？」

「他說，她是笨蛋！」

「對，這就是一個合理化的例子。你表弟說的並非他真正的想法。他其實想叫你不要走，但是他太害羞，所以說不出口。另外我們還有一種行為叫『投射』。」

「什麼意思？」

「所謂投射，就是把心裡試圖壓抑的特質轉移到別人身上。好比吝嗇的人會說別人斤斤計較；不願承認自己滿腦子都是『性』的人，很容易被別人成天想著性的模樣所激怒。」

「嗯。」

「佛洛伊德宣稱，我們的日常生活中充滿了這類潛意識的機制。我們常忘記某個人的名字、說話時撥弄自己的衣服、移動房間裡隨便亂放的東西。我們也會講話結巴或彷彿無意之間說錯話、寫錯字。但佛洛伊德說，這些行為其實並非我們所想的那樣，完全出於意外或無心。這些笨拙的舉動其實洩漏了我們內心深處的秘密。」

「那我現在開始要小心注意自己說的話。」

「妳再怎麼小心，也逃不出潛意識的衝動。訣竅在於，別太想把不愉快的經驗埋藏在潛意識中，這樣就像堵住水鼠的巢穴入口，牠們還是會找到花園的其他洞口。其實啊，讓意識和潛意識之間的門半開半掩，這樣很健康。」

「要是把門鎖住，可能會得精神病，對吧？」

「對啊，精神病患就是太努力想拋開『不愉快』的記憶。這些人通常會拚命壓抑某一個經驗，但他們或許也急著找醫生協助，想重回埋藏的傷痛記憶。」

「醫生要怎麼幫助他們？」

「佛洛伊德想出一種技巧，叫作『自由聯想』。也就是說，他讓病人放鬆地躺著，並說出腦海中浮現的任何事情，就算這些事情彼此毫無關連，像在胡思亂想，甚至令人不愉快或尷尬，那也無妨。他這麼做是為了突破病人在傷痛記憶上所設的『蓋子』或『管制』，因為病人正是因為這些記憶而焦慮。這些傷痛一直都很活躍，只是病人自己沒有意識到。」

「當你越努力忘掉某件事情，潛意識中是否更容易想到這件事？」

「完全正確。所以關鍵在於，我們必須察覺潛意識所發出的信號。佛洛伊德認為，夢境是洞悉潛意識的最佳途徑。他在一九〇〇年出版的主要著作《夢的解析》，探討的正是這個主題。書中寫道，我們的夢境並非出於偶然，而是潛意識想透過夢境和我們的意識溝通。」

「還有呢？」

「佛洛伊德治療病患多年，也曾分析他自己的夢境。他根據這些經驗判斷，所有夢境的作用都是讓願望得到滿足，他認為這在小孩子身上明顯可見。小孩會夢見冰淇淋和櫻桃。但是在大人身上，即使在夢中實現的願望都經過偽裝。這是因為，我們即使在睡夢中，仍會審查自己的想法。雖然睡眠會減弱這種審查，也就是壓抑的機制，但仍會使我們不願承認的願望在夢中產生扭曲。」

「所以我們要解析夢境。」

「佛洛伊德要我們分清楚，早上醒來時記得的夢境，並不代表夢的真正意義。他把實際的夢境稱為『顯夢』，也就是我們夢見的『影片』或『錄影帶』。表面上看來，夢境總是和前一天發生的事有關，但夢還有另一個深層意義，我們無法用意識察覺，佛洛伊德稱之為『隱夢』。夢境的表面下所隱藏的念頭，可能源自很久以前，甚至是童年的早期記憶。」

「所以我們得先分析夢，才能進一步瞭解夢。」

「對。像是精神病患就得和治療師配合，來完成這件事。然而，醫師並不會解析病患的夢，他只能仰賴病人的配合。這麼說來，醫師扮演的角色很像蘇格拉底說的『助產士』，協助病人解析夢境。」

「我懂了。」

「佛洛伊德說，將隱夢轉換成顯夢的過程，就叫『夢的運作』。我們可以說這是把夢的真實意義加以掩蓋或保密。我們解釋夢境，必須反過來揭開或解密，才能找出夢的『母題』，得知夢境的意義。」

「可以舉例說明嗎？」

「佛洛伊德在書中舉了很多例子。但我們也能自己想一個很簡單，又有佛洛伊德風格的例子。假設有一個年輕人夢見表妹給了他兩個氣球……」

「然後呢？」

「妳要不要試著否解析這個夢？」

「這個嘛……你剛才說過，顯夢的情境是，年輕人的表妹給他兩個氣球。」

「繼續說。」

「你剛才也說，夢境總是和前一天發生的事情有關，所以呢，這位年輕人前天可能去了什麼園遊會，或是在報紙上看過氣球的照片。」

「有可能，但他或許只是看到『氣球』兩個字，或什麼讓他想到氣球的東西。」

「那這個夢的的真正意義『隱夢』，又是什麼呢？」

「現在是妳在解夢喔。」

「他可能想要幾顆氣球。」

「不，這樣說不通。夢可以滿足願望，這個妳說對了。但是年輕人應該不太會渴望得到氣球。即使他真的想要，也不需要靠做夢吧。」

「我好像知道了。他真正想要的是表妹，那兩顆氣球就是她的胸部。」

「沒錯，這樣解釋合理多了。做這個夢的前提是，他一定覺得自己的願望很難為情。」

「這麼說來，夢是不是都很迂迴？」

「沒錯，佛洛伊德相信，在夢中，被壓抑的願望以偽裝的方式獲得滿足。不過當年的佛洛伊德只是維也納的一個醫生，到了現代，我們會壓抑的事情可能變了很多。然而，關於夢境會偽裝的說法，仍然是成立的。」

「嗯，我懂了。」

「在一九二〇年代，佛洛伊德的精神分析極為重要，尤其有助於精神病患的治療。他的潛意識理論也深深影響了藝術和文學領域。」

「藝術家開始對人們的潛意識的產生興趣了嗎？」

「正是如此，雖然早在一八九〇年代，佛洛伊德尚未發表精神分析理論之前，這就已經是主要的文學風格走向。這也代表佛洛伊德在一八九〇年代發展出精神分析理論，並非出於偶然。」

「是由於當時的時代風氣嗎？」

「佛洛伊德並未宣稱自己發現了『壓抑』、『防衛機制』和『合理化』等現象。他只是率先將人們這些經驗應用於精神病學領域。他也很會援引文學中的例子，來說明自己的理論。但是我說過，一九二〇年代起，佛洛伊德的精神分析對藝術和文學產生更直接的影響。」

「怎麼說？」

「像是有些詩人和畫家，尤其是超現實主義者，紛紛在作品中運用潛意識的力量。」

「超現實主義者？」

「『超現實主義』這個名詞源自法文，意指『超越現實』。一九二四年，法國詩人安德列布列東發表《超現實主義宣言》，主張藝術應該發自潛意識，藝術家應從夢境中自由擷取靈感，致力達到超越現實之境，瓦解夢和現實的疆界。藝術家也必須掙脫意識的管制、審查，縱情揮灑文字和意象。」

「這樣啊。」

「佛洛伊德也算是告訴我們，每個人都是藝術家。畢竟，夢也是一種藝術創作，而且我們每晚都會做新的夢。佛洛伊德為了解釋病人的夢，時常需要解釋象徵符號的意義，其實就像在詮釋一幅畫或一篇文學作品。」

「我們真的每天晚上都會做夢？」

「最近有研究指出，我們入睡之後，有百分之二十的時間都在做夢，所以每天晚上有一到兩個小時都在做夢。如果我們在做夢期間被打擾，就會焦躁易怒。這多少代表了，每個人內心都需要以藝術形式來表達自己的存在。畢竟我們的夢和自己有關，夢境是我們自導、自編、自演的成果。要是有人說他不懂藝術，那他顯然不太瞭解自己。」

「我知道了。」

「佛洛伊德還提出很棒的證據，藉以說明人心的奧妙。他根據治療病人的經驗判斷，我們把自己所見到和經歷的物都保留在意識深處的某個地方，這些印象都可能再次浮現。有時候，我們忽然感到『腦袋一片空白』，過了一會，『又快要想起來了』，接著才『猛然記起』。這就表示，本來存在於潛意識的事物，會忽然從半開半掩的門縫溜進意識中。」

「但有時得花上不少時間。」

「每個藝術家都曉得這點。但是有那麼一天，所有的門和抽屜彷彿都忽然打開了，所有東西都自動滾了出來，我們找到了先前苦思不得的文字和意象，潛意識的『蓋子』被揭開了。蘇菲，這也叫作『靈感』，彷彿我們所畫的、所寫的東西，都來自於某種外在的泉源。」

「這樣的感覺一定很美好。」

「妳一定也有過這種經驗。只要觀察那些玩得很累的小孩子，就會發現靈感的作用。當小孩子累到某種程度，就會變得極為清醒，還會突然說起故事，好像在挖掘自己根本沒學過的話來講。其實，這些他們都是他們學過的話，但這些字眼和意念隱藏在潛意識中，等到鬆懈了意識中的防備和審查，才會浮現出來。藝術家千萬不能讓理性或思維壓抑潛意識的表達。關於這點，妳想不想聽個小故事？」

「當然囉。」

「這是一個嚴肅又哀傷的故事喔。」

「你說吧。」

「從前從前，有一隻蜈蚣，牠有一百隻腳，能跳出曼妙的舞步。牠只要一跳舞，就會吸引森林裡所有的動物前來欣賞。大家對牠的舞姿都印象深刻，只有一隻動物不喜歡看蜈蚣跳舞，那就是烏龜。」

「牠可能是嫉妒。」

「烏龜心想，該怎麼阻止蜈蚣跳舞？牠不能直接說不喜歡蜈蚣的舞步，也不能說自己更會跳，畢竟那簡直不可能嘛。於是，烏龜想出一個惡毒的計畫。」

「什麼計畫？」

「烏龜寫了一封信給蜈蚣，信裡說：『偉大的蜈蚣呀，我好佩服你美妙的舞姿，好想知道你是怎麼跳的。是不是先舉第二十八號左腳，再舉起第三十號右腳？或是先抬起第十七號右腳，再抬第四十四號右腳呢？我衷心企盼你的回信。烏龜敬上。』」

「牠好壞心！」

「蜈蚣讀了信，立刻開始思考自己是怎麼跳的。到底先抬哪一隻腳？接著再抬哪一隻？妳知道後來怎麼了嗎？」

「蜈蚣從此就不跳舞了？」

「正是如此。理性思考扼殺了想像力。」

「真是一個悲傷的故事。」

「身為藝術家，關鍵在於要『放得開』。超現實主義者試圖利用這一點，讓自己處於某種狀態下，事情就會自然而然發生。他們在自己面前放一張白紙，開始不假思索地書寫，這就叫『自動寫作』。這個名詞出自招魂術，因為招魂的靈媒相信逝者的靈魂會指引書寫的筆。但我們可能要等明天再繼續說了。」

「好啊。」

「就某方面而言，超現實主義者也是靈媒，意思是一種媒介或連結。他是自己潛意識的靈媒。但或許每一種創作都有潛意識的參與，因為話說回來，所謂的創作究竟是什麼？」

「我不曉得。不就是創造出某個東西嗎？」

「算是。在創作的過程中，想像和理性緊密交織，但理性常使得想像力受到阻塞。這可不得了，因為要是沒有想像力，新的事物就絕對無法被創造。我相信想像力就如達爾文的系統一般。」

「抱歉，我不懂這個意思。」

「我來解釋吧，達爾文主義主張，自然萬物會不斷出現突變，但只有其中一些能用。只有其中一些擁有生存的權利。」

「然後呢？」

「當我們得到靈感和許多新想法的時候，也是同樣道理。如果我們不審查自己的想法，『思想的突變物』就會不斷出現在意識，但其中只有一些想法是可行的。於是理智派上用場，發揮其重要的功能。比方說，我們把一天的漁獲全都擺在桌上之後，還必須加以挑選。」

「比喻得還不錯。」

「想像一下，要是我們任由自己說出腦中出現的所有念頭，會有什麼後果？更別說是把埋藏在抽屜裡的日記都拿出來展示了！這世界會因隨興而至的衝動而毀滅，而所有念頭都沒有經過揀選。」

「我們是靠理智在挑選這些念頭嗎？」

「沒錯，妳不覺得嗎？想像力或許能創造新的事物，但實際上並不能加以揀選。只有想像力是不能『創作』的。每一個創作，每一件藝術品，都是想力和理智、心靈和思維之間的巧妙互動所致。因為在創造過程中，總有偶然的成分存在。這就像妳必須先放羊，才能牧羊。」

亞伯特靜靜坐著凝視窗外。這時，蘇菲看到湖邊有一群五顏六色的迪士尼卡通人物。

「高飛狗，」她大喊，「還有唐老鴨和小鴨子……亞伯特，快看，還有米老鼠……」

亞伯特轉頭對她說：「孩子，這真的很可悲。」

「什麼意思？」

「我們已經成了少校的羊群中兩個無助的受害者。但這當然是我自己的錯。是我自己先說什麼自由聯想的概念。」

「你完全不必怪自己……」

「我剛才正想告訴妳，想像力對我們哲學家來說是很重要的。為了創造新的思想，我們必須勇於放開自己。但現在看來，他做得實在太超過。」

「別擔心了。」

「我剛才正想說思維的重要性，他卻搞出這種愚蠢至極的花招。真是不知羞恥！」

「你現在是在反諷嗎？」

「我沒有，他才在反諷呢。但令人安慰的是，我的計畫已經打下了基礎。」

「我完全不懂。」

「我們剛才說過夢，夢也帶有反諷意味。因為我們可說只是少校夢裡的意象。」

「什麼！」

「但他忘了一件事。」

「什麼事？」

「難堪的是，他可能已經意識到自己的夢。他知道我們所說、所做的每一件事，就像做夢的人記得夢裡的情節，也就是顯夢。他負責揮動筆桿，但就算他記得我們對彼此說過的每 句話，他仍然不是完全清醒。」

「什麼意思？」

「蘇菲，他不曉得自己的隱夢，他忘了這也是一個偽裝過後的夢。」

「你說的好玄。」

「少校也這麼覺得，因為他不瞭解自己夢中的語言。我們應該要慶幸，正因如此，我們才有一點點發揮的空間，才有機會闖出他混亂的意識，就像水鼠在夏日的陽光下快樂地跳躍。」

「你覺得我們會成功嗎？」

「我們非成功不可，過幾天我就會讓妳大開眼界。到時候少校就搞不清楚水鼠在哪裡，也不知道牠們將在哪裡出現。」

「就算我們只是夢中的人物，我還是媽媽的女兒。已經五點了，我得回家去準備花園的宴會。」

「嗯……妳在回家的路上，能否幫我一個小忙？」

「什麼忙？」

「請妳盡量吸引別人注意，好讓少校一路盯著妳回家。妳回到家之後，請認真想著少校，這樣一來，他也會想著妳。」

「為什麼要這樣？」

「這樣我的祕密計畫才不會被干擾。我要溜進少校的潛意識，在那裡待到我們下次見面的時候。」

我們這個時代

……人注定受自由之苦……

鬧鐘上的數字顯示晚上十一點五十五分。席妲躺在床上，盯著天花板，努力練習自由聯想。每當她結束一連串的念頭，就問自己為何要想這些？

她是不是想壓抑某些念頭？

席妲心想，要是她能放下對自己的思想審查，或許就能醒著作夢。但轉念一想，這樣實在有點可怕。

她越放鬆，任由思緒和影像在腦中馳騁，越覺得自己彷彿置身於樹林小湖邊的上校小木屋裡。

亞伯特究竟在計畫什麼？當然，關於亞伯特擬定計劃的事，也是出自爸爸的計畫。他已經知道亞伯特會採取什麼行動了嗎？說不定，他也想試著放任自己的思想，讓自己也料想不到最後的結局。

席妲已經快讀到最後了。要不要先偷看最後一頁？不行，這樣就等於作弊。況且她相信，到目前為止，根本還不能確定最後一頁會發生什麼事。

這樣想是不是很奇怪？資料夾就在這裡，爸爸不可能及時趕回來補上任何東西。除非亞伯特自己做了什麼事，製造一個驚喜……

無論如何，席妲自己也準備了幾個驚喜。爸爸不能控制她的行為，但她又能完全控制自己嗎？

意識是什麼？這難道不是宇宙中的大謎題？記憶又是什麼？是什麼讓我們「記得」自己看到、經驗到的一切？

我們夜復一夜做著奇妙的夢，背後究竟有什麼機制？

席妲想著想著，不時閉上雙眼，又睜開眼睛凝視天花板。最後，她忘了睜開眼睛。她睡著了。

後來，席妲被海鷗尖銳的叫聲吵醒。她像平常一樣，起床走到房間的另一頭，站在窗前俯瞰海灣。無論冬天或夏天，她都維持這個習慣。

她站在窗邊，忽然感覺到無數種顏色在腦海中爆炸開來。她想起自己的夢，但夢中的色彩和形狀都如此逼真，感覺並非尋常的夢境……

她夢到爸爸從黎巴嫩回家，這整個夢就像在延續蘇菲做過的夢，而蘇菲在夢裡從碼頭撿到金十字架。

席妲夢見自己坐在碼頭邊，就像蘇菲夢到的那樣。接著，她聽見一個很輕柔的聲音說：「我叫蘇菲！」席妲繼續坐著，一動也不動，想聽出聲音是從哪裡來的。然後，那個輕柔到幾乎聽不見、彷彿蟲鳴的聲音又說：「你一定又聾又瞎！」這時，爸爸穿著聯合國的制服進入花園，喊道：「席妲！」席妲奔像爸爸，雙臂環繞他的脖子。夢境在這裡結束。

她想起挪威詩人歐佛藍詩作的某個段落：

夜裡我從奇異的夢境醒來
恍惚聽見有人向我訴說
聲音彷彿遠方地底的溪流
我起身問對方何所求

媽媽走進房間時，她仍站在窗前。

「席妲，妳起床啦？」

「我不確定……」

「我大概跟平常一樣，四點會回家。」

「好。」

「席妲，祝妳有愉快的一天！」

「媽，妳也是。」

席妲一聽到媽媽把門關上，就立刻捧著資料夾溜回床上。

「……我要溜進少校的潛意識，在那裡待到我們下次見面的時候。」

沒錯，席妲昨天就讀到這兒。她用右手食指摸摸資料夾裡的紙張，發現已剩沒幾頁了。

蘇菲離開少校的小木屋時，看見有幾個迪士尼卡通人物還在湖邊。但是她一走近，那些人物似乎就溶解了。當她走到小船邊時，所有卡通人物都消失了。

蘇菲划船到對岸，中途努力做鬼臉，接著她把小船拉上岸，拖到蘆葦叢之間，又努力揮舞雙手，拚命想吸引少校的注意，讓小木屋裡的亞伯特能夠不受干擾。

她一路上不停手舞足蹈、蹦蹦跳跳，甚至學機器人走路。為了讓少校一直盯著她看，她甚至開口唱起歌來。她在中途停了一會兒，想著亞伯特究竟有何計畫。但她過沒多久就察覺自己不能想這個，於是開始爬樹。

她努力往上爬，但是快爬到樹頂時，卻忽然發現自己下不來。她想休息一會兒再試著往下爬，但又不能只是坐在樹上不動，這樣少校會覺得很無聊，轉而注意亞伯特正在做什麼。

蘇菲只好揮舞雙手，還學公雞叫了幾次，最後開始唱歌，還不斷變換真假音。她今年十五歲，這還是生平第一次用假音唱歌。她覺得自己的嗓音還算可以。

她再次嘗試爬下樹，但她真的被困住了。這時，忽然有隻大白鵝飛到蘇菲所抓住的樹枝上。蘇菲才剛看到一群迪士尼卡通人物，這下有鵝開口對她說話，她可是完全不驚訝。

「我叫莫頓，」大白鵝說。「我其實是家鵝，但由於情況特殊，我才和一群野雁一起從黎巴嫩飛到這裡來。要不要幫妳從樹上爬下來？」

「你太小了，幫不了我。」蘇菲說。

「這位小姐，妳太早下結論囉。應該說是妳自己太大吧。」

「還不是一樣？」

「告訴妳，我曾經載著一個年紀跟妳一樣大的鄉下小男孩飛過全瑞典。他叫尼爾斯。」⑴

「我十五歲了。」

「尼爾斯十四歲。多一歲或少一歲，我都一樣載得動。」

「你是怎麼把他載起來的？」

「我先打他一巴掌，讓他昏過去。他醒來之後，身體就變得和拇指一樣小。」

「你說不定也能輕輕打我一巴掌，畢竟我不能一直坐在這兒。我星期六還得舉辦哲學化園宴會。」

「有意思。我猜這應該是本關於哲學的書吧。我當時載著尼爾斯在瑞典上空飛行，降落於瑞典法姆蘭省的莫爾巴卡。在那裡，尼爾斯遇見一位老婦人，她打算為學校的小朋友寫一本關於瑞典的書。她說，這本書要寫實，又有教育意義。她聽到尼爾斯的奇遇之後，就決定寫下他在鵝背上飛行的所見所聞，集結成書。」

「真奇怪。」

「老實告訴妳，這其實很諷刺，因為我們早就在那本書裡面了。」

蘇菲忽然覺得臉頰被某個東西打了一下，然後她就變得和拇指一樣小。眼前的樹成了一座森林，而莫頓也變得和馬一樣大。

「上來吧。」大白鵝說。

蘇菲沿著樹枝走，爬上鵝背。牠有一身柔軟的羽毛，但蘇菲現在太小了，身體不時被羽毛戳到。

她才剛坐好，大白鵝就起飛了。他們飛到樹林上空，蘇菲俯瞰小湖和少校的小木屋。亞伯特正坐在裡頭擬定秘密計畫。

「我們今天就四處參觀一下吧。」莫頓拍著翅膀說。

牠一說完，就往下飛去，停在蘇菲剛才爬的樹下。大白鵝一著陸，蘇菲就滾到地上。她在淡紫紅色的灌木叢滾了幾圈，就坐了起來，很訝異自己恢復了本來的身高。

大白鵝在她身邊搖搖擺擺地晃了幾圈。

「謝謝你幫忙。」蘇菲說。

「小意思。妳剛才說這是一本關於哲學的書嗎？」

「我沒說，是你說的。」

「好吧，反正都一樣。要是由我作主，我就載你飛過整部哲學史，就像我載尼爾斯飛過瑞典。我們可以飛過米利都城和雅典、耶路撒冷和亞力山卓、羅馬和佛羅倫斯、倫敦和巴黎、耶納和海德堡、柏林和哥本哈根等城市……。」

「謝謝你，這樣就夠了。」

「但就算我是一隻非常有反諷意味的鵝，要飛越這麼多世紀也很辛苦。飛越瑞典各省比較簡單。」

大白鵝說完話，又跑了幾步，便振翅飛向空中。

蘇菲覺得好累。但當她不久後爬出秘密基地，回到花園，就想到亞伯特應該很滿意她的調虎離山之計。剛才那個小時之中，少校一定沒怎麼去想亞伯特的事，否則他一定有嚴重的人格分裂。

蘇菲才剛踏進前門，媽媽就下班回家了。真是好險，否則她真不知道如何解釋自己被一隻大白鵝從樹上救下來。

晚餐後，蘇菲和媽媽開始準備花園宴會。她們從閣樓拿出一張四公尺長的桌面，和組裝的桌腳，一起搬到花園裡。

母女倆打算把長桌子放在果樹下。上次用到這張桌子，是在蘇菲爸媽的結婚十週年紀念，當時蘇菲才八歲，但關於那次戶外宴會和參與的親朋好友，她仍記憶鮮明。

氣象預報說星期六會是好天氣。在蘇菲生日前一天發生的的可怕暴風雨後，就沒再下過一滴雨，但她們仍決定等星期六早上再佈置、裝飾餐桌。

那天晚上，母女倆烤了兩種不同的麵包，還要準備雞肉、沙拉和汽水來招待客人。蘇菲擔心班上有些男生可能會帶啤酒，她最怕惹麻煩了。

蘇菲準備上床睡覺時，媽媽又問了一次亞伯特會不會來。

「當然會，他還答應我要玩一個哲學的小把戲。」

「哲學的小把戲？是什麼？」

「不曉得……如果他是魔術師，可能會表演魔術。搞不好他會從帽子裡變出一隻白兔……」

「又來了？」

「但亞伯特是哲學家，他會變哲學把戲，畢竟這可是一場哲學的花園宴會。媽，那妳有想做什麼嗎？」

「其實有。」

「妳要在宴會上演講嗎？」

「不告訴妳。蘇菲，晚安囉！」

第二天一早，媽媽就把蘇菲叫醒，跟她說再見，因為媽媽要去上班了。她給蘇菲一張清單，上面寫了宴會尚待準備的物品，要蘇菲去市區採買。

媽媽才一出門，電話就響了。是亞伯特打來的。他顯然知道蘇菲什麼時候會單獨在家。

「你的秘密計畫進行得如何？」

「噓！別說這個。別讓他有機會去想這件事。」

「我覺得我昨天有成功讓他轉移注意力。」

「很好。」

「我們還要上哲學課嗎？」

「我打給妳就是要講這個。我們已經談到現代的哲學，現在開始妳應該可以自己學習，之前打下的基礎才是最重要的。但我們還得見個面，稍微談談我們這個時代。」

「但是我要去市區……」

「那正好，我說了，我們要談的是我們這個時代。」

「真的？」

「我們剛好可以在市區碰面。」

「要我去你那裡嗎？」

「不，不要來這裡。這裡亂七八糟的，因為我到處翻找隱藏的竊聽裝置。」

「噢！」

「大廣場那裡新開了一家皮爾咖啡館。妳知道嗎？」

「知道。要約幾點？」

「十二點好嗎？」

「就這樣，再見！」

十二點出頭，蘇菲走進皮爾咖啡館。這家咖啡館裝潢時髦，擺著小圓桌和黑椅子。店裡的倒酒器供應苦艾酒，另外也賣長條法國麵包和三明治。

這家咖啡館空間不大。蘇菲一走進去，就發現亞伯特不在裡面。很多客人圍著圓桌坐，但蘇菲只看到亞伯特不在人群中。

她沒有單獨上咖啡館的習慣。她是否該轉身離開，過一會兒再看看亞伯特到了沒有？

她走到大理石吧台，點了一杯檸檬茶，並找了張空桌子坐下。她一直注意店門口，這裡一直有客人來來去去，但亞伯特始終沒有出現。

蘇菲真想找份報紙來打發時間！

時間一分一秒過去，她開始觀察周圍的人，也有幾個人回看她。蘇菲霎時覺得自己像一個年輕的小姐。她今年才十五歲，但她自認看起來應該有十七歲，至少也有十六歲半。

她心想，不曉得咖啡館裡的人怎麼看待「活著」這件事？他們彷彿只是順路經過，偶然進來坐坐。這些人都在高談闊論，同時比手劃腳，但看起來又不像在說什麼重要的事。

蘇菲忽然想到祁克果，他曾說過，群眾最大的特色就是喜歡閒扯淡。這些人是否還活在「美感階段」？有沒有任何事對他們的存在有著重要意義？

在哲學課剛開始沒多久，亞伯特曾在給她的信中提到兒童和哲學家的相似性。蘇菲再次覺得自己不想長大。在魔術師從宇宙之帽拉出的大白兔身上，她會不會也是爬到皮毛深處的小蟲？

她想著想著，同時仍注意門口。這時，亞伯特突然走了進來。現在已經是仲夏了，但他仍戴著黑色貝雷帽，穿著灰色人字紋的蘇格蘭呢短外套。他快步走向蘇菲。蘇菲心想，在公共場合和他見面感覺怪怪的。

「已經十二點十五分了！」

「這十五分是有教育意義。我可以請妳吃點心嗎？」亞伯特坐下來，看著她的眼睛。蘇菲聳聳肩。

「好啊，三明治好了。」

亞伯特走到吧台，不久就端著一杯咖啡和兩個長條法國麵包的起士火腿三明治回來。

「會不會很貴？」

「蘇菲，這是小意思。」

「你為什麼遲到？」

「我其實是故意的。等會兒就告訴妳原因。」

他大口咬了幾下三明治，接著說：

「今天要談談我們這個時代的哲學。」

「發生了什麼有意思的哲學事件嗎？」

「好多好多……有各種思潮。我們先從存在主義這個極為重要的思潮講起。這是一個集合名詞，代表好幾股哲學思潮，都是以人的存在現況為出發點。通常我們都是談二十世紀的存在哲學，這些存在主義哲學家除了受到祁克果的影響，也以黑格爾和馬克思的學說為基礎。」

「噢。」

「另一個對二十世紀影響深遠的哲學家是德國的尼采。尼采生於一八四四，死於一九〇〇年，他也反對黑格爾的哲學與德國的『歷史主義』。尼采對歷史和他所謂的基督教『奴隸式道德』不太感興趣，反而認為我們要重視生命本身。他希望人們『重新評價所有價值』，使強者的生命力不致受弱者所拖累。根據尼采的看法，基督教和傳統哲學已經脫離了真實世界，偏向『天堂』或『理型世界』；人們過去所認定的『真實』世界其實是一個偽世界。尼采說：『要忠於這個世界。別聽信讓你有超自然期望的人。』」

「所以……？」

「德國的存在主義哲學家海德格也受到祁克果和尼采的影響，但我們要先專心談法國存在主義哲學家沙特。沙特生於一九〇五年，逝於一九八〇年，可說是存在主義者的領導之光（至少對普羅大眾而言是如此）。二次大戰後的一九四〇年代，他的學說尤其風行。沙特後來也參與了法國的馬克思主義運動，但他本人從未加入任何黨派。」

「所以我們才約在法國咖啡館見面？」

「我承認這是有點故意。沙特本人常泡咖啡館。他就是在咖啡館遇見終身伴侶西蒙波娃。她也是一位存在主義哲學家。」

「女哲學家？」

「沒錯。」

「太好了，人類終於變文明了。」

「不過在我們這個時代，也出現很多新的問題。」

「你不是要講存在主義？」

「沙特說：『存在主義就是人文主義。』他指的是存在主義者從人類本身出發。我得先說明，比起文藝復興的人文主義，沙特所說的人文主義，對人類處境的看法悲觀許多。」

「為什麼？」

「祁克果和二十世紀的一些存在主義哲學家都是基督徒，但沙特支持所謂的『無神論存在主義』。他的哲學可說是在『上帝已死』的前提下，對人類處境所做的無情分析。『上帝已死』這句話正是出自尼采。」

「繼續說吧。」

「沙特和祁克果的學說都有一個關鍵詞，就是『存在』。然而，存在並不等於活著。植物和動物也活著；但動植物雖然存在，卻毋須思考存在的意義。唯有人會意識到自己的存在。沙特說，一個東西只是『在己（in itself）』，但人類卻是『為已（for itself）』。所以說，人的存在和東西的存在不同。」

「這個我同意。」

「沙特還說，人的存在比任何事情都重要。『我存在』的事實比『我是什麼』更重要，因為『存在先於本質』。」

「好複雜的一句話。」

「『本質』是指組成某些事物的東西，也是事物或任何生物的本性。然而沙特認為，人沒有天生的本性，所以人必須創造自我，創造自己的本性或本質，因為人的本性並不是天生就確定好的。」

「我懂你的意思了。」

「整個哲學史上，哲學家不斷想探索人的本性。但沙特相信人沒有恆久不變的本性。因此普遍來說，追求生命的意義是沒有意義的。我們注定要自己創造生命的意義。我們就像尚未背好台詞就被拉上舞台的演員，沒有劇本，也沒有提詞人低聲指示方向。我們必須自己決定該怎麼活。」

「這是真的。如果聖經或哲學書有教我們該怎麼活，那會很實用。」

「妳說到重點了。不過沙特說，一旦人領悟自己活著，而且總有一天會死，又找不到活著的意義時，便感到深沈的『憂懼』。妳應該還記得這個詞，因為祁克果描述人的存在處境時，也曾這麼形容。」

「我記得。」

「沙特說，人在一個沒有意義的世界中，會感到『疏離』，這也呼應了黑格爾和馬克思的中心思想。人在世界中所感到的疏離，會進一步形成絕望、煩悶、厭惡和荒謬等氛圍。」

「心情沮喪，或是對凡事都感到無聊，這也很正常啊。」

「確實沒錯。沙特是在描述二十世紀的都市人。妳記不記得，文藝復興的人文主義者曾得意地強調人的自由和獨立。然而沙特認為，人的自由是一種詛咒。他說：『人注定受自由之苦。這是因為，他並沒有創造自己，但卻生而自由。一旦被扔進這個世界，他就必須為自己所做的每一件事負責。』」

「但我們沒有要求被創造成自由的個體啊。」

「這就是沙特想表達的重點。雖然沒有這麼要求，但我們仍是自由的個體，這樣的自由使我們一生注定要不斷做選擇。世界上並沒有永恆的價值或規範能讓我們遵守，因此『選擇』變得更加重要，我們要為自己的行為負全責。沙特強調，人絕不能放棄對自己的行為負責，更不能以『必須』上班、『必須』達成中產階級的期許為由，逃避自己選擇生活方式的責任。一旦逃避這種責任，就是自欺，並將淪為沒沒無名的一般大眾，永遠置身於缺乏個性的群體中。換個角度想，我們所擁有的自由，迫使我們努力做出一番成就，『真實』地活著。」

「嗯，我懂了。」

「同樣地，當我們面臨道德的抉擇上，也絕不能把錯誤歸咎於『人性』或『人的軟弱』等原因。在社會上，成年男子不時做出可鄙的行為，然後舉亞當的例子當擋箭牌，說這是『全天下男人都會犯的錯』。天底下根本沒有這回事，我們只是不想為自己的行為負責，才拿亞當做藉口。」

「想撇清責任，也該有個限度啊。」

「雖然沙特說生命沒有既存的意義，但他沒有否定所有事物的重要性。沙特不是我們說的

『虛無主義者』。」

「虛無主義者？」

「虛無主義者認為，凡事都沒有意義，要怎樣都無妨。沙特認為生命必須有意義，這是一種責任，但我們必須自己創造生命的意義。存在的意義就在於創造自己的生命。」

「可以說清楚一點嗎？」

「沙特想證明，意識本身在感知到事物之前，並不存在。因為意識總是在察覺事物，這個『事物』固然來自我們所處的環境，但我們自己也能決定想察覺什麼事物，我們會注意到對自己比較重要的事。」

「有什麼例子嗎？」

「比如說，待在同一個房間的兩個人，感受卻可能完全不同。這是因為，當我們感知周遭的環境時，會受到我們本身的意義或利益所影響。懷孕的女人可能覺得到處都會看到孕婦，這不是因為以前路上都沒有孕婦，而是因為，她懷孕之後開始用新的眼光看待世界。就像逃犯大概覺得到處都有警察……」

「嗯，我懂了。」

「我們本身的生活，影響了我們在這間房裡所感知到的事物。要是某件事情與我無關，我就不會察覺到。或許我現在能解釋今天為什麼遲到了。」

「你是故意的吧？」

「先告訴我，妳進了咖啡館後看到什麼？」

「首先，我注意到你不在這裡。」

「妳首先看到一個不在這裡的事物，很奇怪吧？」

「可能吧，但我就是要來找你啊。」

「沙特也舉過造訪咖啡館的例子，藉此說明我們會『虛無化』和自己無關的事物。」

「你遲到就是想說明這點？」

「沒錯，我想讓妳瞭解沙特學說的重點。就當作是練習。」

「最好是！」

「如果妳在談戀愛，正等待著對方的電話，可能整晚都會『聽見』他沒有打來。當妳和他約好在火車站見面，月台上人來人往，但妳卻沒見到她。這些人都在妳面前，但對妳來說卻無足輕重。妳甚至會覺得他們很煩，看了就討厭，又占去太多空間。妳只察覺到一件事，就是『他』不在那裡。」

「好悲哀。」

「西蒙波娃曾試著把存在主義的學說應用到女性主義的領域。沙特已經說過，人沒有天生的『本性』。我們必須創造自我。」

「真的？」

「我們對於兩性的看法也一樣。西蒙波娃認為沒有所謂的『女人的天性』或『男人的天性』。比方說，人們普遍認為男人有所謂『超越』或追求成功的天性，會在家庭以外的地方追尋意義和方向，而女人的生活哲學則完全相反。女人是『內在的』，希望留在原地，因此會養育小孩、打理環境，做些和家庭有關的事。到了現代，我們可能會說女人比男人更關心『女性的價值』。」

「她真的這麼相信。」

「蘇菲，妳沒注意聽。其實西蒙波娃不相信所謂的女人天性或男人天性，反而認為女人和男人都得解放出來，掙脫這種內在偏見或理想。」

「我也這麼覺得。」

「她的主要著作是《第二性》，出版於一九四九年。」

「第二性？」

「意思是女人。在我們的文化裡，女人被視為『第二性』，彷彿被男人當作臣民和他們的所有物，因而被剝奪了對自己生命的責任。」

「西蒙波娃是說，我們女人只要願意，就能自由獨立？」

「沒錯，妳可以這麼說。存在主義也深深影響了一九四〇年代至今的文學創作，包括戲劇。沙特本身除了寫小說，也創作劇本。其他重要的作家還有包括法國作家卡繆、愛爾蘭劇作家貝克特、羅馬尼亞裔的法籍劇作家尤涅斯柯，以及波蘭的貢布羅維奇。這幾位創作者和許多當代作家都展現『荒謬主義』的風格。這個詞也專指『荒謬劇場』。」

「噢。」

「蘇菲，妳知道『荒謬』是什麼意思嗎？」

「沒有意義或非理性的事物？」

「完全正確。荒謬劇場和寫實劇場正好相反，試圖想表達生命的『無意義』，並激起觀眾的反對聲音。荒謬劇場並不是要鼓吹人生缺乏意義，其實正好相反，藉由表現、揭露日常情境的荒謬性，迫使觀眾去追尋更為真實而有意義的生命。」

「感覺很有趣。」

「荒謬劇場經常刻畫極為瑣碎的情境，因此也算是某種『超寫實主義』。劇中描繪人們本來的樣子。但是當你把發生在浴室或平凡家庭在平凡早晨所做的事情搬上舞台，觀眾會覺得很好笑。他們的笑聲可以解釋為一種防衛機制，因為看見自己在舞台上被嘲弄。」

「沒錯，真的是這樣。」

「荒謬劇場可能也有一點超現實。劇中角色常發現自己處於極為不真實、做夢般的情境。看到劇中人毫不訝異地接受這種情境，觀眾不得不訝異，這些角色為何不感到訝異呢？這就是卓別林在他的默片中常用的手法。這些默片之所以帶有喜劇效果，通常是因為卓別林默默接受發生在他身上的種種荒謬之事。因此觀眾也被迫反思自己，追尋更真實的事物。」

「看到人們對荒謬事件全都逆來順受，確實會感到很訝異。」

「我們有時候會覺得『我必須遠離這種事，雖然不曉得該到何處去』。這種感覺並沒有什麼不好。」

「要是房子著火，你就只好衝出去，雖然你沒有其他地方可住。」

「真的。妳要不要再來一杯茶，還是可樂？」

「好啊。但我還是覺得你遲到的理由很蠢。」

「好吧。」

亞伯特拿著一杯濃縮咖啡和一瓶可樂回到座位上。蘇菲開始喜歡上咖啡館的氣氛了。她開始覺得，其他桌客人的談話可能不像她想的那麼言不及義。

亞伯特把可樂瓶咚一聲擺在桌上。別桌有幾個客人因此抬起頭看。

「我們就上到這裡。」他說。

「你是說，哲學史到了沙特和存在主義就結束了？」

「不，沒這麼誇張。存在主義哲學後來深深影響了對世界各地的許多人。我們說過，存在主義受到祁克果的影響，甚至可以追溯到蘇格拉底的學說。所以在二十世紀，我們先前談過的許多哲學思潮都開花結果、重新復甦。」

「有哪些？」

「像是『新多瑪斯主義』，延續了聖多瑪斯．阿奎那的學說。另外還有『分析哲學』或『邏輯實驗主義』，可追溯至休姆和英國的經驗主義，甚至遠及亞理斯多德的理則學。此外，二十世紀自然也受到『新馬克思主義』影響，而我們也以談過『新達爾文主義』和『精神分析』。」

「對。」

「我最後還要談『唯物主義』，這個思潮同樣有其歷史根源。現代科學有很多是奠基於蘇格拉底之前的哲學家，比如尋找組成萬物的不可見的『基礎分子』。至今仍無人妥善回答『物質』是什麼。核子物理學和生物化學等現代科學，都對這個問題極感興趣，甚至是許多人生命哲學中的關鍵部分。」

「新舊學說雜陳……」

「是啊。我在這門哲學課一開始提出的問題，到現在仍未獲得解答。關於這點，沙特有個重要的觀察，就是『關於存在的問題無法一次說清』。所謂哲學問題，在定義上，就是每一個世代，甚至每一個人，都必須一而再、再而三提出的問題。」

「好悲觀。」

「我倒不覺得。畢竟我們要提出這些問題，才知道自己活著。而且，當人們追尋這些根本問題的解答，總會發現其他問題也有了清晰明確的答案。科學、研究和科技都是我們哲學思考的副產品。人類最後能登陸月球，不也是出自對生命的好奇？」

「對啊，這是真的。」

「阿姆斯壯踏上月球時說：『這是個人的一小步，人類的一大步。』他用一句話總結了身為第一位登陸月球者的感想，也一併提及了我們的祖先。這顯然並非他一個人的功勞。在我們這個時代，我們要面對一些嶄新的問題。最嚴重的正是環境問題。因此，『生態哲學』成為二十世紀一個主要的哲學思潮。生態哲學的創始者是挪威哲學家奈斯，這個名稱也是他提出的。許多西方生態哲學家已提出警告，認為整個西方文明正走向徹底錯誤的方向，很快就會直接帶來衝擊，使地球不堪負荷。這些生態哲學家不只談論環境污染和破壞的具體影響，他們更深入指出，西方的思想形態存在根本上的謬誤。」

「我覺得他們說的沒錯。」

「打個比方，生態哲學家質疑演化觀念中，人比萬物高等的這個假設。人類自以為是大自然的主宰，這樣的想法可能會對地球造成致命傷害。」

「我一想到這點就很生氣。」

「生態哲學家批評演化觀點的同時，也觀察了印度等其他文化的觀念、思想，並研究俗稱原始民族，或稱『原住民』，也就是美洲印第安人的想法與習俗，想重新探索我們所失去的。

「近年科學界有一說，認為整個科學的思維模式正面臨『典範移轉』，意思是科學家思考的方式產生了根本上的轉變，這個改變也在好幾個領域帶來成果。我們已經看到許多新思潮運動，提倡整體論和新的生活方式。」

「很棒啊。」

「不過啊，當一件事情牽涉到許多人，我們就得學著分辨好與壞。有些人宣稱我們正進入一個新時代，但新的事物並非樣樣好，舊的也不該全被拋棄。這也是我幫妳上哲學課的原因之一。現在妳已經有了哲學史的背景，往後應該能找到自己人生的方向。」

「謝謝你。」

「妳將來應該會發現，許多打著『新時代』旗號的運動都是騙人的。近幾十年，西方世界甚至受到所謂的『新宗教』、『新神秘主義』和各種現代迷信的影響。這簡直已經成為一種企業。信仰基督教的人越來越少，因此哲學市場上出現了許多替代產品。」

「像是什麼？」

「簡直多不勝數，講也講不完。但無論如何，要描述自己所處的時代並不容易。要不要去市區散散步？我想給妳看個東西。」

「我不能去太久。你還記得明天的花園宴會吧？」

「當然。宴會中會發生奇妙的事，但我們先得讓席妲的哲學課程圓滿結束。少校還沒有想那麼遠，妳懂嗎？所以他已經不能完全掌控我們了。」

亞伯特拿起空的可樂瓶，砰一聲用力敲在桌上。

兩人出了咖啡館，走到街上，看見人們快步走過，就像像蟻窩裡充滿活力的螞蟻。蘇菲納悶亞伯特要讓她看什麼東西。

路上經過一家很大的商店，專賣各種通訊器材，從電視、錄影機、小耳朵到行動電話、電腦和傳真機都有。

亞伯特指著商店櫥窗，說道：「蘇菲，這就是二十世紀。世界可說是從文藝復興時期開始爆炸。偉大的探險航程展開後，歐洲人開始遊歷世界。反觀現代的情況，可說是『反爆炸』。」

「怎麼說？」

「世界正在凝聚成一個龐大的通訊網絡。不久之前，哲學家還得坐上好幾天的馬車，才能探索世界、和其他哲學家碰面。到了今天，我們在地球的任何角落都能透過電腦螢幕看到人類所經歷的一切。」

「感覺很棒，但也讓人有點害怕。」

「問題就在於，歷史是否正走向結束？或是正好相反，我們即將邁入嶄新的時代？我們不再只是一個城市的居民或某個國家的公民，而是地球的世界公民。」

「這是真的。」

「過去三、四十年，科技發展，尤其是通訊技術的進步，可說達到了史上的最高峰。我們目前所見識到的，可能只是個開始……」

「你就是要讓我看這個？」

「不，我要讓妳看的在那座教堂的另一邊。」

他們轉身要離開時，櫥窗裡有台電視的螢幕閃過幾個聯合國士兵的畫面。

「你看！」蘇菲說。

攝影鏡頭拉近到一個士兵的身上。他留著一臉黑鬍子，簡直和亞伯特一模一樣。這名士兵忽然舉起一塊牌子，上面寫著：「席妲，我很快回來！」接著他揮揮手，消失無蹤。

「又在裝神弄鬼！」亞伯特大喊。

「他是少校嗎？」

「我才不回答這個問題。」

他們穿過教堂前面的公園，走到另一條大街。亞伯特好像有點煩躁，他們在市區最大的連鎖書店門口停下腳步。

「進去吧。」

走進書店後，亞伯特指著最長的那面書牆，架上的書分成三類，包括：「新時代」、「新生活」和「神秘主義」。

書名都很吸引人，像是《死後的生命？》、《招魂術的秘密》、《義大利紙牌算命術》、《幽浮現象》、《治療》、《上帝重臨》、《你曾到過此地》、《何謂占星術？》等上百本書。書架下方還疊了更多的書。

「蘇菲，這也是二十世紀的特色。是我們這個時代的神廟。」

「你不相信這些嗎？」

「這些書大多是鬼扯，但都和色情書刊一樣暢銷。其實這種書很多也算是色情刊物。年輕人來這裡逛逛，買下最吸引他們的思想。但這些書和真正的哲學相去甚遠，就像色情和真愛的差異。」

「這例子也太粗俗了吧？」

「我們去公園坐坐。」

他們走出書店，在教堂前找了一張長坐下椅。一旁的樹下有鴿子在昂首闊步地四處走，有隻孤零零的麻雀在鴿群中異常活潑地跳來跳去。

「那些叫做ＥＳＰ、心靈學或是超心理學，」亞伯特開口。「或者精神感應、透視力或念力。也叫招魂術、占星術和幽浮學。」

「老實說，你真覺得這些都是騙人的？」

「真正的哲學家顯然不該說這些都不好。我想說的是，這些學問拼湊起來就像一張鉅細靡遺的地圖，但問題是，地圖上的土地或許根本不存在。其中有很多根本是『想像的虛構物』，可能會被休姆一把火燒了。那些書中所描述的內容，很多甚至連絲毫真實的經驗都算不上。」

「這樣的話，為什麼有這麼多類似的書？」

「這類書的出版簡直是大規模的營利事業，因為這就是大多數人想要的。」

「你覺得大家為何想要這些？」

「他們顯然可望有些神秘、不同的事物來打破單調的日常生活。但簡直是多此一舉！」

「怎麼說？」

「因為我們早已身處一場奇妙的探險。我們的眼前就有一件偉大的創作。蘇菲，就在這光天化日之下！妳看到了嗎？是不是很美妙？」

「我想是吧。」

「我們為何要跑到算命師的帳篷，或是走旁門左道，只為了追尋刺激或超自然的事物？」

「你的意思是說，寫這種書的人都是騙子？」

「不，我不是這個意思。但是這其中也有一個達爾文系統。」

「請你解釋清楚一點。」

「想想看，一天之間能發生多少不同的事？妳甚至可以挑選生命中的一天，想想那天妳所看到和經驗到的一切。」

「然後呢？」

「有時妳會遇上奇怪的巧合。妳可能會在一家店花了二十八克朗買東西，當天稍晚，喬安娜把她欠妳的二十八克朗還清。接著妳們決定一起去看電影，剛好坐在二十八號座位。」

「這真是一個神秘的巧合。」

「不管再怎麼神秘，這終究是一種巧合。重點在於，有些人會『收集』這類巧合，收集各種奇異、無法解釋的經驗。取自數十億人生活中的類似經驗集結成書後，就開始變得像真實資料。這些資料的不斷增加。但我要再次提醒，這就像樂透摸彩，只有中獎的號碼會被公佈出來。」

「但世界上真的有天眼通和靈媒，不是嗎？這些人不是經常有類似經驗嗎？」

「這些人確實存在，只要排除其中某些騙子，就能為所謂的神秘經驗找出另外一種解釋。」

「什麼解釋？」

「還記得佛洛伊德的潛意識理論嗎……」

「當然」

「佛洛伊德表示，我們常常能做自己潛意識的『靈媒』。我們可能會忽然察覺自己出於不明的原因，就開始想或做某件事情。這是因為，我們心中存在許多自己並未察覺的經驗、想法或記憶。」

「所以呢？」

「有些人會夢遊或說夢話，這也叫『心理自動現象』。被催眠的時候，我們也會『不由自主』說或做某些事情。記得嗎，超現實主義者也曾試著製造所謂的自動寫作。其實他們只是試著做自己潛意識的靈媒。」

「這個我記得。」

「在二十世紀，俗稱的『通靈現象』也不時引起人們關注，相信靈媒可以和已逝者接觸。靈媒可能會用死者的聲音說話，或透過自動寫作，藉以接收逝於數百年前的古人所傳達的訊息。這也被當作一種證據，說明人死後會進入另一個世界，或我們確實有前世、今生和來世。」

「嗯，我知道。」

「我不是說所有靈媒都是假的。有些並不是騙子，他們確實當過靈媒，只不過，他們當的是自己潛意識的靈媒。有幾個研究特別觀察靈媒在催眠狀態的行為，結果靈媒竟展現無論自己或別人都不曉得從何而來的知識或能力。有個案例中，從未學過希伯來文的女人忽然用希伯來文說話。因此她肯定在前世學過希伯來文，或是和某個死者的靈魂有了連結。」

「你覺得是哪一種？」

「最後研究發現，她小時候有一個奶媽是猶太人。」

「噢。」

「妳會不會很失望？這代表有些人擁有不可思議的能力，可以把經驗存放在潛意識中。」

「我懂你的意思了。」

「日常生活中許多不尋常的事，都能用佛洛伊德的潛意識理論來解釋。可能我某天正想找一個多年不曾聯絡的朋友的電話，對方就剛好打來。」

「聽起來有點毛。」

「但也可以解釋成，我們或許同時聽到收音機播放的一首老歌，這首歌剛好是兩人上一次見面時聽到的。重點是，我們都沒有察覺到其中的關聯。」

「所以，這類事件若不是鬼扯，就是像樂透中獎號碼，大家只注意到特別奇怪的事件；或者根本是潛意識在作祟，是這樣嗎？」

「嗯，無論如何，我們應該對這些書籍保留懷疑態度，這樣比較健康，尤其對一個哲學家來說。英國有一個懷疑論者所組的協會，多年前，他們重金懸賞，看誰能第一個證明超自然現象的存在，就算只有微薄的證據也行。該協會並非要找什麼奇蹟，甚至只要展現一點點心電感應就行了。但是至今都沒有任何人來參加。」

「嗯。」

「話說回來，還有很多事是我們人類無法理解的。我們或許也不明白大自然的法則。十九世紀時，還有許多人認為磁力和電力現象是變魔術。我敢打賭，要是我告訴曾祖母有關電視和電腦的事，她一定會驚訝到目瞪口呆。」

「所以你不相信任何超自然現象囉？」

「這個我們有說過。其實連『超自然』這個名詞也很奇怪。妳說得對，我相信世界上只有一個自然。但話說回來，這件事也夠驚人了。」

「那你剛才要我看的書中，所記載的神秘事件又是如何？」

「真正的哲學家應該睜亮雙眼。即使我們從未見過白色烏鴉，也永遠不該放棄尋找。或許有一天，連我這種懷疑論者也不得不接受以前不相信的現象。如果我否認這種可能性，那就太武斷了，不算是真正的哲學家。」

亞伯特和蘇菲繼續在長椅上坐著，沒有交談。一旁，鴿子伸長脖子咕咕叫，不時被路過的腳踏車或突然的動作嚇到。

「我得回家準備宴會的事。」蘇菲終於開口。

「我們分開之前，我想讓妳看一隻白色的烏鴉。牠沒有我們想得那麼遠，妳看。」

亞伯特從長椅上站起來，帶蘇菲回到書店。這次他們走過超自然現象的書區，來到書店最裡面一個不太牢固的書架前。架上掛著一塊很小的牌子，寫著「哲學」。

亞伯特指著架上的一本書。蘇菲一看到書名就倒抽一口氣，因為上面寫著：《蘇菲的世界》。

「我買一本送妳好嗎？」

「我不曉得自己敢不敢看。」

但是過不了多久，蘇菲就走在回家的路上，一手捧著那本書，另一手提著小袋子，裡頭裝了她為宴會準備的東西。

---

①編按：瑞典童話《騎鵝歷險記》的主角。

花園的宴會

……白色的烏鴉……

席妲坐在床上，一動也不動。她緊緊握住那本沈重的資料夾，覺得自己雙臂和雙手都在顫抖。

已經快十一點了，她連續讀了兩個多小時，不時抬頭大笑，有時還笑到側過身去喘氣。幸好家裡只有她一個人。

這兩個小時發生了好多事！起先是蘇菲要從小木屋回家，一路上努力吸引少校的注意。最後她爬上一棵樹，又被大白鵝莫頓救下來。莫頓大老遠從黎巴嫩飛來，有如她的守護天使。

雖然是很久很久以前的事，但席妲從未忘記爸爸讀《騎鵝歷險記》給她聽的情景。那幾年，她和爸爸一直用某種「祕密語言」溝通，這和《騎鵝歷險記》的內容有關。現在他又把那隻老鵝揪出來了。

接下來，蘇菲第一次單獨去咖啡館。席妲對亞伯特談的沙特和存在主義特別著迷，簡直因此成了存在主義者。但話說回來，亞伯特先前提過的哲學家，也曾讓她深深入迷。

席妲曾在大約一年前買過占星學的書，還有一次帶著塔羅牌回家，後來還買了招魂術的書。每次爸爸看到她這樣，總會說這是「迷信」啊，要她多多「批判思考」，但他直到現在給席妲徹底的一擊，簡直正中要害。他顯然想在女兒長大之前徹底警告她，為了確保席妲有聽進去，他還安排自己從商店櫥窗的電視螢幕上對她揮手。他大可不必這麼做……

席妲對蘇菲的事最感到好奇。蘇菲——妳是誰？妳從何而來？為什麼走進我的生命？最後，蘇菲得到一本關於她自己的書。就是席妲手中這一本嗎？這只是一本資料夾，但即便如此，一個人如何能在一本關於自己的書中發現一本關於自己的書呢？要是蘇菲開始讀這本書，會發生什麼事？席妲發現資料夾已經剩沒幾頁了。

蘇菲從市區回家時，在公車上遇到媽媽。這下糟了，要是媽媽看到她手上拿的書，不曉得會說什麼？

蘇菲想把書放進裝著宴會用彩帶和氣球的小袋子，但有點來不及了。

「蘇菲，我們竟然搭同一輛公車！好巧！」

「媽！」

「妳買了一本書？」

「沒有，不是買的。」

「《蘇菲的世界》……好奇怪。」

蘇菲知道這下騙不了媽媽。

「亞伯特給我的。」

「嗯，我想也是。我說過我一直很想見他。書可以借我看嗎？」

「等回家再看好不好？媽，這可是我的書。」

「這當然是妳的書。我看看第一頁就好，可以嗎？……『蘇菲．艾孟森走在放學回家的路上。一開始她和喬安娜一起走，路上她們聊著有關機器人的話題……』」

「書上真的這樣寫？」

「是啊，沒錯。作者叫艾勃特．奈格，應該是新作家吧。對了，妳認識的亞伯特姓什麼？」

「諾克斯。」

「蘇菲，這個不尋常的傢伙說不定寫了一本關於妳的書，只是他用筆名。」

「媽，那不是他。妳不要再說了，反正妳什麼都不懂。」

「對，我什麼都不懂。明天就是花園宴會，然後一切都會恢復正常。」

「艾勃特．奈格活在一個完全不同的現實中，所以這本書是一隻白色烏鴉。」

「真的別再說了，妳以前不是說大白兔嗎？」

「妳才別再說了！」

說著說著，公車就到了苜蓿巷底那一站。母女倆一下車就遇上示威遊行。

「天啊！」媽媽大喊，「我還以為我們社區不會有人走上街頭。」

示威的人不超過十或十二個。他們舉起的布條寫著：

少校即將現身
我要美味的仲夏節大餐
增強聯合國武力

蘇菲簡直為媽媽感到難過。

「別理他們。」蘇菲說。

「可是蘇菲，這個示威好奇怪，簡直有點荒謬。」

「這只是一場小把戲！」

「世界一直在加速改變，我倒是一點也不驚訝。」

「但不管怎樣，妳應該對『妳』不驚訝這件事感到驚訝。」

「才不呢。他們又沒有使用暴力，對吧？我只希望他們沒有踩壞玫瑰花床。他們一定不會跑去花園裡示威吧。我們快回家看看。」

「媽，這是哲學性的示威。真正的哲學家不會踐踏玫瑰花床。」

「蘇菲，我跟妳說，我不相信世上還有真正的哲學家。這年頭啊，什麼都是假的合成品。」

那天下午和晚上，母女倆都忙著張羅宴會的事。隔天早上也繼續裝飾餐桌。喬安娜也來幫忙了。

「這下可好，我爸媽也要來參加。蘇菲，都是妳害的！」喬安娜說。

客人預定到達的前半小時，一切都已準備就緒。樹上裝飾著彩帶和日本燈籠。花園的入口、小徑兩旁的樹上和屋前，全都掛滿了氣球。蘇菲和喬安娜幾乎一整個下午都忙著吹氣球。

餐桌上擺著雞肉、沙拉和各種手工自製麵包。廚房裡還有葡萄麵包和千層蛋糕、可頌和巧克力蛋糕。但桌子中央的位置要放生日蛋糕，是一個杏仁口味的三層蛋糕，最上層還有個金字塔。在蛋糕的尖頂，有一個穿著堅振禮服裝的小女孩人偶。媽媽曾向蘇菲保證，那個人偶也能代表未受堅振禮的十五歲女孩，但蘇菲覺得，媽媽是因為聽她說不確定是否想受堅振禮，才把人偶放在那裡。而媽媽似乎覺得那個蛋糕就代表堅振禮。

「為了這場宴會，我們可是不惜工本。」宴會開始前的半小時，媽媽說了好幾次這種話。

客人陸續抵達。蘇菲班上的三個女同學最先到。她們穿著夏季襯衫和淺色羊毛背心，搭配長裙，還塗上很淡很淡的眼影。過沒多久，傑瑞米和大衛也慢慢從花園入口走進來。他們看起來有點害羞，又有些男孩子氣的傲慢。

「生日快樂！」

「妳現在也是大人了！」

蘇菲發現喬安娜和傑瑞米已經暗中在眉來眼去。空氣裡有種說不上來的氣息，或許因為是仲夏了吧。

大家都帶了生日禮物送蘇菲。因為這是哲學性的花園宴會，所以有幾個人也試著探討「哲學是什麼」。雖然不是每個人都準備了關於哲學的禮物，但大多都在卡片上寫了有哲學意味的話。蘇菲收到一本哲學字典和一本附鎖的日記本，封面寫著「我的哲學思維」。蘇菲的媽媽把蘋果汁倒在長腳酒杯裡，端給所有客人喝。

「歡迎……這位年輕的男士，請問貴姓大名？我們好像沒見過……西西莉，妳能來真是太好了……」

所有年輕的客人都已端著杯子在樹下走動，這時，喬安娜的爸媽開著白色賓士轎車抵達花園門口。喬安娜的財務顧問爸爸穿著昂貴的灰色西裝，外表無懈可擊；媽媽則穿了紅色褲裝，上面飾有暗紅色亮片。蘇菲確信她定是在玩具店買到穿這種套裝的洋娃娃，再請裁縫按照她的尺寸做一套；又或許是喬安娜的爸爸買了洋娃娃，再請魔術師把它變成活生生的女人。但這實在不太可能，所以被蘇菲否決了。

他們踏出賓士轎車，走進花園，所有年輕客人都驚訝地看著她們。財務顧問親手給蘇菲一個細長的包裹，那是喬安娜家人合送的禮物。蘇菲拆開禮物，發現裡面是一個洋娃娃（沒錯，就是這個），還努力保持冷靜；但喬安娜卻完全不給面子：

「爸，你瘋了嗎？蘇菲又不玩洋娃娃！」

喬安娜的媽媽趕忙走過來，衣服上的亮片叮噹作響。「這只是用來裝飾嘛。」

「嗯，很謝謝你們，」蘇菲想打圓場。「我現在可以開始收集娃娃。」

大家零零星星走向餐桌。

「只剩亞伯特還沒到囉。」媽媽故意用一種熱情的語氣對蘇菲說，想掩飾她心裡的焦慮。其他客人也開始聊起有關「特別來賓」的傳聞。

「他有答應過我，所以一定會來。」

「他還沒到之前，我們可以讓其他客人先就座嗎？」

「當然啊。大家坐吧！」

蘇菲的媽媽請客人圍著長桌坐下。她特別在自己和蘇菲的位子中間保留一個空位。她說了一些話，像是天氣很好，還有蘇菲已經是大人了這類。

大家坐了半個小時後，有位留山羊鬍、頭戴貝雷帽的中年男子走到苜蓿巷，穿過花園大門走進來。他手裡拿著十五朵玫瑰做成的花束。

「亞伯特！」

蘇菲從長桌起身，跑去迎接他，雙手環抱他的脖子，再從他手裡接過花束。亞伯特見狀，便在外套口袋裡摸索，掏出幾個鞭炮，點燃之後丟在花園裡。他走餐桌旁，又點亮了一支煙火，放在杏仁蛋糕的最上層，接著站到蘇菲和媽媽中間的位置。

「我很高興來參加宴會。」他說。

這下大家都愣住了。喬安娜的媽媽意味深長地看了她先生一眼。蘇菲的媽媽看到亞伯特終於出現，就什麼都不計較了。而蘇菲本人則努力忍住笑意。

蘇菲的媽媽用手敲著她的玻璃杯，對大家說：「讓我們也歡迎亞伯特．奈格先生蒞臨哲學的花園宴會。他不是我的新男友，雖然我丈夫經常在海上，但我目前還沒有新男友。這位不得了的奈格先生是蘇菲新的哲學老師。他可不只會放鞭炮，他還會做很多事，像是從帽子裡變出一隻活生生的兔子。蘇菲，是兔子還是烏鴉？」

「謝啦。」亞伯特說著坐了下來。

「乾杯！」蘇菲說。大家都舉起酒杯敬蘇菲。

大家吃著雞肉和沙拉，坐了很久很久。這時喬安娜忽然站起來，堅決地走向傑瑞米，用力吻上他的唇。傑瑞米把她向後扳倒在桌上，好回應她的吻。

「噢，我從來沒有……」喬安娜的媽媽喊。

「小朋友，不要在桌上玩。」蘇菲的媽媽只有這麼說。

「為什麼不行？」亞伯特轉身問她。

「這問題很奇怪。」

「真正的哲學家本來就該問問題，這沒有錯。」

另外幾個沒被親吻的男生把雞骨頭往屋頂上扔。蘇菲的媽媽看到，也只是溫和地說：

「請別這樣，雞骨頭很難清理。」

「對不起。」其中一個男孩說，接著他們改把雞骨頭扔到花園的樹籬裡。

「差不多該收拾盤子，開始切蛋糕了。」蘇菲的媽媽終於開口。「蘇菲、喬安娜，妳們可以來幫忙嗎？」

兩個女孩走到廚房的途中，短暫聊了一下。

「妳幹麻跑去親他？」

「我坐在那裡看他的嘴唇，簡直無法抗拒。他真的好可愛！」

「他親起來怎樣？」

「和我想像的不太一樣，但是……」

「這是妳的第一次？」

「但不會是最後一次！」

咖啡和蛋糕很快就準備好了。亞伯特才剛拿了一些鞭炮給男孩子們，蘇菲的媽媽就敲起她的咖啡杯。

「我只要簡單說幾句話。」她開口了，「蘇菲是我的獨生女。在一個星期又一天前，她滿十五歲了，這在一生中只有一次。各位都看到我們不惜工本辦了這場宴會。生日蛋糕上有二十四個杏仁圈餅，每個人至少會吃到一個。先拿的人可以吃兩個，因為我們從上面開始拿，但是下層的圈餅比較大。人生不也是如此？蘇菲小時候總是在一個小小的圈子裡跑，經過這些年，圈子越來越大，現在她已經會跑去舊市區再跑回來了。而且啊，她爸爸經常出海，所以她經常打電話到世界各地。蘇菲，祝妳十五歲生日快樂！」

「好棒！」喬安娜的媽媽說。

蘇菲不確定她是在說她媽媽、她媽媽講的話、生日蛋糕，或是蘇菲自己。

大家拍手鼓掌。有個男生把鞭炮丟到梨樹上。喬安娜離開座位，把傑瑞米從椅子上拉起來。兩人滾到草地上互相親吻，不久便滾進了紅醋栗樹叢。

「這年頭女生都很主動啊。」喬安娜的爸爸說。

他一說完，就起身走到樹叢那裡靠近看。結果其他人也跟了過去。只有蘇菲和亞伯特留在位子上。其他的客人站成半圓形，圍著喬安娜和傑瑞米。

「誰也擋不住他們。」喬安娜的媽媽似乎有點自豪。

「有其母必有其女。」她丈夫說。

他東張西望，看大家會不會鼓掌稱讚這句話說得好，但眾人只是默默點頭。他見狀又補充說：「也沒辦法了。」

蘇菲從遠處看見傑瑞米正想解開喬安娜白襯衫的鈕釦。襯衫已經被草地沾上綠綠的痕跡。

喬安娜也摸向傑瑞米的腰帶。

「小心著涼！」喬安娜的媽媽說。

蘇菲絕望地看著亞伯特。

「事情發生得比我想的還快。我們得儘快離開這裡，但我要先跟大家說幾句話。」亞伯特說。

蘇菲用力鼓掌。

「請大家回到位子上好嗎？亞伯特有話告訴大家。」

大家都慢慢走回座位，除了喬安娜和傑瑞米。

「你真的要演講嗎？」蘇菲的媽媽問。「好棒喔！」

「謝謝。」

「我知道你喜歡散步。保持身材很重要，而且你還有一隻狗陪伴，那又更好了。狗狗是不是叫漢密斯？」

亞伯特站了起來。「親愛的蘇菲，」他開始說，「這是一個哲學的花園宴會，所以我要談關於哲學的事。」

大家熱烈鼓掌。

「在這麼混亂的情況下，或許很適合談談理性。但無論發生什麼事，我們都別忘了祝蘇菲十五歲生日快樂。」

他才剛說完，就有一架小飛機嗡嗡地出現，低飛在花園上空，機尾還拉著一塊長布條，寫著：「十五歲生日快樂！」

大家再次鼓掌，而且更大聲了。

「你們看到了沒？」蘇菲的媽媽很高興，「這個人可不只會放鞭炮！」

「謝謝。這只是小把戲。過去幾個星期，我和蘇菲進行了大規模的哲學調查。我們現在要公佈調查結果，揭開我們的存在最深層的秘密。」

大家都安靜下來，只聽見小鳥的叫聲，還有紅醋栗樹叢裡被壓抑的聲音。

「繼續說吧。」蘇菲說。

「我們徹底研究了古希臘到現代的哲學家之後，發現自己其實活在一位少校的心靈中，那位少校目前擔任聯合國觀察員，派駐黎巴嫩。他為女兒寫了一本關於我和蘇菲的書。那個女孩子叫席妲．穆樂．奈格，家住挪威的利勒桑，今年也是十五歲，而且跟蘇菲同一天生日。她六月十五日那天早上醒來，發現這本書放在她床邊的桌子上。更明確地說，書的內容都在一本資料夾裡。此刻，就在我們說話的時候，席妲正用食指摸著資料夾的最後幾頁。」

大家臉上紛紛出現憂慮的神色。

「我們的存在只是席妲的生日消遣。少校創造我們，並以我們為架構來教導女兒哲學。意思就是說，好比花園入口的賓士轎車吧，那簡直是一文不值的小把戲，充其量只是在一位可憐的聯合國少校腦海裡到處跑的白色賓士。而少校此刻正坐在棕櫚樹下躲太陽。你們要知道，黎巴嫩可是很炎熱。」

「胡扯！」喬安娜的理財顧問老爸喊道。「簡直一派胡言。」

「你可以表達自己的看法，」亞伯特蠻不在乎地繼續說，「但事實是，這場花園宴會才是胡扯。唯一理性的只有我這番談話。」

聽到這句話，喬安娜的爸爸站起來說：「我們大家在這裡拚命做生意，為自己買了各種保險，以防萬一。結果呢？這裡來了個萬事通先生，發表什麼『哲學』宣言，就否定了我們所有努力。」

亞伯特同意地點點頭。

「的確，沒有任何保險會涵蓋這種哲學見解，這可是比自然災害更糟糕啊。但是老兄啊，這位先生，你應該知道保險公司也不負責自然災害。」

「這可不是天然災害！」

「不，我是說生存方面的天災。打個比方吧，你看看紅醋栗樹叢底下，就知道我在說什麼了。就算你的生活因為什麼事情而全盤崩潰，保險也幫不上忙。你也無法買保險來防止太陽熄滅。」

「我們為什麼要聽他胡說八道？」喬安娜的爸爸問，同時看著他的妻子。

她搖搖頭，蘇菲的媽媽也搖搖頭。

「真遺憾，我們可是不惜工本舉辦這場宴會。」

年輕人都坐著看亞伯特。「我們想繼續聽。」有個戴眼鏡的捲髮男孩開口了。

「謝謝。但我沒什麼好說的了。當你發現自己是一個夢中的人物，存在於某人恍惚的意識中，依我來看，最明智的反應就是保持沉默。但在結束之前，我要建議你們修一門簡短的哲學史課程。你們要以批判的眼光檢視上一代的價值觀，這很重要。如果我曾試著教導蘇菲任何事，那就是要她懷抱批判性的思考。黑格爾說這是否定的思考。」

喬安娜的爸爸還是站著，他用手指敲打桌子。

「這傢伙在煽動群眾，想徹底破壞學校、教會和我們努力灌輸給下一代的健全的價值觀。年輕人有大好的未來，總有一天會繼承我們所有的成就。要是這傢伙不立刻離開這裡，我就要叫我的律師來。他知道該怎麼處理這種人。」

「你不過是個影子，所以無論你想怎麼處置我，都沒什麼差別。反正我和蘇菲馬上就要走了，畢竟對我們來說，哲學課程不是只談理論，也有實際的一面。等到時機成熟，我們會把自己變不見，藉此溜出少校的意識。」

蘇菲的媽媽拉著蘇菲的手。

「蘇菲，妳不會離開我吧？」

蘇菲抱著媽媽，並抬頭看亞伯特。

「媽媽好難過……」

「不，這太荒謬了。別忘了妳學過的，我們要掙脫的就是這種胡言。妳媽媽人很好，又親切，就像上次帶了一籃食物要給祖母、來到我家門口的小紅帽。她覺得難過，而剛才那架小飛機需要燃料才能祝妳生日快樂，兩者其實差不多。」

「我懂你的意思了。」蘇菲說著，轉過身背對媽媽。「媽，我必須照他的話做。我遲早必須離開。」

「我會很想妳，」媽媽說，「但如果在我們生活的世界之上，有一個天堂，妳就得飛上去。我會好好幫妳照顧小烏龜葛文達，牠一天吃一片還是兩片萵苣？」

亞伯特把手搭在她的肩上。

「你們沒有任何人會想念我們。理由很簡單：因為你們並不存在。你們只不過是影子。」

「這簡直是污辱人！」喬安娜的媽媽忽然大叫。

她丈夫點點頭。

「我們至少能告他誹謗。他一定是共產黨徒，要剝奪我們珍視的一切。真是無賴！」

話一說完，他和亞伯特都坐了下來。喬安娜的爸爸氣到滿臉通紅。喬安娜和傑瑞米也回到座位了，兩人的衣服都又皺又髒，喬安娜一頭金色的秀髮沾滿泥巴。

「媽媽，我要生小孩。」喬安娜宣佈。

「好吧，但是等妳先回家再說。」

喬安娜的爸爸馬上表示支持。「她得克制一下自己。如果小孩今晚要受洗，她就要自己想辦法。」

亞伯特嚴肅而陰鬱地看著蘇菲。

「該走了。」

「離開之前，可否再幫我們倒一些咖啡？」蘇菲的媽媽問。

「媽，當然好，我馬上就來。」

蘇菲拿起桌上的保溫壺，她必須再煮一些咖啡。她站著等咖啡煮好，順便餵了鸚鵡和金魚，再拿一片萵苣葉到浴室，給葛文達吃。她到處都找不到貓咪雪瑞卡，但還是打開一大罐貓食，全倒進碗裡，放在門前的台階上。她的眼眶裡充滿淚水。

蘇菲端著咖啡回到花園，頓時覺得這根本不像十五歲女孩的哲學宴會，反而像小孩子的聚會。好幾瓶汽水打翻在桌上，桌布上也沾滿了巧克力蛋糕，裝葡萄乾麵包的盤子還倒扣在草地上。蘇菲走到長桌時，有個男生在千層蛋糕上放了一串鞭炮。鞭炮一爆炸，蛋糕上的奶油把桌子和客人的身上噴得到處都是。喬安娜媽媽的紅色褲裝最遭殃，但奇怪的是，她和所有人都極為冷靜。喬安娜拿起一大塊巧克力蛋糕，塗滿傑瑞米的整張臉，接著開始用舌頭把蛋糕舔掉。

蘇菲的媽媽和亞伯特一起坐在鞦韆上，和大家保持一段距離。他們對蘇菲揮揮手。

「你們終於開始祕密談話了。」蘇菲說。

「妳說得完全沒錯。」媽媽一副很高興的樣子。「亞伯特是一個無私的人。我可以放心把妳交給他。」

蘇菲在他們兩人中間坐下。

有兩個男生爬到屋頂上，還有個女生拿髮夾到處戳氣球，另外還有個不請自來的客人騎了摩托車出現，載著一箱啤酒和幾瓶白蘭地。有幾個人幫忙迎接他進來。

喬安娜的財務顧問爸爸見狀，便站起來拍手，說道：「要不要玩遊戲？」

他抓起一瓶啤酒，一口飲盡，把喝完的空瓶子放在草坪中央。接著他走到餐桌旁，拿了生日蛋糕上的最後五個杏仁圈，向其他人示範丟圈餅，套在酒瓶的瓶頸上。

「死亡的痛，」亞伯特說。「我們最好趁少校把一切結束、席妲合上資料夾之前，先趕緊離開。」

「媽，妳要自己一個人收拾了。」

「乖女兒，沒關係。這不是妳該過的日子。如果亞伯特能讓妳過更好的生活，我比誰都高興。妳不是說過他有一匹白馬？」

蘇菲望向花園，簡直認不出這個地方。草地上到處都是酒瓶、雞骨頭、麵包和氣球。

「這裡曾是我小小的伊甸園。」她說。

「現在妳要被趕出來了。」亞伯特說。

有個男生坐在白色賓士裡。他發動引擎，車子飛快衝過花園入口，開到石子路上，闖進花園裡。

蘇菲感覺手臂被緊緊抓住，整個人被拖進了祕密基地。接著她聽見亞伯特說：「來吧！」

這時候，白色賓士撞上了蘋果樹。未熟成的蘋果像下雨般落在車蓋上。

「簡直太過分了！」這位理財顧問大吼。「你要給我巨額賠償！」

他太太完全支持這個想法。

「都是那個該死的無賴害的。他跑哪兒去了？」

「他們消失在空氣中了。」蘇菲的媽媽有點自豪。

她筆直站起身，走向長餐桌，開始整理哲學花園宴會的殘局。

「有人還要咖啡嗎？」

對位法

……兩條或更多的旋律同時響起……

席妲坐在床上。蘇菲和亞伯特的故事就這樣結束了，但究竟發生了什麼事？

爸爸為什麼要寫最後那一章？難道只是想表達他能影響蘇菲生活的世界嗎？

她左思右想，心不在焉地洗完澡，穿好衣服，很快吃完早餐，就漫步到花園裡，坐在鞦韆上。

亞伯特說得沒錯，宴會中唯一有道理的就是他的演講。爸爸該不會覺得席妲的世界和蘇菲的花園宴會一樣混亂吧？或者爸爸認為她的世界最後也會消失？

蘇菲和亞伯特呢？秘密計畫後來怎麼了？

席妲是不是要自己繼續寫這個故事？或是他們真的溜到故事外頭了？

他們此刻究竟在哪裡？

她突然有個想法。要是亞伯特和蘇菲真的溜出了故事，也不會記載在資料夾裡。因為很不幸地，爸爸對資料夾裡的內容可是一清二楚。

字裡行間會不會隱藏了別的意思？書中有相當程度的暗示。席妲發覺，自己必須把整個故事再看一到兩次。

一看到白色賓士開進花園，亞伯特就把蘇菲拖進祕密基地。兩人跑進樹林，往少校的小木屋前進。

「快！」亞伯特喊。「要在他開始找我們之前行動。」

「我們已經躲開少校了嗎？」

「我們在邊緣了。」

他們划過湖面，跑進小木屋。亞伯特打開地板的活門，把蘇菲推進地窖。然後是一片漆黑。

接下來的幾天，席妲都在籌備她的計畫。她寫了幾封信給住在哥本哈根的安妮・柯凡德，也打了幾通電話給她。她也請朋友和認識的人幫忙，結果班上有幾乎有一半的同學願意加入。

這段期間，她也重讀了《蘇菲的世界》。這不是一個讀完一次之後，就能擱在一旁的故事。她想著蘇菲和亞伯特離開花園宴會之後的遭遇，腦中不斷產生新的想法。

六月二十三日星期六，席妲大約在早上九點驚醒。她知道爸爸已離開黎巴嫩的營區了，現在她只要耐心等待。她已經把爸爸這天最後的行程都詳細計畫好了。

當天早上稍晚，席妲和媽媽一起為仲夏節做準備。席妲不禁想起蘇菲母女倆準備仲夏節宴會的情形。但她們已經開完宴會，結束了。真的結束了嗎？還是她們此刻也到處忙著佈置？

蘇菲和亞伯特坐在兩棟大型建築前的草坪。難看的排氣口和通風管都露在外頭。有一對年輕男女走出其中一棟建築，男人提著咖啡色公事包，女人肩上背了紅色包包。在兩人身後，有輛車子駛過後院的小路。

「發生什麼事了？」蘇菲問。

「我們成功了！」

「但我們現在在哪裡？」

「這裡是奧斯陸。」

「你確定？」

「我很確定。其中一棟建築叫『新宮』，是學音樂的地方。另外那一棟是神學院，叫『會眾學院』。更上坡一點還有科學、文學和哲學學院。」

「我們已經逃出席妲的書，脫離少校控制了嗎？」

「對，他絕對找不到我們。」

「可是我們跑過樹林的時候，究竟人在哪裡？」

「少校忙著安排喬安娜爸爸的車撞上蘋果樹，我們趁機躲進了祕密基地。那時我們仍處於胚胎階段，既是舊世界的人，也是新世界的人。但少校絕對想不到我們會躲在那裡。」

「為什麼？」

「他絕不會輕易放我們走。這個過程就像一場夢境。當然，少校自己也可能參與其中。」

「什麼意思？」

「發動白色賓士車的人是他。他或許用盡了全力，不想看見我們。畢竟，發生這麼多事情之後，他大概累壞了……」

這時候，那對年輕男女距離他們只有幾公尺了。蘇菲想到自己和一個年紀比她大很多的男人坐在草地，不禁覺得很彆扭，加上她還需要別人來證實亞伯特說的話。

蘇菲站了起來，走向那兩個人。

「不好意思，請問這條街叫什麼？」

兩人卻完全無視她的問題。

蘇菲很生氣，於是又問了一次。

「人家問問題，你也該回答吧？」

那個年輕的男人顯然正專心向同伴說明某件事情：

「對位法曲式在水平和垂直兩種空間中作用，前者指的是旋律，後者是和聲。總會有兩條或更多的旋律同時響起……」

「抱歉打擾你們，但我……」

「這些旋律互相結合，恣意進行，無論合起來的效果如何。但總之旋律必須和諧一致。其實是『音符對音符』。」

真沒禮貌！這兩個人明明沒瞎也沒聾啊。蘇菲又問了一次，這次還站在他們前面，擋住去路。

他們卻只是和蘇菲擦身而過。

「起風了。」女人說。

蘇菲趕緊跑回去找亞伯特。

「他們聽不到我講話！」蘇菲很絕望。這個時候，她忽然想起有關席妲和十字架金鏈的夢。

「這就是我們要付出的代價。雖然我們溜出了一本書，卻不可能和作者擁有一樣的身分。但我們確實在這個地方。從現在開始，我們會永遠保持離開哲學花園宴會那天的狀態，永遠不會老去。」

「意思是說，我們永遠無法真的接觸身邊的人嗎？」

「真正的哲學家絕對不會說『永遠不能』。現在幾點？」

「八點了。」

「當然了，我們就是八點離開船長彎的。」

「今天席妲她爸爸從黎巴嫩回來。」

「所以我們動作要快。」

「為什麼？你是說……？」

「妳不是很想知道少校回到柏客來之後，會發生什麼事？」

「是啊，但……」

「那就跟我來！」

他們往市中心走去。路上有幾個人行經他們身旁，但全都自顧自地往前走，彷彿看不見蘇菲和亞伯特。

整條街的路邊都停滿了車。亞伯特走到一台紅色小敞篷車的前面，車的頂篷是放下來的。

「這台可以，」他說。「只要確定車子是『我們的』就行了。」

「我完全聽不懂你在說什麼。」

「我來解釋一下吧。我們不能隨便開走這個城市裡某人的車子。妳想想看，要是別人發現車子沒人開就自動前進，那會怎麼樣？更何況，我們也不一定能發動這台車。」

「你為什麼選這台敞篷車？」

「我曾在一部老電影裡面看過這輛車。」

「很抱歉，我實在不想再跟你打啞謎了。」

「蘇菲，這台車不是真的，就和我們一樣。其他人經過這裡，只會看到一個空的車位。只要證實這點，我們就能上路了。」

他們站在敞篷車旁邊等候。不久就有個男孩騎著腳踏車過來，他騎在人行道上，忽然轉了個彎，直接騎過了紅色敞篷車，往路上去了。

「看到沒有？這是我們的車！」

亞伯特打開乘客座的門。

「請進！」蘇菲聽他這麼說，就跟著坐上車。

亞伯特進了駕駛座。鑰匙已經插在車上，他一轉動，引擎就發動了。

他們往城市的南方開，行經德拉門、萊薩克和桑德維卡，打算前往南方的利勒桑鎮。一路上看到越來越多仲夏節火堆，尤其是開過德拉門之後。

「蘇菲，已經到仲夏了。很棒吧？」

「坐敞篷車還能吹到清新舒服的風，真好。別人真的都看不見我們嗎？」

「只有像我們這樣的人才看得到。我們說不定會遇到其中幾個。現在幾點？」

「八點半。」

「我們走捷徑吧，才不要一直跟在這台拖車後面。」

他們轉進一片開闊的玉米田。蘇菲回頭看，發現車子行經之處，很寬的一整塊玉米稈都被壓平了。

「等到明天，他們就會說有一陣怪風吹過了玉米田。」亞伯特說。

艾勃特・奈格少校剛從羅馬飛抵哥本哈根國際機場。時間是六月二十三日星期六，下午四點半。他覺得今天特別漫長。從羅馬飛到哥本哈根國際機場，這是他旅程的倒數第二站。

他穿著向來引以為傲的聯合國制服，走過護照檢查站。他代表自己和他的國家，同時也代表一個國際司法體系——一個擁有有百年傳統、囊括全球的機構。

他只帶了一個背包登機，其他行李都在羅馬就托運了。過海關時，他只需拿起那本紅色的護照。

「我沒有東西要申報。」

轉往挪威克里斯蒂安桑的班機，還要等將近三個小時才會起飛。所以他有時間幫家人買些禮物。兩個星期前，他已經把自己用畢生心血完成的禮物寄給席妲。他太太瑪莉特把禮物放在女兒床邊的桌子上，好讓她生日那天一醒來就看到禮物。自從他那天深夜打電話給席妲說生日快樂之後，一直沒再和她說話。

艾勃特買了幾份挪威報紙，到酒吧坐坐，點了一杯咖啡。他連報紙標題都還沒瀏覽，就聽到擴音器廣播：「旅客艾勃特．奈格請注意，艾勃特．奈格先生，請到斯堪地納維亞航空公司的服務台。」

現在是怎麼了？他感到背脊一陣寒意。他該不會又被調回黎巴嫩吧？還是家裡發生了什麼事？他快步走到航空公司的櫃台。

「我是艾勃特．奈格。」

「先生，有一封緊急通知要給您。」

他馬上打開信封，發現裡面還有個更小的信封。上面寫著：請哥本哈根國際機場，斯堪地納維亞航空公司轉交艾勃特．奈格少校。

艾勃特忐忑地拆開小信封。裡面有一張簡短的字條：

親愛的爸爸：

歡迎你從黎巴嫩回來。你應該知道我有多迫不及待要等你回家。請原諒我找人廣播呼叫你。因為這樣最方便。

PS：很不幸，關於那輛被偷走又撞毀的賓士，喬安娜的爸爸已經來函要求賠償。

PSPS：你回家的時候，我可能坐在花園裡。但在你到家之前，我可能還會跟你聯絡。

PSPSPS：我不敢一次在花園裡停留太久。在這個地方很容易陷進土裡。

愛你，而且有很多時間準備迎接你回家的席妲

艾勃特．奈格少校一讀完信就想笑。只不過，他不喜歡這樣被人操弄。他向來喜歡主導自己的生命，但現在呢，這個心機的小女生竟然在挪威的利勒桑指揮他在哥本哈根國際機場的行動！她究竟怎麼辦到的？

他把信封放進胸前的口袋，慢慢走向機場的小型商店區。他才剛要踏進一家丹麥食品店，

就發現店家的櫥窗上用膠帶貼了一個小信封。信封上面，用很粗的馬克筆寫著「艾勃特・奈格少校」。艾勃特把信封從櫥窗拿下來拆開，上面寫著：

私人信函。請哥本哈根國際機場的丹麥食品店轉交艾勃特・奈格少校。

親愛的爸爸：

請買一條很大的丹麥香腸，最好有兩磅重。媽媽可能想吃法國白蘭地香腸。

PS：來點丹麥魚子醬也不賴。

愛你的席妲

艾勃特在原地轉了一圈。席妲會不會在這裡？瑪莉特該不會讓她飛到哥本哈根跟爸爸會合吧？這確實是席妲的筆跡……

突然之間，這位聯合國觀察員覺得自己被人觀察了。他的所有行動彷彿都被人遙控，感覺自己就像小孩手裡的洋娃娃。

他走進丹麥食品店，買了一條兩磅重的丹麥香腸、一條白蘭地香腸和三罐丹麥魚子醬。接著他沿著商店區繼續逛，決定好好幫席妲挑一份禮物。要買計算機嗎？還是一台小型收音機？

好吧，就買收音機。

他來到賣電器的商店，發現櫥窗上也黏了一個信封，寫著「請哥本哈根國際機場最有趣的商店轉交艾勃特．奈格少校」。裡面同樣有張字條，寫著：

親愛的爸爸：

蘇菲要我代為問候你，並向你說謝謝。因為她慷慨的爸爸送給她一部迷你電視兼收音機當作生日禮物。這個禮物很棒，但其實也只是騙人的把戲。但我得承認，我和蘇菲一樣喜歡這些小把戲。

PS：為了預防你還沒走到那裡，我先提醒，丹麥食品店和一間很大的免稅商店還有更進一步的指示。

PSPS：我生日的時候有拿到零用錢，可以贊助你三百五十克朗，買那台迷你電視。

愛你，而且已經準備好火雞和蘋果核桃沙拉的席妲

一台迷你電視要價九百八十五丹麥克朗。但艾勃特心想，比起自己被女兒的詭計要得團團轉，這些錢簡直小事一樁。席妲究竟在不在這裡？

他開始專心提防，無論走到哪裡都提高警覺。他覺得自己像是間諜和木偶的綜合體。這簡

直是剝奪他的基本人權吧！

他也被迫去逛免稅商店。果然有個寫了他名字的信封。整座機場好像變成一個電腦遊戲，而他本身則是游標。他讀起信封裡的字條：

請哥本哈根國際機場免稅商店轉交艾勃特．奈特少校。

我只想要一包軟糖口香糖和幾條杏仁糖。記得喔，這些東西在挪威賣得比較貴。我印象中，媽很喜歡義大利的金巴利苦艾酒。

ＰＳ：你記得在回家的一路上提高警覺，畢竟你不會想錯過什麼重要訊息吧？

愛你，而且學習能力很強的女兒席妲

艾勃特絕望地嘆了口氣，但還是走進免稅店，買了席妲指定的東西。接著他手提三個塑膠袋，背著登機背包，便走向二十八號登機門等候。就算還有其他訊息，他也看不到了。

不過呢，他發現二十八號登機門的一根柱子上，也用膠帶貼著一個信封：「請哥本哈根國際機場第二十八號登機門轉艾勃特．奈特少校」。這也是席妲的字跡，但登機門號碼的羅馬數字「２８」好像是別人寫的。但畢竟只有兩個數字，也無從比對起。

艾勃特背靠著牆，坐在一張椅子上，購物袋擱在膝上。這位向來自負的少校，此刻卻坐得挺直，雙眼直視前方，簡直像第一次單獨出門旅行的小孩。要是席妲在這裡，他可不會讓她先找到他！

他焦急地看著每一個走進的旅客。有那麼一會兒，他覺得自己是被嚴密監控的敵方間諜。當旅客終於獲許登機時，他才鬆了一口氣。他最後一個登機，交出登機證時，還順手把貼在報到台的另一個白色信封給撕下來。

蘇菲和亞伯特開車行經布列維克，沒多久就到了通往克拉格勒的出口。

「你會不會開太快了？」蘇菲說。

「都快九點了。他搭的飛機很快就會降落在機場。但我們可不會因為超速被攔下來。」

「萬一撞到別的車呢？」

「如果是普通的車就沒關係，但若是像我們這種車……」

「會怎麼樣？」

「我們就要很小心了。妳有發現我們已經超越蝙蝠俠的車嗎？」

「沒有。」

「我們從德拉門繼續南下，有看到那台車停在維斯福的某處。」

「前面這輛遊覽車不容易超越，而且道路兩旁滿滿都是樹。」

「蘇菲，這根本沒有差。妳難道還不懂嗎？」

話一說完，亞伯特就把車子調頭，直接開進了樹林。

蘇菲大大鬆了一口氣。

「真是嚇死我了。」

「即使直接開進一堵磚牆，我們也不會有感覺。」

「這也只能代表，我們和周遭的事物相比，只不過是空氣組成的靈魂。」

「不對，這麼說簡直是本末倒置。對我們而言，周遭的現實世界才像是空氣般的體驗。」

「我不懂你的意思。」

「仔細聽我說：很多人以為靈魂比水汽更有『空氣』的特性。其實不是這樣，靈魂反而比冰更像是固體。」

「我從沒這麼想過。」

「我跟妳說個故事吧。從前從前，有一個男人，他不相信世界上有天使。某天他在樹林裡工作時，有位天使來找他。」

「然後呢？」

「他和天使一起走了一段路。接著男人轉頭對天使說：『好吧，我得承認世界上真的有天使。但你不像我們一樣，存在於現實中。』天使問：『你為何這麼說？』男人回答：『我們剛才經過那塊大石頭，我必須繞過去，但你走著走著，就從石頭中間滑過去；後來有一根大樹幹倒在路中間，我必須爬過去，但你卻直接走過了樹幹。』天使聽了很驚訝，於是說：『你有發現我們也經過了一個沼澤嗎？我們兩個都直接穿過那陣霧氣，因為我們比霧氣更有固體的特性。」

「噢！」

「蘇菲，我們也是這樣。靈魂能穿越鋼鐵做的門。無論坦克或轟炸機都無法毀壞靈魂所構成的事物。」

「這倒是個安慰。」

「我們很快就會經過雷塞爾。從我們離開少校的小木屋到現在，頂多才過了一小時。好想來杯咖啡啊。」

車子開過費安，快到桑德雷德時，左手邊出現了一家叫「灰姑娘」的餐館。亞伯特把車子調頭，停在店門前的草坪。

兩人走進餐館，蘇菲想從冰櫃拿一瓶可樂，但卻舉不起來，感覺瓶子好像被黏住了。亞伯特在櫃檯另一邊，拿著他在車上找到的一個紙杯，想裝咖啡，但使盡了全身的力氣，就是壓不下咖啡機的按鈕。

亞伯特氣壞了，想找餐館的其他客人求助。看到大家都沒反應，他忍不住大吼「我要喝咖啡！」蘇菲只好把耳朵摀住。

他很快就氣消了，反而放聲大笑，笑到直不起腰。正當兩人準備轉身離開，有個老婦人從座位上站起來，走向他們。

她穿著一條很鮮豔的紅裙，冰藍色的羊毛衣，搭配白色頭巾。她整個人似乎比這家小小餐館裡的一切都更加鮮明。

她走向亞伯特，對他說：「哎呀，小男孩，你可真會吼！」

「不好意思啊。」

「你說想喝咖啡是吧？」

「對，可是……」

「我們在附近有一家小店。」

他們跟著老婦人走出去，沿著餐館後方的小路前進。走著走著，她開口了：「你們是新來的？」

「嗯，我們也不妨承認吧。」亞伯特回答。

「沒關係。孩子們，歡迎來到永恆國度。」

「妳呢？」

「我來自格林童話的某個故事。這已經是快兩百年前的事了。你們從哪裡來的？」

「我們來自一本哲學書。我是哲學老師，這位是我的學生蘇菲。」

「呵呵！那可是一本新書呢！」

三人穿過樹林，來到一小塊林間空地，那裡有幾間感覺很溫馨的咖啡色小屋。在小屋之間的院子裡，升起了一座大型仲夏節火堆，四周有一群五顏六色的人在跳舞。蘇菲認出許多人，像是白雪公主和幾個小矮人、《歡樂滿人間》裡撐傘從天而降的魔法保母、福爾摩斯、小飛俠和長襪子皮皮，還有小紅帽和灰姑娘。火堆旁子圍繞著許多眼熟但不知名的人物，像是地精、小精靈、半人半羊的神、巫婆、天使和小魔鬼。蘇菲甚至看到一個活生生的巨人。

「好熱鬧！」亞伯特大喊。

「要慶祝仲夏節囉，」老婦人說。「我們上次像這樣聚在一起，是在四月三十日，瓦爾波節的時候，①當時我們還在德國呢。我只是到這裡來住一陣子的。你是要喝咖啡嗎？」

「對，麻煩了。」

蘇菲此刻才發覺，所有屋子都是薑餅、糖果和糖霜做的。有幾個人直接吃起了屋子前面的部分。有一個麵包師傅到處走來走去，修補被吃掉的部分。蘇菲大膽在屋角咬了一口，簡直比她吃過的任何東西都更香甜可口。

這時，老婦人端著一杯咖啡走過來。

「真的很感謝妳。」

「你們打算用什麼來支付這杯咖啡？」

「支付？」

「我們通常用故事來支付。比方說，你可以說一個老婦人的故事，來交換咖啡。」

「我們可以說完一整段關於人類不可思議的故事。但遺憾的是，我們在趕時間。可以改天回來付嗎？」亞伯特說。

「當然好，但你們究竟在趕什麼？」

亞伯特說明了他們的任務。老婦人聽完之後表示：「不得不說，你們兩個實在太嫩了。趕緊切斷你們和凡人祖先之間的臍帶吧，我們已經不需要他們的世界了，我們現在是隱形人。」

亞伯特和蘇菲急忙回到灰姑娘餐館開紅色敞篷車。有一位忙碌的母親站在車子旁邊，為她兒子把尿。

他們全速前進，抄了許多捷徑，不久就抵達利勒桑。

在哥本哈根起飛的ＳＫ８７６班機，預計晚上九點三十五分在凱耶維克機場降落。當飛機在哥本哈根的跑道上滑行時，艾勃特．奈格少校拆開他在登機報到台拿到的信封。裡面的字條寫道：

致艾勃特．奈格少校，請在他於一九九〇年仲夏節，於哥本哈根國際機場登機時轉交。

親愛的爸爸：

你大概以為我會出現在哥本哈根機場。只不過，我掌控你行蹤的方式可是巧妙得多。爸，無論你在哪裡，我都看得見你。其實我拜訪了一個很有名的吉普賽家庭，他們很多很多年前，曾賣了一面魔鏡給曾祖母，我自己也跟他們買了一顆水晶球。此時此刻，我看到你正好在機位上坐了下來，請容我提醒你繫好安全帶，並豎直椅背，等「繫好安全帶」的燈號熄滅。飛機一起飛，你就可以放低椅背，好好休息，這是你應得的。你回到家之前，需要先充分休息。利勒桑這裡天氣非常好，但氣溫比黎巴嫩低了好幾度。祝旅途愉快。

愛你的巫婆女兒、鏡子皇后、反諷的最高守護神　席妲

艾勃特不曉得自己究竟是生氣，或只是疲倦和無奈。接著他笑了起來，笑得非常大聲，連其他乘客都轉頭瞪他。然後，飛機起飛了。

席妲以其人之道還治其人之身，但她的作法和爸爸很不一樣。艾勃特只是影響了蘇菲和亞伯特的生活，而他們畢竟只是虛構的人物。

他遵循席妲的建議，放低椅背，開始打起瞌睡。他直到下了飛機，通過海關，來到挪威凱耶維克機場的入境大廳，才完全清醒過來。他眼前出現了一群示威的人。

一共有八到十個大約和席妲同年紀的年輕人。他們手上舉著牌子，上面寫著：

爸爸，歡迎回家

席妲在花園等您回來

反諷萬歲

最慘的是，他不能就這樣跳上計程車離開，因為還要拿托運的行李。席妲的同學群聚在他身旁，逼他一次又一次看到牌子上的話。有一個女孩走上前，給了他一束玫瑰花，於是他心軟了。他從一個購物袋裡摸出杏仁糖，給每個示威者一人一條。這樣席妲就只剩兩條了。他領了行李，其中一個年輕人走過來，說他是鏡子皇后的屬下，奉命載他回柏客來。其他示威者則消失在人群中。

他們開上E１８號公路，沿途看見的橋墩和隧道都掛著布條，寫著：「歡迎回家！」「火雞準備好了」或是「爸，我看到你了！」

司機開到了柏客來，讓艾勃特在家門口下車，他這才鬆了一口氣，並給司機一百克朗和三罐嘉士伯啤酒，表示感謝。

妻子瑪莉特在屋外等他。兩人擁抱了許久之後，他問：「她在哪裡？」

「艾勃特，她坐在碼頭那裡。」

亞伯特和蘇菲抵達利勒桑，把紅色敞篷車停在諾芝旅館外的廣場，這時已經十點十五分了。他們看見遠處的群島上，有一座大型火堆。

「我們要怎麼找到『柏客來』這地方？」蘇菲問。

「只能碰碰運氣了。你還記得少校小木屋裡那幅畫吧？」

「我們動作要快，我想在他抵達之前趕到。」

他們沿著小路開，又開上岩石堆和斜坡。柏客來在海邊，這個線索很有用。

蘇菲突然喊道：「到了！我們找到了！」

「我相信妳，但是請別叫這麼大聲好嗎？」

「為什麼？沒人聽得見我們說話啊。」

「親愛的蘇菲，我們都上完了一整門哲學課，妳卻還是太快下結論，我好失望。」

「是沒錯，但……」

「妳以為這裡完全沒有巨人、小妖精、山林女神和善良的仙女嗎？」

「噢，真抱歉。」

他們開進大門，沿著石子路抵達了房子。亞伯特把車停在草坪上的鞦韆旁。花園稍微往下坡一點的地方有張桌子，旁邊有三個人的座位。

「我看見她了！」蘇菲低聲說。「她坐在碼頭邊，和我夢到的一樣。」

「妳有發現嗎？這座花園很像妳家在苜蓿巷的花園。」

「對，真的很像。這裡也有鞦韆之類的東西。我可以過去找她嗎？」

「當然好。我在這裡等妳。」

蘇菲跑到碼頭，還差點撞到席妲的身上，但她很有禮貌地坐在席妲身旁。

席妲坐著發呆，用手玩弄著繫船的繩索。她的左手拿著一張小紙條，顯然是在等待，還看了好幾次手錶。

蘇菲覺得席妲很漂亮。她有一頭金色的捲髮和一雙明亮的綠眼睛，身穿一件黃色的夏裝，有點像喬安娜。

蘇菲明知道沒有用，但仍試著和席妲說話。

「席妲，我是蘇菲！」

席妲顯然沒聽見。

蘇菲跪坐著，努力在她耳邊大喊：「席妲，妳聽得見我說話嗎？妳是不是又聾又瞎？」

席妲的眼睛是不是稍微睜大了一點？她有嗎？她好像聽到了一點什麼，雖然聲音可能很微弱。

她環顧四周，接著忽然轉頭直視蘇菲的眼睛。她的眼神沒有聚焦在蘇菲身上，視線彷彿穿透了蘇菲。

「蘇菲，不要叫這麼大聲。」亞伯特從車上對她說。「我可不希望花園裡到處充滿了美人魚。」

聽他這麼說，蘇菲便坐著不動。只要能靠近席妲她就很高興了。

接著，她聽見一個男人低沈的嗓音叫道：「席妲！」是少校，他身穿制服，頭戴藍色貝雷帽，站在花園最高處。

席妲跳起來，跑向他。兩人在鞦韆和紅敞篷車中間會合了。他把她舉了起來，抱著轉圈圈。

席妲坐在碼頭等爸爸。他到哥本哈根國際機場準備轉機以後，她每隔十五分鐘就想到他，想像他在哪裡，有什麼反應。她把每次想到的時間都寫在小紙條上，整天隨身攜帶。

他會不會生氣？但他為女兒寫了一本神秘的書以後，應該知道，一切都不會和從前一樣了？

她又看了看手錶。十點十五分了，爸爸隨時會回到家。

咦，那是什麼聲音？她好像聽見一股微弱的呼吸，和夢見蘇菲的時候完全一樣。

她立刻轉頭。她很確定，那裡必定有什麼東西。但究竟是什麼？

大概因為現在是夏夜吧。

接下來幾秒鐘，她又覺得彷彿聽見了什麼。

「席妲！」

她往另一個方向轉頭。是爸爸！他站在花園的最高處。

席妲跳起來跑向他。兩人在鞦韆旁會合。他把席妲舉起來，抱著轉圈圈。席妲哭了，她爸爸也努力忍住眼淚。

「席妲，妳長大了，變成一個女人了！」

「你也變成真正的作家了。」

席妲擦擦眼淚。

「你說我們算不算扯平了？」她問。

「扯平了。」

他們圍著桌子坐下。一開始，席妲先一五一十地告訴爸爸，她是怎麼安排在哥本哈根國際機場和他回家路上的一切。父女倆不時爆出響亮的笑聲。

「你沒看見餐廳的那封信嗎？」

「我根本沒時間坐下來吃東西，妳這小壞蛋。現在簡直餓壞了。」

「爸，你好可憐。」

「火雞的事是騙人的吧？」

「當然不是！我都準備好了。媽媽等會兒就會把盤子端過來。」

他們又聊到資料夾的事，還有蘇菲和亞伯特的故事，從開始講到結局，又從結局倒著講回來。

席妲的媽媽端來了火雞、蘋果核桃沙拉、粉紅葡萄酒，還有席妲的自製手工麵包。

爸爸說起柏拉圖的事，而席妲突然打斷他：「噓！」

「怎麼了？」

「你有聽到嗎？是不是有嘎吱聲？」

「沒聽到。」

「我確定有聽到。我猜可能只是地鼠。」

媽媽去拿另一瓶酒的時候，爸爸說：「但是哲學課還沒完全結束喔。」

「是嗎？」

「今天晚上，我要告訴你有關宇宙的事。」

開動之前，席妲爸爸對他的太太說：「席妲已經長大了，不能再坐在我的膝蓋上。但是你可以。」

接著他一把摟住瑪莉特的腰，把她拉進懷中。她過了好一會兒才開始吃。

「想想，你就快四十歲了……」

看到席妲跳起來跑向爸爸，蘇菲的眼眶充滿淚水。她永遠碰觸不到席妲……

蘇菲很羨慕席妲，因為她生下來就是一個有血有肉、真正的人。

席妲和少校坐在桌旁的時候，亞伯特按了一下汽車喇叭。

蘇菲抬頭看。席妲是不是做了完全一樣的動作？

她跑向亞伯特，跳上他身旁的座位。

「我們在這裡坐一下，看看會發生什麼事。」他說。

蘇菲點點頭。

「妳是不是哭了？」

她又點點頭。

「怎麼了？」

「她好幸運，可以做一個真正的人……她會長大，成為真正的女人……我相信她以後也會有真正的小孩……」

「蘇菲，還有孫子呢。只不過凡事都有兩面。這是我在哲學課一開始就想教妳的。」

「怎麼說？」

「我同意妳說的，席妲確實很幸運。但是有生必然也會有死，因為生就是死。」

「可是，比起從來沒有真正活過，曾經活著總是比較好吧？」

「我們的確不能過席妲那樣的生活，少校的生活也是。但是換個角度想，我們永遠不會死。妳忘了樹林裡的老婦人說過什麼？我們是隱形人。她還說她已經兩百歲了。在他們的仲夏節慶祝會，我有看到三千多歲的人……」

「或許我最羨慕席妲的……家庭生活。」

「但是妳自己也有家啊，妳還有一隻貓、兩隻鸚鵡和一隻烏龜。」

「但我們把那些都拋在身後了，不是嗎？」

「才不是呢，只有少校一個人拋開了這些。親愛的蘇菲，他已經寫下故事的最後一個字，他以後再也找不到我們了。」

「意思是我們可以回去了嗎？」

「我們隨時都能回去。但我們也要去灰姑娘餐館後面的樹林，認識一些新朋友。」

席妲一家人開始用餐。蘇菲一度很擔心情況會變得像苜蓿巷的哲學花園宴會。因為少校好像忽然想把太太瑪莉特壓在桌上，但他後來把她拉入懷中，讓她坐在自己膝上。

亞伯特和蘇菲的紅色敞篷車停得離席妲一家人用餐的桌子有點遠，所以只能偶爾聽見他們的對話。蘇菲和亞伯特坐在車裡，望向整座花園。他們有很多時間慢慢回想每件事的細節，還有花園宴會的悲傷結局。

席妲一家人在餐桌旁坐到將近午夜。席妲和少校走向鞦韆，對著正走回白屋子的瑪莉特揮揮手。

「媽，妳先去睡吧。我們還有很多話要說呢。」

---

① 瑞典的宗教節日，紀念一位八世紀的德國女修道院長，在日曆上記載為五月一日，但慶祝儀式從前一晚開始。各地會有大大小小的營火晚會，慶祝冬天結束、春天正式來臨，眾人會開心地喝酒狂歡、唱歌。

宇宙大爆炸

……我們同樣也是星塵……

席妲舒服地和爸爸並肩坐在鞦韆上。時間將近午夜十二點，兩人坐著眺望海灣，有幾顆星星在明亮的夜空裡微微閃爍，溫柔的海浪一波波拍打著碼頭下方的礁岩。

爸爸先打破沉默。

「想想還真是奇怪，我們竟然住在宇宙中這麼小的一個星球上。」

「是啊……」

「有很多星球圍繞太陽運轉，而地球只是其中之一。但在這些星球中，只有地球上有生命。」

「可不可能在整個宇宙中，只有地球上有生命？」

「可能。但宇宙也可能充滿了生命，因為宇宙是無法想像的遼闊。星球間的距離太過遙遠，我們只好用『光分』和『光年』來計算。」

「光分和光年？」

「一光分代表光線行進一分鐘所走的距離。這可是很長的距離，因為光線在太空每秒鐘能行進三十萬公里。意思就是，一光分等於三十萬乘上六十，也就是一千八百萬公里；而一光年則接近十兆公里。」

「太陽距離地球多遠？」

「八光分多一點。在炎熱的六月，照在我們臉上的溫暖陽光，可是在太空中走了八分鐘才照到我們。」

「繼續說吧……」

「冥王星是太陽系最遠的星球，距離地球大約五光時。當天文學家透過天文望遠鏡觀察冥王星，其實是看到五個小時前的冥王星。我們也可以說，冥王星的畫面要五個小時才能傳到這裡。」

「有點難以想像，但我應該懂你的意思。」

「很好，席妲。不過，我們地球上的人們，其實才剛開始瞭解宇宙。我們的太陽只是銀河系四千億星球之中的一個。銀河就像一個大鐵餅，我們的太陽就位在其中一個螺旋臂上。在晴朗的冬日夜晚，當我們仰望星空，會看見一條由星星構成的寬帶，那就是銀河的中心。」

「我想大概因為如此，瑞典文中的銀河才叫『冬之街』。」

「銀河系中，和地球最近的恆星距離我們四光年。說不定，那個恆星此刻正在遠方群島的上方，要是有人在那顆星球上用高階天文望遠鏡觀察柏客來，就會看到這裡四年前的樣子。他或許會看到一位十一歲的女孩，正坐在鞦韆上擺動雙腿。」

「簡直不可思議。」

「但這還只是離我們最近的恆星呢。整個銀河，或稱『星雲』的寬度，一共是九萬光年，意思是光線從銀河的一端傳到另外一端，需要九萬年。當我們注視銀河中和我們的太陽距離五萬光年的星星，看到的是那顆星球五萬年以前的樣子。」

「我的小腦袋實在很難容納這麼大的概念。」

「當我們眺望太空，只能看到過去的太空，永遠無法知道此刻的宇宙是什麼模樣。我們只知道宇宙過去的樣子。當我們仰望幾千光年之遙的星球，其實回到了幾千年前的太空。」

「實在太令人難以置信了。」

「不過啊，我們眼中所見的萬物，都是以光波的形式出現，而光波在太空中行進則需要時間。比方說打雷吧，我們總是先看見閃電，接著才聽見雷聲，因為聲波傳送的速度比光波慢。當我聽到一陣隆隆的雷聲，那個聲音其實已經發出一會兒了。星球之間的關係同樣如此，當我看到一顆幾千光年之外的星星，就看見到幾千年前發出的『雷聲』。」

「嗯，我懂了。」

「但是呢，我們目前說的還只是我們自己的銀河系。天文學家表示，宇宙間大約有一千億像這樣的銀河系，每個銀河系中大約有一千億個星球。距離我們銀河最近的銀河系叫仙女座星雲，和我們距離大約兩百萬光年。那裡的光線需要兩百萬年才能到達地球，而我們見到的仙女座星雲，是它在兩百萬年前的情形。要是此時此刻，有一個聰明的天文觀測家從仙女座星雲觀測地球，他也看不到我們，我能想像那傢伙正用天文望遠鏡對準地球呢。如果他運氣好，倒是能看到見幾個扁臉的尼安德塔人。」

「好驚人。」

「目前所知道最遠的銀河系，和我們大約距離一百億光年。當我們接收到來自那些銀河系的信號，其實是收到一百億年前的信號。這是太陽系歷史的兩倍時間。」

「我聽的頭好暈。」

「往前回溯這麼多的時間，這對我們來說實在很難理解，但天文學家還發現另一種會大大影響我們世界觀的現象。」

「是什麼？」

「顯然，太空中的銀河系不會停留在固定位置。在宇宙中，所有銀河系都以極快的速度遠離彼此，離得越遠，移動速度也越快。這就表示，各個銀河系之間的距離都在持續增加。」

「我在想像這個畫面。」

「要是妳有一個氣球，妳在氣球表面畫上黑點。妳把氣球越吹越大，那些黑點就越分越開。宇宙間的各個銀河系正是如此。我們說這是宇宙在擴張。」

「宇宙為什麼會擴張？」

「天文學家大多有個共識，認為宇宙擴張的現象只有一種解釋：大約一百五十億年前，宇宙中所有物質都集中在比較小的區域之內，物質密度極高，加上重力的作用，因此溫度高得嚇人。溫度日漸上升，最後這一團緊密的物質終於爆炸了。這就叫作『宇宙大爆炸』。」

「光用想的就很嚇人。」

「宇宙大爆炸之後，使宇宙中所有物質往四面八方擴散。這些物質碎片逐漸冷卻，形成各個星球、銀河系、衛星和行星……」

「你剛才不是說，宇宙還是在繼續擴張？」

「沒錯，宇宙正是因為一百多億年前的這次大爆炸，才會持續擴張。各星球的地理位置不是永恆的，宇宙此刻仍然正在形成，是大爆炸之後的產物。各個銀河系仍持續以驚人的速度向四方飛散。」

「會永遠這樣嗎？」

「不無可能，但還有另一種可能性。妳還記得嗎？亞伯特曾告訴蘇菲說，有兩種力量使行星維持在固定的軌道，持續圍繞恆星運行。」

「引力和慣性？」

「對，銀河系也一樣。因為呢，雖然宇宙仍繼續擴張，但引力卻有相反的作用。或許在好幾十億年後，當大爆炸的力量逐漸減弱，重力就會使各個星球再次聚合，造成『反爆炸』，就是俗稱的『內破裂』。但是呢，因為銀河系之間的距離太過遙遠，所以反爆炸變得像電影的慢動作。你可以想像，就像把一個氣球的空氣放掉以後的狀況。」

「這些銀河系會不會再次聚集成一個緊密的核心？」

「妳說得沒錯。但是，到時候會發生什麼事？」

「會出現另外一次大爆炸，於是宇宙又開始擴張，因為同樣的自然法則又會產生作用，最後形成新的星球和新的銀河系。」

「妳的看法很對。天文學家認為，宇宙未來可能有兩種發展，一是持續擴張，使各銀河系之間的距離越來越遠；另一種可能，則是宇宙再次收縮。將來會如何發展，還得看宇宙的大小和重量而定。關於這點，天文學家目前仍不得而知。」

「但是呢，如果宇宙的重量增加使它再次收縮，說不定這種擴張、收縮又擴張的現象，早已發生過許多次了。」

「我們顯然會得到這樣的結論。但關於這一點，科學家的理論各不相同。或許宇宙的擴張現象只會發生這麼一次，但要是它持續擴張個沒完，我們就迫切需要知道，這個現象究竟是從何開始？」

「是啊，這些突然爆炸的物質，最初究竟是從何而來？」

「在基督徒的眼中，這次大爆炸顯然是上帝創造世界的時刻。聖經記載上帝的言語：『讓世上有光吧！』妳應該也還記得，亞伯特說基督教的歷史觀是『直線式』。基督教相信上帝創造萬物，從這個觀點看來，我們理應認為宇宙會繼續擴張。」

「是嗎？」

「東方文化抱持『迴圈式』歷史觀，認為歷史永遠會不斷重複。比方說，印度有一個古老的理論，主張世界持續開開合合，使印度人所說的『婆羅門日』和『婆羅門夜』不斷交替。這和宇宙持續擴張、收縮，又再次擴張、收縮的看法，自然不謀而合。我腦海中想像著一顆巨大的宇宙之心，不斷跳動、跳動……」

「我覺得，這兩個理論都同樣令人難以想像，但又感到興奮。」

「這就好像關於永恆的難解矛盾，蘇菲有一次坐在花園裡沈思：宇宙若不是一直都存在，就是忽然無中生有……」

「好痛！」

席妲用手掌拍了自己的額頭。

「怎麼回事？」

「好像有牛蠅叮我。」

「說不定是蘇格拉底在叮妳，想讓妳恢復活力。」

蘇菲和亞伯特坐在紅色敞篷車上，聽少校告訴席妲有關宇宙的事。

過了一會兒，亞伯特開口問：「妳有發現我們的角色已經完全顛倒了嗎？」

「怎麼說？」

「以前，他們聽我們說話，但我們看不見他們；而現在是我們聽他們說話，但他們看不見我們。」

「不只這樣呢！」

「你的意思是？」

「我們起初不曉得有席妲和少校生活的另一個現實世界存在，現在他們也不曉得我們存在的世界。」

「復仇的滋味真美好。」

「但是少校可以介入我們的世界。」

「我們的世界是他一手打造的。」

「我不想放棄，我們應該也有辦法介入他們的世界吧？」

「但妳知道這是不可能的。還記得在灰姑娘餐館發生的事嗎？妳再怎麼用力，也拿不起那瓶可樂。」

蘇菲沉默不語。少校正在說明宇宙大爆炸的現象，她看著車窗外的花園。不知怎地，「大爆炸」這個詞彙牽動了她的思緒。

她開始在車子裡到處翻找。

「妳在做什麼？」亞伯特問。

「沒事。」

她打開乘客座的雜物箱，找到一支扳手。她拿著扳手跳下車，走到鞦韆旁，站在席妲和她爸爸面前。她起先想吸引席妲的注意，但沒有什麼用。最後她舉起扳手，往席妲的額頭一敲。

「好痛！」席妲說。

接著，蘇菲又拿扳手敲了少校的額頭，但他完全沒有反應。

「怎麼了？」少校問。

「好像有牛蠅叮我。」

「說不定是蘇格拉底在叮妳，想讓妳恢復活力。」

蘇菲躺在草地上，用力推動鞦韆，但鞦韆始終靜止不動。不過，她好像又真的推動了那麼一點？

「風好涼。」席妲說。

「不會呀，這樣很舒服。」

「不只是風。還有別的。」

「這裡只有我們父女倆，還有涼爽的仲夏夜。」

「不只，空氣中有一種什麼東西。」

「會是什麼？」

「你記得亞伯特的秘密計畫嗎？」

「當然記得！」

「他和蘇菲就這樣消失在花園宴會。彷彿消失在空氣中。」

「是啊，但……」

「……消失在空氣中……」

「故事早晚都得結束，這也只是我寫出來的。」

「當時的確是你編的，但他們消失以後就不是了。不曉得他們在不在這裡……」

「妳相信嗎？」

「爸，我感覺得到。」

蘇菲跑回敞篷車上。

「相當不錯。」蘇菲緊握著扳手爬進車裡，亞伯特不情願地開口：「你有異於常人的本事。等著瞧吧。」

少校摟住席妲。

席妲說：「你有聽到神秘的海潮聲嗎？」

「有啊。明天我們得讓船下水了。」

「但，你有聽見那一陣奇怪的颯颯風聲嗎？瞧瞧，白楊樹的葉子都在顫動。」

「這個星球是有生命的，對吧……」

「你在信中寫說，字裡行間有弦外之音。」

「我有嗎？」

「說不定在這座花園裡，也有什麼弦外之音。」

「大自然處處充滿謎題，但我們此刻談的是天上的星星。」

「不久水上也會出現星星。」

「沒錯。妳還小的時候，就說燐光是水上的星星。妳也不算說錯。燐光和其他有機體，全都是由曾經融合為一個星球的各種元素組合而成。」

「我們也是嗎？」

「沒錯，我們同樣也是星塵。」

「好美的形容。」

「當無線電波天文望遠鏡能接收到在數十億光年之外，遙遠的銀河系所發出的光線，就能描繪出太古時期大爆炸之後，宇宙是什麼模樣。我們在天空中看到的一切，都是千百萬年前的宇宙化石，所以占星學家唯一能做的，就是預測過去的事。」

「這是不是因為，早在星星的光芒傳到地球以前，星座中的星星早已遠離了彼此？」

「即使在兩千年之前，這些星座的樣子也和現在大不相同。」

「我以前都不知道。」

「在晴朗的晚上，我們能看到好幾百萬、甚至幾十億年前的宇宙。所以說，我們算是走在回家的路上。」

「什麼意思？」

「妳我的生命也是從『大爆炸』開始的，因為宇宙中的所有物質是一整個有機體。太古時期，所有物質都聚合在一起，形成極為巨大、結實的塊狀，就連其中小如針頭的一塊，也重達好幾十億噸。這個『原始原子』在強大的重力作用之下爆炸，彷彿解體一般。當我們仰望天空，其實是試著尋找回到自我的路。」

「好特別的形容。」

「宇宙中，所有星球和銀河都由同樣的物質組成。這種物質的各個部分又各自組合，這裡一塊，那裡一塊。兩個銀河系之間的距離可能有數十億光年，但兩者有著同樣的源頭。所有恆星和行星都來自同一個家庭。」

「我瞭解了。」

「不過，這種物質究竟是什麼？數十億年前爆炸的東西，究竟是什麼樣的物質？是從哪裡來的？」

「好深奧的問題。」

「這個問題和我們每個人密切相關。因為，我們本身就是這種物質。好幾十億年前，有一場大火被點燃，而我們是熊熊火光中的微小火花。」

「這個想法也好美。」

「但我們不該過於強調這些數字。只要妳在手中握著一塊石頭，這就夠了。即使宇宙是由一顆橘子大小的石頭組成的，我們同樣無法理解箇中奧秘。我們仍然會問：這顆石頭是從哪裡來的？」

蘇菲突然在紅色敞篷車裡站起來，指著海灣的方向。

「我想去划那艘船。」她說。

「船被綁住了，我們也不可能拿得動槳。」

「試試看嘛？無論如何，現在可是仲夏耶！」

「至少可以去海邊去。」

兩人跳下了車，跑過花園。

他們努力解開牢牢繫在鐵圈裡的纜繩，但卻連繩尾都拉不起來。

「簡直被釘牢了。」亞伯特說。

「我們時間充裕。」

「真正的哲學家絕不能放棄。要是我們能……鬆開它……」

「星星越來越多了。」席妲說。

「對啊，因為現在是夏夜天色最黑的時候。」

「但是冬天的時候，星星的光芒比較亮。你還記得你要去黎巴嫩的前一晚嗎？那天是元旦。」

「我就是在那個時候，決定為妳寫一本關於哲學的書。我有去克里斯蒂安桑的一家大書店和圖書館找過，但是都沒有適合年輕人讀的哲學書。」

「我們此刻彷彿坐在白兔細毛的最頂端。」

「我想知道，在幾光年之外的遙遠的星球上，是否也有人坐在夜色之中？」

「小船的繩子自己鬆開了！」

「真的！」

「怎麼會？你回來之前，我才剛去那裡檢查過。」

「真的嗎？」

「我想到蘇菲借過亞伯特的船。當時船在湖上漂浮，你還記得那個畫面嗎？」

「我敢說現在一定也是她在搞鬼。」

「儘管取笑我吧，但我還是覺得這裡整晚都有人在。」

「我們必須有一個人游過去，把船划回來。」

「爸爸，我們兩個都去。」

索引（書中出現之部分專有名詞，按章節排列，不重覆出現）

神話

赫菲斯特斯 Hephaestos

賀修德 Hesiod

贊諾芬尼司 Xenophanes

史瑞斯 Thracians

自然派哲學家

泰勒斯 Thales

米都利城Miletus

阿納克西曼德 Anaximander

無限定者 The boundless

安那米尼斯 Anaximenes

伊利亞 Elea

帕梅尼德斯 Parmenides

赫拉克里特斯 Heraclitus

以弗所 Ephesus

理性 logos

恩培多克勒 Empedocles

安那克薩哥拉 Anaxagoras

德謨克利特斯 Democritus

德謨克利特斯

阿比德拉 Abdera

原子 atom

命運

宿命論 fatalism

命運 lagnadan

德爾菲 Delphi

琵西雅 Pythia
希羅多德 Herodotus
修昔底德 Thucydides
寇斯島 Cos
希波克拉底斯 Hippocrates

蘇格拉底

漢密士 Hermes
蘇格拉底 Socrates
柏拉圖 Plato
亞里斯多德 Aristotle
詭辯學派 Sophists
懷疑論 Skepticism
普羅泰戈拉 Protagoras

西塞羅 Cicero

雅典

衛城 Acropolis
薛西斯 Xerxes
巴特農 Parthenon
雅典娜 Athene
伊思奇勒斯 Aeschylus
沙弗克里斯 Sophocles
尤里皮底斯 Euripides
亞里斯多芬尼斯 Aristophanes
亞略巴古石臺 Areopagos
赫菲斯特斯 Hephaestos

柏拉圖

《自辯》Apology
阿卡德穆斯 Academus
理型 ideas
實在 reality
理型的世界 world of ideas
理想國 The Republic
烏托邦 Utopian State
《律法》Laws
〈饗宴〉Symposium
狄歐提瑪 Diotima

少校的小木屋

柏客來 Bjerkely
柏克萊 Berkeley
史密伯特 Smibert

亞里斯多德

馬其頓 Macedonia
目的因 the Final Cause
君主制 Monarchy
貴族政治 Aristocracy
寡頭政治 Oligarchy

希臘文化

希臘文化 Hellenism
亞歷山大大帝 Alexander the Great
近古時期 Late Antiquity

亞力山卓 Alexandria
犬儒派哲學 Cynics
安諦斯提尼斯 Antisthenes
戴奧基尼斯 Diogenes
齊諾 Zeno
斯多葛 Stoic
小宇宙 microcosmos
大宇宙 macrocosmos
自然律 natural law
一元論 monism
二元論 dualism
世界主義 cosmopolitanism
奧勒留 Marcus Aurelius
西塞羅 Cicero

塞尼加 Seneca
人本主義 humanism
斯多葛式的冷靜 stoic calm
阿里斯底波 Aristippus
伊比鳩魯 Epicurus
伊比鳩魯派 Epicurean
新柏拉圖學派 Neoplatonism
普羅汀 Plotinus
救贖論 doctrine of salvation
太一 The One
神秘主義 Mysticism
西勒修斯 Angelus Silesius
余維卡南達 Swami Vivekenanda
拉達克里希南 Sarvepalli Radhakrishnan

大感覺 Oceanic feeling

兩種文化

拿撒勒 Nazareth
閃族文化 Semitic culture
印歐文化 Indo-European culture
芬烏語系 Finno-Ugrian
拉普語 Lapp
巴斯克語 Basque
吠陀經 Veda
史特盧森 Sturluson
多神論 polytheism
戴歐斯天神 Dyaus
宙斯 Zeus
朱比特 Jupiter
泰爾 Tyr
尼歐德 Niord
芙蕾 Freyr
芙瑞雅 Freyja
生長之神 vaner
維納斯 Venus
慾望 Vani
條頓民族 Teutons
泛神論 pantheism
阿拉 Allah
一神論 monotheism
挪亞 Noah
亞伯拉罕 Abraham

西乃山 Mount Sinai
摩西 Moses
彌賽亞 messiah
掃羅王 King Saul
大衛王 King David
所羅門王 King Solomon1
北國以色列 Northern Kingdom (Israel)
南國猶大 Southern Kingdom (Judea)
亞述人 Assyrians
天父 Abba
法利賽人 Pharisees
保羅 Paul
大馬哩 Damaris
以弗所 Ephesus
哥林多 Corinth
使徒信經 Creed

中世紀

哥德高峰時期 High Gothic
本篤會 the Benedictine Order
聖歐拉夫 Saint Olaf
查理曼大帝 Charlemagne
艾凡豪 Ivanhoe
聖奧古斯丁 St. Thomas Aquinas
塔加斯特鎮 Tagaste
迦太基 Carthage
西波鎮 Hippo
摩尼教徒 Manichaean

上帝之城 City of God
阿奎諾鎮 Aquino
史坦貝克 John Steinbeck
席妲佳 Hildegard of Bingen
大艾勃特 Albert the Great

文藝復興

文藝復興 Renaissance
古版書 incunabulum
斐奇諾 Marsilio Ficino
米蘭多拉 Pico della Mirandola
論人的尊嚴 Oration on the Dignity of Man
布魯諾 Giordano Bruno
伽利略 Galileo Galilei
培根 Francis Bacon
天體運行論 On the Revolutions of the Celestial Spheres
哥白尼 Nicolaus Copernicus
克卜勒 Johannes Kepler
慣性定律 Law of Inertia
拋物線 parabola
牛頓 Isaac Newton
馬丁路德 Martin Luther
伊拉斯謨斯 Desiderius Erasmus of Rotterdam
贖罪券 indulgences

巴洛克時期

方法論 Discourse of Method
斯賓諾莎 Spinoza
巴洛克時期 Baroque Period
古斯塔夫三世 Gustav III
卡德隆 Calder6n de la Barca
傑普大夢 Jeppe on the Mount
霍爾堡 Ludvig Holberg
達斯 Petter Dass
理想主義 idealism
唯物主義 materialism
霍布斯 Thomas Hobbes
機械論的世界觀 mechanic world view
拉美特利 La Mettrie
人這部機器 L'homme machine
拉普拉斯 Laplace
決定論 determinism
萊布尼茲 Leibniz

笛卡兒

笛卡兒 René Descartes
克利思蒂娜皇后 Queen Christina
「生命因素」 life principle
「實體」 substance
「擴延」 Extension
機械裝置（機械生物） automaton

斯賓諾莎

幾何倫理學 Ethics Geometrically Demonstrated

華茲華斯 Wordsworth

洛克

「完美實體」perfect entity

理性主義者 rationalist

經驗主義 empiricism

洛克 John Lock

人類理解力論 Essay Concerning Human Understanding

思維 reflection

感覺 sensation

複合概念 complex idea

約翰．彌爾 John Stuart Mill

休姆

休姆 David Hume

人性論 Treatise on Human Nature

天母 Godiva

自我同一性 personal identity

不可知論者 agnostic

羅素 Bertrand Russell

柏克萊

柏克萊 George Berkeley

柏克來山莊

人類知識原理 Treatise Concerning the Principle of Human Knowledge

啟蒙

存在的焦慮 existential angst
阿基米德支點 an Archimedian point
康德 Immanuel Kant
孟德斯鳩 Montesquieu
伏爾泰 Voltaire
盧梭 Rousseau
無神論者 atheism
自然神論 Diesm
康道塞 Condorcet
德古熱 Gouges, Marie Olympe
《女權宣言》 Declaration on the Rights of Women

康德

直觀形式 form of intuition
實踐的設准 practical postulates
最高命令 categorical imperafive
義務倫理 duty ethics
善意倫理 a good will ethic

浪漫主義

浪漫主義 Romanticism

「共同路線」common approach
席勒 Schiller
諾瓦里思 Novalis
《海因利希・馮・歐夫特丁根》Heinrich von Ofterdingen
柯立芝 Co1eridge
謝林 Schelling
波赫姆 Jakob Bohme
結構的精神 structuring spirit
史代芬 Henrik Steffens
沃格蘭 Wergeland
赫德 Johann Gottfried von Herder
費希特 Fichte
耶拿鎮 Jena
艾思比楊生 Asbjφrnsen
莫伊 Moe
霍夫曼 E. T. A. Hoffmann
《霍夫曼的故事》The Tales of Hoffmann
費希特 Fichte
浪漫主義的反諷 romantlc irony
易卜生 Henrik Ibsen
皮爾金 Peer Gynt

黑格爾

黑格爾 Georg Wihelm Friedrich Hegel
波爾 Nie1s Bohr
文耶 Vinje

祁克果

祁克果 Sϕren Kierkegaard
從眾 conformity
決定的種類 category of decision
杜斯妥也夫斯基 Dostoevsky

馬克思

艾本尼薩・施顧己 E. Scrooge
馬克斯 Karl Marx
歷史唯物主義者 historical materialist
恩格斯 Friedrich Engels
羅爾斯 John Rawls

達爾文

休斯柏瑞鎮 Shrewsbury
韓斯洛 John Steven Henslow
加拉帕哥斯群島 Galapagos Islands
拉馬克 Lamarck
伊拉斯穆斯・達爾文 Erasmus Darwin
賴爾 Charles Lyell
馬爾薩斯 Thomas Malthus
《人的由來》The Descent of Man
羅斯金 John Ruskin
湯瑪斯・哈代 Thomas Hardy

佛洛伊德

佛洛伊德 Sigmund Freud

深層心理學 deep psychology
心理分析 psychoanalysis
維多利亞心態 Victorianism
靈魂溯淵學 archeology of the soul
本我 id
自我 ego
超我 superego
前意識 preconscious
潛意識 unconscious
語誤 parapraxes
自由聯想 free association
夢的解析《The Interpretation of Dreams》
願望滿足 wish fulfillments
顯夢 manifest dream
隱夢 latent dream thoughts
夢的運作 dream work
母題 motif
超現實主義者 Surrealists
安德列・布列東 André Breton
超現實主義宣言 Manifeste Du Surrealisme
自動寫作 automatic writing

我們這個時代

歐佛藍 Arnulf Overland
存在主義 existentialism
尼采 Friedrich Nietzsche
歷史主義 historicism
海德格 Martin Heidegger

沙特 Jean-Paul Sartre
西蒙波娃 Simone de Beauvoir
虛無主義者 nihilist
《第二性》The Second Sex
卡繆 Albert Camus
貝克特 Samuel Beckett
尤涅斯柯 Eugéne Ionesco
貢布羅維奇 Witold Gombrowicz
荒謬主義 absurdism
超寫實主義 hyperrealism
新多瑪斯主義 Neo-Thomism
分析哲學 analytical philosophy
邏輯實驗主義 logical empiricism
新馬克斯主義 Neo-Marxism

生態哲學 ecophilosophy, ecosophy
奈斯 Arne Naess
典範移轉 paradigm shift
整體論 holism
心理自動現象 mental automatism